安陲书

时间深处的微光

罗海　著

天津出版传媒集团
百花文艺出版社

图书在版编目（CIP）数据

安陲书：时间深处的微光 / 罗海著 . -- 天津：百花文艺出版社，2025. 2. -- ISBN 978-7-5306-9054-3

Ⅰ. I267

中国国家版本馆 CIP 数据核字第 2025LF7540 号

安陲书：时间深处的微光

ANCHUI SHU : SHIJIAN SHENCHU DE WEIGUANG

罗海　著

出 版 人：薛印胜

选题策划：郑　爽

责任编辑：由高峰

策划编辑：吴秀娟

装帧设计：悟阅文化

出版发行：百花文艺出版社

地址：天津市和平区西康路 35 号　**邮编：**300051

电话传真：+86-22-23332651（发行部）

+86-22-23332656（总编室）

+86-22-23332478（邮购部）

网址：http://www.baihuawenyi.com

印刷：成都市兴雅致印务有限责任公司

开本：880 毫米 × 1230 毫米　1/32

字数：258 千字

印张：11.25

版次：2025 年 2 月第 1 版

印次：2025 年 2 月第 1 次印刷

定价：78.00 元

如有印装质量问题，请与成都市兴雅致印务有限责任公司联系调换

地址：成都市金牛区沙河源街道陆家桥社区

电话：028-83181689

邮编：610000

目 录

CONTENTS

第一章　安陲地理志

第二章　安陲人物志

第三章　安陲风物志

第四章　在安陲，对一首古诗词的演绎

第五章　在安陲，光阴中流连的虫儿们

第六章　在安陲，果蔬记

第七章　安陲天象

第一章 安陲地理志

海菜花

安陲泗欧河的一段河水开满了海菜花。一朵两朵，三朵四朵……婉婷说：“你去摘一朵来送我。”

我果然听话，从卫生所的木屋里跑出来，跑下山去。

在山脚，还未到泗欧河边，见到英子。英子望着我笑，说：“你猴急猴急的，干吗？”我说：“婉婷让我去摘海菜花。”英子说：“那我让你去捉鱼，你捉不？”我笑了，不理她，继续朝泗欧河跑。

泗欧河是安陲的一条河。安陲虽小，却不止一条河，还有大田河、暖坪河。

暖坪河与泗欧河汇合后又成了泗维河。

春天，我常与婉婷划一条小船，去泗维河边摘盛开的杜鹃花。

三月、四月，泗维河的沿岸就会开满红艳艳的杜鹃花，一直沿着河岸开满到山顶。

一坡又一坡，安陲便成了花的世界。

这时驾着一条小船，在泗维河上划行，像是在花的梦中走，自己也入梦了，恍恍惚惚，甚是美好。

船沿着河岸慢慢地行驶，岸边的杜鹃花伸向水中拂着我们，如春风拂面。

很多时候我们故意地把脸凑向花朵，这些盛开着的花朵，一排排地从我们脸上轻轻拂过。

我还会时不时摘一朵来，放进我的嘴里，也放进婉婷的嘴里，杜鹃花酸酸甜甜的。花开出了一个新世界，花也让我们品尝了一个新世界。

婉婷嚼着花，望着我笑。

我摇着桨，也望着婉婷笑。

后来我离开了安陲，再也没有吃过杜鹃花，再也没有见到过婉婷。

我不知道那天婉婷为什么要我下到泗欧河里去摘一朵海菜花送给她。

安陲卫生所有一群孩子，婉婷和我，还有陈松、廖伟雄。

陈松和廖伟雄同我一样都是跟随父母来到安陲的，只有婉婷不是，婉婷的父母也是医生，却不是外来医生，而是安陲土生土长的医生。

婉婷的家在我们家隔壁，她母亲叫梁雪花，是个很能干的女人，什么都会。我母亲却是个很不能干的女子，几乎什么都不会，她来自上海，从小饭来张口衣来伸手，不能干一点活也不奇怪。梁雪花便教我母亲如何生火，如何做饭。开始的时候我母亲总是煮成夹生饭。梁雪花就笑，一边笑一边让婉婷去她家里打饭送给我们。

我最喜欢梁雪花教我母亲做油蛋，滚烫的油锅冒出一个个油蛋的时候，香气扑鼻，总是让我垂涎欲滴。这时候梁雪花就不失时机地捞出一个油蛋递给我，我用筷子夹住，先是向油蛋吹凉气，然后便大口嚼起来。酥酥软软的油蛋，在嘴里生香。

婉婷见了，望着我笑。

我问婉婷："你尝一个吗？"婉婷总是摇摇头拒绝，一直要等到大人们都忙活完了，正式开吃了，她才会与大家一块吃。太懂事太乖巧的女孩，总是被我母亲称赞，母亲总是对我说："你不学着点？"母亲也就是那么说一嘴，至于我听不听，她并不在意。

婉婷只小我一岁，扎着两根麻花辫，上学的时候她要我跟她一块上学，放学的时候她要我跟她一块回家。我像一条跟尾狗一样跟在她后面，就差被她扯着一根绳子了。

那时卫生所正在建一排宿舍，工地旁摆满了架子。放学后，她和我，还有陈松、覃莉就在架子下玩游戏。玩得最多的是过家家，她扮母亲，忙里忙外，还亲自下厨做菜。唉，婉婷从小就显示出将来必是一个贤惠的女子样子，谁娶她，谁就有福了。

我下到泗欧河的时候，河上开满了一朵一朵洁白的海菜花，我摘下一朵，捧在手心，拿去送给等着我的婉婷。

2023 年 12 月 3 日

安陲

在我的幼年，我的世界被人为分割成两个世界：一个世界在广西大苗山安陲，另一个世界在大都市上海。

我在大苗山出生，十个月后，母亲便把我送到了上海。

五岁的时候，母亲又把我接回到了大苗山。

之后，我上学在大苗山，放假在上海。

我童年和少年的身影便不断地在两地交替闪现，我的生长也就不断地交替根植于这两地的土壤中。一会儿是大苗山安陲的山野，一会儿是大都市上海的车水马龙。

现在回忆起来我也感到奇怪。奇怪的是当安陲的蛮荒、闭塞、落后和上海的文明、开放、先进交错地成为我的生活，交错地进入我的心灵，我小小的心灵竟从没感受到冲突、对峙以及挣扎。它们都安然地存在于我的心灵里，那么妥帖，那么熨帖，各自安在。两种生活，两个理念，在我的灵魂中交汇，融合，然后慢慢塑造成最终的我，塑造成现在的我。

回望那童年和少年时期，这两个地方总是令我迷茫和不解。我不知道那时，我的心灵是怎么同时装下这两个地方的，是怎么同时安置这两个地方的，是怎么平衡这“两极”的，好像这从来就不是个问题。它们就这样天然地平静地交替着交错着融入我的生活，塑造着我的灵魂。

现在想来，正是它们才使我具有了灵魂。

如此，我倒是有点释然了。

但我还是十分困惑、十分不解。

最后，当我们家要离开安陲时，父母都带着极度的激动和欢喜，而我却完全与之相反，我完全不情愿离开安陲，我无比地眷恋着安陲，热爱着安陲，不肯离去。

一辆汽车开到我们家门口，来把我们接走，大人们忙碌着把大包小包的行李装上汽车，装好全部家什，准备上车走时，大人们忽然发现：我不见了。

是的，趁着大人们忙碌、无暇顾及我时，我偷偷藏了起来。

我以为这么一藏，我就可以不用离开安陲，就可以不离开安陲了。

不过，那时我也知道，这么一藏其实是藏不住的，但能藏一时是一时。我躲在一处柴垛里，听到母亲一边寻找我，一边焦急地呼唤我，听到父亲一边寻找我，一边焦急地呼唤我。他们走在安陲村的所有道路上，边走边呼唤，母亲甚至带着哭腔。安陲的人们也纷纷加入了寻找的行列，他们走在村庄的各处，一边走，一边呼喊我的名字。

听到呼唤，好多次我忍不住想要出来，最后仍然挣扎着不肯出来，不愿出来。

我知道这一出来，离开安陲便无法改变了。

我躲在柴垛里，觉得大人们好笨、好蠢，我就藏在近在咫尺的我家厨房的柴垛里呀，怎么就没人知道，没人想到，没人去柴垛里看一看，找一找呢。

我是那么眷恋安陲，不肯离开安陲，却从来没有不肯离开上海过。每次回到上海是那么自然，每次离开上海又感觉是那么必然，我甚至还没离开上海，心就飞到安陲了。

我不理解我为什么牵挂一处贫穷的闭塞的地方，比牵挂一处繁华富足的地方更为强烈，我那时那颗幼小的心灵为什么不是向往上海，而是向往安陲？到现在也不明白。

可是，我们离开安陲后，一去多年，再没回过安陲。而我每次都以为很快就会再次回到安陲时，事实是依然没有回去过。

2023 年 12 月 6 日

公路

安陲与我另外身处的上海多有不同，没有电灯，没有自来水，不通公路。

不过也有一处相同，安陲居然还有汽车。

十天半月就有一辆汽车从山里的九谋锡矿开来，开进公社球场，停稳，然后长按喇叭。

喇叭响起来了，村里人就纷纷跑出来。

最先跑出来的是我们小孩，然后是村里的大人，最后是公社的干部。

其实不按喇叭，只要一听到汽车开进公社球场的轰鸣声，大家就已闻声而动，跑出来了。

喇叭声，只是催人们加快了步伐。

果然所有的人都是快步走了出来的，而我们小孩更是跑着出来的。

司机坐在驾驶座上，叼着烟卷，烟卷头上冒着丝丝青烟，一只手支在车窗上，眼睛斜看奔跑着的我们。

我们小孩跑到了汽车跟前，胆子小的围着汽车转，胆子大不怕挨骂的跳上了车头的发动机盖上，还有的从汽车后尾毫不犹豫地攀爬上了车厢。我虽然从小生活在上海，看惯汽车，可是这时也同他们一样重新对汽车充满了好奇，东看西看，东摸西摸。

来这里的汽车都是解放牌货车，用来拉锡矿石的。空着的车厢装得下几十个小孩，几个小孩在上面好像站在舞台上，他们在上面蹦呀跳啊，唱啊闹啊，车厢里成了快乐的世界。而趴在车盖上的小孩开始研究车灯、盖子，甚至一颗螺母，并且互相发表见解，见解不同还脸红脖子粗地彼此争执。

每回如是这样，重复上演，从不改变。

汽车开进公社，一般是给公社拉来了东西，更多是拉公社的人出山进县城。可见九谋锡矿与安陲的关系很好，极融洽，相当关照。

就是说，虽然安陲不通公路，却有公路。

公路分成两截，一截去往九谋锡矿，一截去往泗维河。去往泗维河后，顺着往下往外走，就是外面的世界了。这外面的世界是指融安县城、柳州、南宁，甚至是指首都北京。这些地方都是我们渴望，甚至是梦寐以求的地方。

公路是九谋锡矿开建的，从矿里开建到安陲，又从安陲开建到泗欧河口。公路开建到河口，便低下头，一路向河里延伸，伸进了河水里，没有了。接下来汽车与人则要上船，由船摆渡几十公里，下到泗维河水库，再在那里登岸。上岸便有了一条通达三江五湖的公路了，霎时一切豁然开朗，自由畅达。因此每次出泗维河水库，我总是感到像小鸟放飞一样，似乎想去哪里就可以去哪里了，一阵兴奋。

最初我总是奇怪，为什么不把公路一直修通到泗维河，与那里的公路连接起来，使安陲畅达呢？长大了几岁才知道，修路的九谋锡矿没这个财力，只能修到半途，然后通过渡船接驳，完成汽车出山的使命。

有一天，生产队队长阿养叔和另一些青年围着火塘聊天时，他们中的一人突然提了一个建议：九谋锡矿不再开建通往山外的公路，我们为什么不可以接手继续开建，直到建通与山外的连接呢？

这个提议令大伙激动万分，最后阿养叔决定组织社员撸起袖子干。

安陲人果然撸起袖子干了起来。他们拿起锄头、十字镐，从泗欧河口开始继续往外开建起公路，每天开挖不止，逢山开路，遇水搭桥。

整个未建通的公路大约有十公里，他们相信只要每天这么开挖不止，终有一天能达至目的，就像愚公移山一样。

人们鼓足干劲，信心百倍。

我们小孩也无比兴奋，在工地上蹦啊跳啊，不仅蹦啊跳啊，还会主动地去为工地添砖加瓦，尽自己力所能及的气力，有的搬运石头，有的挑起泥土。

这一年的冬季，是个特别寒冷的冬季，鹅毛大雪一场接一场，可是严寒阻止不住人们的热情与干劲，大家依然在撸着袖子干，一刻也不停，甚至夜晚也挑灯夜战。在黑夜的工地上，马灯闪烁，点亮着人们的梦想和希望。人们大干快上，誓要打开安陲通往外头的道路。

工程在一米一米推进，虽然艰难缓慢，却顽强地前进着。现场没有推土机，更没有挖掘机，也没有任何现代化机械，唯有锄头与镐子。然而大伙都相信，一把锄头、一只镐子，照样能开出梦里渴望的道路。

可是，所有的梦想都是容易被打破的，对于在建公路的安陲人来说，只需要一个行政命令就能打破他们的梦想。

县里知道了，下令：不能建通向融安县城的公路，要建就建通往融水县城也即通向自己县城的公路。

这让安陲人吃了一惊，觉得不可思议。可是很多人再一想，又感到在情理之中。

如要建设通往本县县城融水的公路，得绕道四荣，这路途何止十公里。仅凭安陲人一把锄头一只镐子绝无可能了。

命令得执行，一个梦想便就此破灭了。

直到我们家几年后离开安陲，安陲也没通成公路。

安陲依然闭塞落后，与外面世界的发展脱节。不同的是安陲人这时眼界渐开，人心思动，一场“春风”将至，谁也阻挡不住了。

一九八一年，安陲供销社营司机，开着供销社采购的解放牌汽车，来到我们在融水医院的宿舍，还没进门就大喊：“罗海，我带你回安陲！”

我听到喊声，激动不已，立即整装就想跟着营司机去了。父亲却不同意，他的理由是我还要上学。我知道父亲说得对，立即泄了气。这是我最接近回安陲的一次。

安陲的公路在那一年终于开通了，可以开着汽车进出山了。但不是走泗维河这条直径，而是绕道四荣。不过总算开通公路了，营司机可以把汽车直接开到我们家门口，兴奋地朝我大喊，要开着汽车把我拉回安陲，让我看看我离开安陲几年后安陲的新变化。可是很遗憾，我最终没去成。一回想起来我就心痛。

2023 年 12 月 6 日

水电站

我的父亲无疑是个理想主义者、梦想者，他常常会有许多异想天开的想法。

在安陲，其实他应该沮丧、灰心，应该感到生而无望。

从县城来到安陲的时候，他打算无声无息，面朝黄土背朝天地在田地里劳作，以此求得“日出而作，日落而息”。

可是父亲并没能做成这样。

在安陲，没有人排斥他，安陲人待他像待安陲人自己，甚至更好，多了份客气，把他尊为宾客。所有好的东西，首先拿来给我们分享。树上的果子、田地里收获的庄稼，这些是当时安陲人能拥有的最好的、最珍贵的东西。他们一篮一篮地提来，馈赠给我们一家。令我们不致有饮食之匮，因而在那个年代仍能享受到温饱。

而安陲不少人家其实一直挣扎在温饱线下，饱一餐饥一餐。

不管生活怎样的艰苦，他们依然逢年过节载歌载舞，芦笙吹起来，踩堂舞跳起来。如果有酒，他们便痛快地大口喝酒。如果有肉，他们便愉快地大块吃肉。他们演绎着生活上的高山流水，过着一种完全不计较过去也不筹划未来的豁达生活。

这些苗族人和侗族人善良而豁达，乐观地过着他们的生活。

直到我认识了杨仕芳，我才对苗族人和侗族人的这种豁达有了点领悟和理解。

杨仕芳祖辈是侗族人，身体里流淌着侗族人的血。有一次他向我解释侗族人为什么生活艰苦却依然载歌载舞。听了他的解说我感觉我思考了几十年没能想透的东西，一下就有点能理解了，至少能进入他的思维了。

我父亲来到安陲，常常行走在泗欧河的岸边上。他不仅一个人走，还经常带上我。

冬天里的泗欧河是一股清流，清澈而晶莹，清瘦而温柔，唱着歌跳着舞，潺潺地流向远方。

为什么父亲总喜欢来到泗欧河？他在泗欧河上徜徉，一会儿看看这里，一会儿看看那里，一会儿低头陷入沉思，一会儿抬头面露微笑，令我不解而困惑。

有一天他找到了生产队队长阿养叔。他说："阿养，我们建个水电站吧。"

阿养叔被我父亲的这句话吓了一跳。他跳了起来，下意识地离开了我父亲几步，难以置信地打量起父亲，惊讶得说不出话。

阿养叔算是安陲的知识青年，上过高中，那时二十多岁，血气方刚，别人不知道什么叫水电站，他知道。正因为知道，听了父亲的建议才吓了一跳，觉得不可思议，觉得难以置信。

不过他并没有拒绝父亲，而是在惊讶过后，坐下来，听着父亲继续说话。

父亲说："我看过了，在泗欧河的某段可以建水电站，那里其实已经筑起来了，筑成了水碾，我们利用已经拦起的堤坝，再把水碾改造一下，不用出很多劳力，就可以建成一座水电站。建成水电站，不仅可以发电，还可以用来打米，还可以用来灌溉，还可以做许多其他事。"

阿养叔听了，眼睛也亮起来了，立即就被父亲说动了。他召开了生产队大会，在大会上作了动人的演说，向大家描绘了一幅建起水电站，有了电后的迷人、美丽的新生活画卷。

安陲人听了，并没有理解阿养叔的说辞，更想象不出阿养叔描绘的美好画卷，但相信阿养叔的为人，阿养叔决定要做，就肯定错不了，便一举都同意了。

那个冬季，安陲人热火朝天地在泗欧河上劳作，很快就把水电站建起来了。

我那时还太小了，并不知道他们是怎么解决购买机器的资金的，只知道那天傍晚要第一次发电了，我无比兴奋，感到有着大欢喜，连蹦带跳地向水电站跑去，要看父亲怎样发出电。

我看到了发电机转起来了，呜呜地轰鸣着，然后父亲合上了电闸。

可是随着电闸合上，电灯只闪了一下便暗淡下来了。父亲立即迅速地拉开了电闸。

“怎么了？”阿养叔不解地问。

父亲惭愧地说他没算准发电量，电量负荷不起全部的用电，现在他很自责。

阿养叔又召开生产队大会，他说：“这个水电站是罗医生建起来的，我们用不上电也要让罗医生的卫生所用上电。”

没有异议，大家一致通过。

父亲却笑了，他解释说没这么严重，家家都可以用上电，每家都点一盏电灯，就好了。

这之后安陲的夜晚虽然没有灯火通明，但从此也不再黑暗了。

2023 年 12 月 7 日

铁匠铺

在安陲的河口，孤零零地建起了一间屋，这间屋子与其他的屋子不同，半边是敞开着的，在这敞开的半边屋里架起了炉火，竖起了铁砧，响起了叮叮当当的打铁声。

原来这里开起了一间铁匠铺。

最奇怪的是开这间铁匠铺的主人不是安陲人，而是湖南人。

在那个年代，一家湖南人居然来到安陲，安家落户了，还建起了屋子，开起了铁匠铺。

我和陈松听闻了立即前去围观。从卫生所跑到河口的铁匠铺大约有三里地。我们一路地跑，上气不接下气地跑，还没跑到铁匠铺，就远远地听到了叮叮当当清脆的打铁声。安陲除了偶尔有到九谋锡矿来的汽车发出的声音外，其余皆是来自自然的声音：风声、雨声、雷声、鸟的鸣叫声、野兽的吼叫声……现在我们突然听到了一种打铁的声音，不禁有点惊喜，有点兴奋。我和陈松立即加快了脚步，飞一样地跑过去，要看看究竟。

我们来到了铁匠铺，只见铁匠正在打铁。打铁者是一老一小。其实一老也不老，一小也不小。老的年纪五十岁左右，小的年纪十八九岁。一个“老”当益壮，一个年轻力强。他们露出结实的臂膀。小的抡起大锤时，臂膀上的肌肉鼓起，像两块硬硬的石头。老的提着一把小锤，一声一声轻轻地敲击着刚淬过火的铁器。小的拎着一把重锤，听从小锤召唤，小锤指哪儿它便砸向哪儿。一时火花四溅，响声脆亮。

我们看得痴了，便下意识地屏住气息，站在一边，不错眼地看，竖起耳朵全神贯注地聆听，感觉一切那么美妙。人的劳动，带着音乐的节奏。发出的声音，就是美妙的音乐。屋子里有着与安陲固有的农耕气息完全不同的手工业气息。风箱、铁炉等各种打铁用的器具，这一刻给古老的安陲带来了新鲜的手工业的生命气息。我和陈松大口地呼吸着这间屋子里散发出来的我们从来没有闻到过的气息。有点呛，充满刺激，不仅刺激着我们的鼻子，更刺激着我们的心房。

很快我就知道了铁匠铺的主人姓周，叫周加力，那小伙子是他儿子，叫周日常，周日常还有个妹妹，叫周美常。

周美常成了我和陈松的同学，长得娇媚，像一朵山茶花，两眼一眨一眨的，仿佛会说话。

可是周美常基本不说话，上课的时候来上课，放学的时候离校回家。

周日常更远离我们，我几乎从来没有听到过他说话，每次见到，只见他总是在舞动双臂一锤一锤打铁。

与两兄妹不同的是，周加力却是个话痨，他喜欢不停地说话，有人来，他的话滔滔不绝，没人来，他也要自言自语，这让我感到意外。

而他的话也极有趣，他似乎天南地北无所不知，说的都是一些我们闻所未闻的话。

我爱听他说话。他不像我们安陲人聊天的时候爱“板古”，就是讲故事。安陲是少数民族聚居地。不管是苗族还是侗族都喜欢“板古”，后来我认为，这些民族因为没有文字，而特意通过这种方式，来传承自己民族的历史和文化，这是一种自然的选择。周加力不讲故事，他爱说某某地发生了某某事，这只是引子，然后就要加上各种各样的长篇大论，表达自己对世事的看法。

我们安陲人基本不会发表自己对世界的看法，安陲人活着，一直活在先人的影子里，世世代代，安陲也没有太多变化，日出而作，日落而息。就像那千年的古树，长得郁郁葱葱，却把所有的心事都隐藏在年轮里。我父亲来到了安陲也没有给安陲在精神层面带来多少变化，他给安陲送来了医药，建起了水电站，仅此而已。

周加力就不同了，他是直接使用语言，用语言介入，简单而粗暴，一下就给安陲人带来了强烈的冲击。

语言是有力量的，那些通过语言表达出来的观点更加具有穿透力。它们激烈地锤打安陲人一直沉睡着的心灵，就像一把重锤锻打着铁砧上的器具。

安陲人特别是年轻人，许多的心灵由此开始苏醒了，睁开眼打探起外面的世界，并且渴望到外面的世界看看。

一个村庄需要有一个人来打开，来引导。奇怪，在安陲，这种打开和引导之人，并不是身为知识分子的我父亲，却是粗犷、没有多少文化、见识也很有限的一名铁匠。

一时，铁匠铺不仅是打铁、制造铁器的地方，更是成为看安陲外面世界的一个窗口。每到晚上青年们走出村庄，来到孤零零建在村外三里地的铁匠铺，聆听周加力对安陲外面世界的述说。

2023 年 12 月 9 日

安陲小学

我父亲建起了安陲卫生所，张明鸿建起了安陲小学。

我父亲建安陲卫生所并非依靠的是我父亲的一己之力，而张明鸿建安陲小学却依靠的是张明鸿的一己之力。

在张明鸿之前，安陲并没有学校。张明鸿来了，张明鸿就说安陲要有学校，于是便亲自建起了安陲小学。

有一天，父亲很兴奋，他对我说：“今天带你去学校报名，上学。”

我听了，立即兴奋起来，一蹦老高。可是我从来没听说安陲有学校，什么时候安陲有了学校？

父亲牵了我的手，走出卫生所，朝卫生所的后背走去，卫生所的后背是一座山，我们爬上山，果然就见到了安陲小学。

张明鸿笑吟吟地在学校的教室里接待了我们，他说：“罗医生，你放心，罗海就交给我好了。”

父亲频频点头连说：“放心放心。”

张明鸿国字脸，有那个时代影视剧里的英雄形象，青春、阳光、正气，就是少了一点威严，略带着些孩子气。那时他也就十八九岁，刚高中毕业。作为回乡知青，他给安陲带来了这所学校。

刚开始的时候学校只有一间教室，老师只有一个老师，就是张明鸿，只有一二三年级，一二三年级全部在这间教室，组成复式班，由张明鸿教课。

后来张明鸿找来了他堂妹妹张明丽，又找来了他亲妹妹张明鲜。队伍迅速扩大了。班级也正式分开了，一年级、二年级、三年级，各在各的教室。

张明鸿很得意，得意起来就爱唱："想当初老子的队伍才开张，拢共才有十几个人、七八条枪……"我们听了笑哈哈的，都学着他唱，"老子的队伍才开张，拢共才有十几个人、七八条枪"。

老师是张明鸿的家人，学生也是张明鸿的家人。他的两个亲弟弟，一个叫张明权，一个叫张明生，相差一岁，都在一个班。

有一天，张明鸿觉得学校实在太沉闷了，闷得慌，便把兄弟俩叫出来，说："你们摔跤，谁输了谁今天值日，擦黑板、扫地。"

两兄弟得令立即雄赳赳地走出班列，挽起袖子，互相摔起跤来。开始两人还都手下留情，互有分寸，随着竞争激烈，相互抱摔，渐渐就顾不得许多了，真枪真刀地斗了起来。我们的教室是泥地，两人在泥地上竞斗，一时斗得飞沙走石，尘土飞扬，煞是好看。我们把他俩围在当中，不停地为他俩呐喊助威鼓劲。张明鸿抱着双臂笑盈盈地观看。

这时不知是张明生弄痛了张明权什么地方，惹得张明权忽然张口在张明生的手臂上狠狠地咬了一口。张明生大叫一声挣脱了张明权，立时哇哇大哭起来，一边哭一边喊："你耍赖！你耍赖！"张明鸿听了哈哈大笑，并不打算主持公道。张明生见了，一甩手朝山下跑去，大概是去找能主持公道的人去了。

张明鲜也爱唱，但她爱唱外国歌曲。现在我还记得她最爱唱的是那首阿尔巴尼亚的歌《赶快上山吧勇士们》："赶快上山吧勇士们，我们在春天加入游击队……”唱得激昂、豪迈，歌声悠扬，十分好听。我们听了，围着她，请求她把歌词写给我们。她欣然同意，一个一个地在我们的小本子上，写下了这首歌的歌词。那个下午她全部用来写歌词了。

后来又来了一个公办的老师叫张芳，教我们画画。先画一个蛋，然后画一个太阳。蛋和太阳都是圆的，技法似乎完全一样。于是，我耍点小聪明，故意把蛋画得像太阳，把太阳画得像蛋，让它们彼此分不清。张老师见了，并不生气。她说：“只有把蛋画好了，太阳才更像太阳。”我听了这句话，一下子就愣住了，想不通里面有些什么玄妙。张芳老师见我有点糊涂，笑笑就走开了。

在所有的老师里张明丽老师最没有权威，她教的是语文课，写生字的时候，张有能故意用左手拿笔写，还要把作业本歪成四十五度角，斜着眼写，假装非这样写不可，不这样写就写不成，模样搞怪。我们见了知道他是在作弄张明丽老师，差点笑掉了下巴。有一回要填表，其中一栏是填民族，张有能在上面工工整整写下“大头族”，把张明丽老师都气哭了。我们那时都很顽皮，张明丽老师哭了，我们都笑了。从此“大头族”成了一个笑料，专拿来气张明丽老师。

那时的我们是多么的无知而无耻啊。好在后来同学都渐渐明事理了，长大了很多人都成了安陲的栋梁之材。

我们的张明鸿老师作表率，最先成才，后来当上了县里的公安局局长。他本来就一表人才，如今更熠熠生辉。他成为公安局局长的时候，我已离开了安陲。

2023 年 12 月 10 日

住屋

小时候在上海，我们家的住屋，是一栋二层小楼，平常把门一关，风声雨声就都关在门外了。当大风大雨来临时，我会好奇地扒着门缝，看外面的凄风苦雨。只见它们一下往南边刮着，一下往北边刮着。风在呼啸，雨在甩打，门扉、窗棂都在哗哗地响，沙沙地响，雨水如注流泻下来，可是全都被关在了门外。天是灰蒙蒙的，除了雨看不到任何踪迹。外祖母和孃孃们对风雨都无动于衷，八仙桌上的牌九都被推得哗哗乱响，盖过了风声、雨声。小舅舅在一边乐呵呵地端茶送水。

在安陲，可不是这样的，最先我们住在一间年久失修的木皮屋里，外面下大雨，屋里便下小雨。每当大雨倾盆而至，父亲和母亲就慌乱地把盆啊桶啊拿出来，接屋顶滴漏下来的雨水。雨水滴滴答答，滴乱了心情。母亲忧愁地看天看地，看风看雨，不知怎么挨过这些凄风苦雨的时光。后来，卫生所的所长觉得有必要兴建新屋，与父亲商量。父亲说好。他早就渴望这么做了。所长听闻，说："那还不赶快干起来。"父亲便撸起袖子干起来，画蓝图，买材料，请工人。不出几个月房子就盖好了。

房子盖起来了，我有点失望，甚至还有点担心。我原以为父亲将盖的是青砖大瓦房，居然不是，而是泥砖瓦房。我担心泥砖不耐雨水浇淋，受不得风吹雨打。但结果总算好，屋顶盖的是瓦面的，不是我们住着的木皮屋，再也不用担心漏雨。

我们喜滋滋地搬进新屋，屋里窗明几亮，南北通透。在夏天，把南北的门全都打开，再放一张躺椅和衣躺在上面，几乎就是一种幸福生活了。我常常就这样躺在这张躺椅上，感受着幸福。此后几年，我们一直住在这间屋里，风声、雨声，都被关在了门外。

而安陲人真正的住屋，却不是这样。典型的安陲住屋，是木制的吊脚楼，分两层，沿着山坡建起，上面一层住人，堂屋里烧着经久不息的塘火，下面一层养牲畜、家禽，牲畜主要有牛和猪，家禽主要是鸡和鸭。这些牲畜、家禽在下面哞哞地叫，嘎嘎地叫，动听而美妙。

我好奇这样的住屋，宽大而空旷，就像这大自然一般，人与自然没有隔阂，屋是自然的一部分，人也是自然的一部分，全部融为一体。入夜住在这样的屋里，能感受到自然抚慰着人的心灵，如和风，如熏风，如惠风，轻轻掠过。

那时，我总要找机会去同学家住。但母亲偏偏不喜欢我在外住宿，为此我总要绞尽脑汁寻找理由。

最好的理由是说同学病了需要我照看。这个理由是一说一个准。母亲一听，比我还急，又问病情，又要打理东西，让我去的时候带去。比如一些消炎片啊止痛药啊之类的。我便带上这些物品，喜滋滋地踏上去同学家的路。

同学自然是我的同谋，相见了，计谋得逞，相视一笑。

这样的住屋，还有另外的特色，就是建有一个敞开的走廊，可以靠在走廊上看外面的风景，走廊外另建有一个晒台，一般有三四十平方米，可以晒米晒谷，可以晒木薯晒玉米，还可以晒人。在冬天，我总爱躺在这晒台上，眯缝起眼睛看天上的太阳，阳光微微地刺眼，暖洋洋地照射下来，温和而明亮，一会儿就把整个人都晒暖了。

海子对自己住屋的梦想也是这样：我有一所房子，面朝大海，春暖花开。

我对住屋的梦想比他简单得多，只要有一处能遮风挡雨的屋子便可以了。

2023 年 12 月 18 日

火塘

安陲除了一些公社机关干部的家庭，比如像我们家，没有火塘，几乎每一家屋里都有火塘。

火塘置在堂屋的正中，上面架着铁三脚架，铁三脚架上摆着鼎锅，鼎锅里烧着水，往外噗噗地冒着热气，再往上吊着几串被烟火熏得黑黄的腊肉和腊肠。昏暗的堂屋虽然我不喜欢，可是温暖的火塘却分外吸引我。

我母亲来自上海，在上海没有火塘。尽管上海每到冬天就会有几场大雪覆盖了大地，但是上海人并不烤火，再冷的天只是多加几件衣裳而已。母亲来到安陲刚开始仍秉持着这个习惯。

安陲人见我们家没有火塘，也没有火盆，连忙好心地给我们家送来了火盆。

母亲只是笑笑，收下了，并不生火。

后来隔壁梁雪花把生着火的火盆带进了我们家。父亲大概早就想生火取暖了，从此我们才开始用火盆烤火。

在冬天的暗夜大家围坐在火盆周围，一边烤着火一边聊着天，这就是南方冬天的夜景了，非常温馨。

最美好的时光是在春节，一边在火盆边烤火，一边在火盆上架上火钳，上面放上年糕、糍粑，聊着天，慢慢地烤，有一口没一口地品尝着食物。时光是慢的，慢得好像停顿了。年糕和糍粑必须在火盆上慢慢煨，慢慢烤，不能急，急了就煳了，甚至焦了。许多事物都需要经历慢慢的时光。

与火盆比起来，我更加喜欢火塘。很多时候，每到夜晚，我就跑到有火塘的同学家去。在有火塘的人家，也不需要点灯，火塘就是灯，映亮了人们的脸，也将黑暗中的许多物件映出了轮廓。还小的时候我甚至喜欢看和玩火塘映照出来的人影，时而大时而小，时而静止着，时而晃动起来，如此生动，犹如人的魂灵。它们对着人，依着人而存在，又脱离了人，以比人更夸张的形态存在着，显示着，妖娆着，魅惑着，令我痴迷。这时候阿养叔坐在火塘边讲着安陲的故事，我一边看着阿养叔的影子，一边想好像是他的魂灵在出窍。这么想着就好笑。

安陲的火塘不仅是一种生活，也是一种信仰，它潜移默化在我们流逝的时光中，浸润着我们，悄无声息。回过头来，我们才会看清它在我们的人生中留下的痕迹如此清晰。

2023 年 12 月 19 日

安陲中学的桥

安陲是个多么奇怪的地方啊，它把小学建在荒无人烟的山上，又把中学建在孤悬村外的河洲之上。

在这种地方建这样两座学校的人其中一个是阿忠叔。他一定认为学校应远离人间烟火，要安静又清寂。他没读过什么书，如果他读过书，并且读过陶渊明的诗的话，可能就不会这么担忧学校会被世俗的烟火轻易骚扰着了。陶渊明不是有诗云“结庐在人境，而无车马喧。问君何能尔？心远地自偏”吗？

学校建得不仅远，而且就像明朝的诗人朱诚泳写的“道路远且阻”，安陲中学的道路被一条泗欧河阻隔着了。

不过这完全难不倒阿忠叔。

逢山开路，遇河搭桥。不就是只需要建一座桥吗？建一座就是了。

于是，阿忠叔指挥生产队的社员上山去砍百年杉树，建起来一座桥。

桥不但建起来了，还建得很漂亮，不是由简单的几根木头、几块板子搭起的，而是让生产队的能工巧匠建成的最好看的桥。桥上起屋建瓴，雕梁画栋，建成了一座标准的苗族风雨桥。

桥建好了，阿忠叔经常背着手，在这座桥上走来走去。大概他喜欢看我们走过这座桥去上学。我们每次上学放学在桥上遇见了他，就要停下来，向他致意、点头、问好。他回以致意、点头，答："好好好！"然后依然背着手在这座桥上走来走去，我们就扮着鬼脸跑开了。

让阿忠叔没想到的是来年的开春，雨季来临，泗欧河涨起了洪水，洪水一来，过了桥墩，就把桥抬起冲走了。

涨洪水的时候我们跑去看。

只见洪水迅速涨上来，盖过了桥墩，桥在洪水的冲击下开始摇摇摆摆，看得我们惊呼。

阿忠叔也来了，眼巴巴看着桥被越涨越高、越涨越大的洪水抬起，冲走了。

就这么看着桥被洪水冲走了，我们想痛哭流涕，果然有人大声地痛哭起来。

阿忠叔抚摸着痛哭的人的头安慰，当即决定要再造一座一模一样的桥，甚至更好的桥。

洪水过后，阿忠叔果然召集人马，重整队伍，又干了起来。

很快一座像原来一样漂亮的桥就建好了。

这次阿忠叔吸取了教训，他把桥用大铁链拴缚起来。

他为他这招感到非常得意，脸上露着得意的笑容。

果然他应该得意。来年洪水又涨起来时，桥再度被洪水抬离了桥墩，但是这回没有被洪水冲走，被铁链拴缚着的桥像一艘船一样，被铁链牵引着，稳稳地打直，安然地依靠在岸边，像一个乖孩子。

洪水退了，阿忠叔让桥就着退去的水势回到了原地。

从此我们再不需要为桥担忧。

但是阿忠叔却为桥担忧了。安陲的青年男女看上了这个美丽地方，趁着夜色便三三两两地来到桥上谈情说爱。

我们放夜学了，走到桥上时，发现桥上又生造出了一道人造的美丽风景，充满着诱惑，令我们又好奇又激动。

可是阿忠叔却有自己的看法，他觉得学校是一块净土，连同学校的桥都应该是一块净土，不能由别样的东西染指，特别不能由爱情染指。他便组织人在桥头值守，不允许爱情在桥上生长定格。一夜之间桥又恢复了往日的恬静。

2023 年 12 月 20 日

安陲中学

安陲中学的校长姓杨，我们叫他杨校长。安陲中学的副校长姓熊，叫他熊副校长。

杨校长的儿子叫杨智，与《水浒传》里的好汉杨志同音不同字，但我们都管他叫“青面兽”，并把他当成真的杨志了。可是他的脸白净而光洁，我感到很奇怪，青面兽杨志，脸上应该是有一块疤的，为什么他没有呢？喊他“青面兽杨志”的时候，杨智很恼火，不理我们，所以没有成为我的好朋友。

熊副校长的儿子叫熊元管，这个名字在我看来，也有点梁山好汉的味道，但我努力想了想，却想不出有哪位梁山好汉叫熊元管的，只好不让他做梁山好汉了。熊元管做不成梁山好汉，就成了我的好朋友。

成了好朋友，便经常在一块逃课。有一回我们又逃课了，是我出的主意。我觉得上课实在太无聊，不如去划船，就偷偷同熊元管把小话一讲，立即得到他的应和，我们悄悄地不动声色地出了教室，直奔河边。

安陲中学被水围住，正像梁山水寨，也似梁山水寨有“大寨”“小寨”“中军寨”。小寨是一块操场或者说篮球场，全校集会就在这里。上了坡又是一块平地，算是大寨，两边是两排教室和宿舍，中间是块空地，校长讲话的时候，就在这里。

那时候杨校长非常喜欢讲话，或对一个班，或对几个班，或对全校师生。看规模大小时而在小寨时而在大寨。他讲话时，我们齐刷刷站在操场之上，听他大声讲话。说大声其实与事实不符，杨校长说话从来大不了声，总是细声细语，像和你抵耳交谈。所以他在操场上讲话都要麻烦教务配置上扩音器，话音从扩音器出来，再小声也会变得洪亮。也许杨校长是能把声音讲得洪亮的，只是因为有了扩音器，他知晓扩音器的本事，就懒得费力大声说话了。

中军寨是又要上一个坡，在坡顶，是一栋教务大楼，这就是全校的“核心首脑”所在了。校长的校长室、老师的教研室以及学校里的其他各种科室统统在这栋楼里。楼的背后还有一栋楼是教职工宿舍，教我们英语的谭老师就住在那里。

从安陲小学毕业来到安陲中学上初一，谭老师就来到了我们中间。在小学的时候，是他的妻子陈老师教我们，现在我们上中学了，谭老师接过了接力棒，轮到他教我们了。

陈老师教我们的时候，认为我是天才。这是有一回我亲耳听到的。听到时我吃了一惊：我怎么会成了天才？原来陈老师之所以认为我是天才是因为她在讲台上上课时，我已经把作业都做好了。她讲完课了，便布置作业，谁先做好作业谁就先下课。

总是这样，她话音刚落，我便站起来，把作业交上去了，然后得意扬扬、昂首阔步地走出教室，玩去啦。惊得我们陈老师张口结舌半天说不出话，眼睁睁看着我走出教室。所以她便认定我是天才了。

陈老师有个特点，讲完课布置作业的时候从来没变过，就是把课本里列着的习题一道道地全部依次布置，我立即就抓住了她的这个规律。如此早早把作业做下来，从来没出过差错。在这点上可能她也认为我是天才：竟能猜出她布置的作业而自己先行做好了。

我们上初中了，陈老师特别地向谭老师介绍了我，说这个学生是天才。谭老师听到了很吃惊，但是他不动声色，沉得住气，大概心里想：我倒要看看他是怎样一个天才。

初一第一个学期我们开设英语课了，刚开始让我们很好奇，A、B、C、D、E、F、G……呀，多么好玩，多么有趣。好像教授我们的谭老师对我们也很满意。

但是接着再往下教就出了问题，就无法进展了，不管谭老师再怎么教，我们就是都记不住了。这让谭老师很无奈，他只好勉为其难反反复复地教。这一个学期下来，勉强教完二十六个字母。期末考试的时候就考这二十六个字母。

谭老师虽然有所担心，可是却怎么也没想到结果会比他料想的还要糟糕，尽管考试只考二十六个字母，我们许多同学还是未能全写下来。

谭老师一边阅卷一边摇头，最后实在气不过了，把他三岁的儿子抱起来放在讲台上，对他说："儿子，你把二十六个字母背出来，让这些哥哥姐姐听听。"

儿子听到了命令，立即当着我们的面把二十六个字母朗朗上口地字正腔圆地背了一遍。

话音停下，谭老师说："看看，三岁小儿，在一边跟着你们听，都记住了，你们居然记不住。据说有人还是天才哪。"

这后一句说的分明就是我了，把我说得满脸通红，恨不得钻进地缝。

下课了我们纷纷挤上讲台与小谭对话："小谭小朋友，你怎么那么厉害啊？"

小谭小朋友听到我们的奉承，看着我们无比崇拜的眼神，坐在讲台上嘻嘻地笑，像个弥勒佛。

直到我们国家开放后，有一天我在广播里听到二十六个英文字母歌，万分欣喜，也觉得太遗憾了，我在我该听到的年纪没有听到，现在听倒是对我没有用了，晚了。尽管晚了，还是非常欣喜，非常喜欢听。现在我也爱听，常打开电脑调出这首歌来，一遍一遍反复听。如果在初一谭老师教我们A、B、C、D时，能教我们唱这首歌，凭着这首歌，他一定不费吹灰之力就能让我们轻松学会这二十六个字母。这些时代的伤痛成为痕迹埋在我心底。

我们都很怕谭老师，尤其是我，总是躲得他远远的。

可是有一回他却找到我，说到他家去。

我听了，只好硬着头皮，装着乖乖的样子跟在他后面。

走出教室，走上中军寨，进了他的家。他家是一个套间。陈老师也在家。

见了陈老师我一下就放松了。我知道不管我怎样犯错，有陈老师在陈老师就会护着我，我可是陈老师的得意门生啊，她不会让我受委屈。

陈老师见我到来眉开眼笑，非常开心，给我倒茶递水。

谭老师不屑于这套，直接进了里面房间。见我没跟进来，招呼我进去。

里间是卧室，除了床，就是书，到处是书，书架上桌子上床上都是。

谭老师说："你爱看书，我这里有很多，自己挑吧。"

一眼看到这么多书让我眼红心热，但是听到谭老师这么对我说，我一下便明白他叫我到家来的意图了，就是让我拿书看啊。不知为什么我眼圈一下就红了，突然有点想哭。没想到原来谭老师也对我这么好。

我和熊元管逃课了，逃到水泊边，那里停着一只熊元管家的小船，就似梁山上的那些小哨船，能坐三五个人。

我们上去，把船划动，划到河中，顺流直下。

泗欧河不大，是一条小河，在冬天尤其小，浅水见底，可见鱼儿遨游。

这些都是些很调皮的鱼儿，追着我们撑在水里的竹竿与我们抢行，我们撑多快，它们也游多快，实在是好玩。

正这么玩着的时候，我“啊呀”叫了一声，指着一条蛇大声对熊元管叫。

熊元管也看到了。

这条蛇正直奔我们游来，吓得我们赶紧划动船要逃开。

可是慌乱中，我一下站立不稳便全身掉进了河里。

我身上穿着毛线衣毛线裤，全都湿透了，爬上船不敢回家，最后商量出了到熊元管农村的家去的办法。

熊元管的母亲是农民，熊元管农村的家离学校有四五里地。

我们一路奔跑着去，进了屋熊元管的母亲见了我们也不奇怪，让我赶紧脱了衣裤睡熊元管床上去，熊元管和他母亲就在堂屋的火塘帮我烤我的衣裤。

现在才发觉，我记忆中的安陲中学，让我有一点点尴尬，更让我有微微的感伤。

2023 年 12 月 22 日

裁缝店

安陲除了有一家铁匠铺外，还有一家裁缝店，开在安陲街的中段，是一家夫妻店，老板姓张，老板娘姓王。

店里正中摆着一张宽大的桌子，上面铺满了布料。在春节前的一些日子里，桌面的布料更是堆得像山一样高，充满了一种只有裁缝店才具有的由布组成的温馨的气息。这种温馨，对我具有魔性一般的魅惑。我总是喜欢到裁缝店去，但是又不敢进去，便在裁缝店门前踯躅，走来走去，依依不舍，流连忘返，只为能感受到裁缝店里那些特别的气息。

店铺最里面靠墙还立有一个货架，上面依然码着一排布匹，很绚丽，令人艳羡。

大桌两边靠着两台缝纫机，是上海产的蝴蝶牌缝纫机，机身上印有金黄的“蝴蝶牌”三个字，其上钉着一枚蝴蝶样式的也是金黄色的铭牌，台面饰有一圈中国传统样式的金黄花饰，显出一种东方式的古雅。上海的缝纫机也来到了闭塞偏僻的安陲，真是令人惊喜。那时上海被誉为全国人民的供应商，此言不虚。

张老板，四十岁出头，却似白面小生。那种白净是安陲人所没有的。安陲人大都生得面黑，身上的皮肤橘黄，因而我甚至怀疑张老板不是安陲人，但又确信他就是安陲人。在安陲，只要是张姓人家一定是本地人。不知张老板是不是因为久居室内，不经风吹雨淋日晒，皮肤才变白皙了。后来我知道张老板不仅是正宗安陲人，还是我们学校张明鸿校长和张明鲜老师的父亲哪，这让我有一点吃惊，再看到他，想到他居然是我们张校长、张老师的父亲，更不敢轻易跨进裁缝店了。忽然理解了张明鸿校长为什么长得那么英俊，张明鲜老师为什么生得那么漂亮了，原来是因为有个如此清秀的父亲啊。

每年春节前夕是裁缝店的旺季，只见裁缝店里人来人往，可谓人山人海，像个集市，基本是母亲或者父亲带着自己的孩子来裁缝店做过年穿的新衣。

在安陲，春节前要做新衣，春节时要穿新衣，这是一种习俗。刚开始我有些不解，甚至有些不屑，后来见到同学们在春节时人人穿新衣，新鲜光亮，花枝招展，像换了个人似的，我就有点眼红，暗暗羡慕了。反而不理解为什么我的父亲和母亲，从没在这些日子里，像别人的家长一样为我准备新衣。多少年来，在安陲，逢年过节，我从来没有穿过新衣。节庆的日子对于我们家来说总是过得很淡然很寻常，几乎与其他日子没分别。如果没有梁雪花就真的没什么两样了。有了梁雪花，我们的家也就有了同安陲人一样过年节的氛围。每当过年节了，梁雪花就会拉着母亲一块操持年节的物事：炸油蛋、做年糕、打糍粑……我和梁雪花的女儿婉婷一块帮着小忙，其乐融融，真是温馨无比。现在想来那些温馨的气息宛若在此。

有一回我突发奇想，我要母亲带我去裁缝店，让张师傅为我做一条西裤。

母亲听了感到吃惊。她吃惊的原因，一是我几乎从没向她要求过任何东西，她在平时常常会问我：“你想要什么？”我总是摇摇头，表示什么也不想要。这让她有些失望。她总是希望我提出一些希望，她总是期待着能去满足我提出的什么希望。而我实在没有感觉我缺什么。我衣食无忧，饭来张口，衣来伸手，一切如愿，令人满意。

而令我不满意的地方也有，比如我脚上穿着的由上海带来的皮鞋，这让我十分不满意，我的同学们基本打赤脚，而我竟穿着皮鞋。

很快我就有了解决办法，我把皮鞋脱下，与同学们一样打赤脚。

我的同学们对我的这种做法表示认可，都拍手叫好。

得到他们的认可，我感到无比荣光。

平常我的衣服也比同学们穿的干净、整洁。衣服从来没有打过补丁，而同学们，除了在春节换上新衣服，平常穿的衣服基本没有不打着补丁的，大多衣服甚至还补丁叠着补丁。穿着那么好那么新的衣服，令我羞愧，浑身不自在。后来，有一次，我想出了解决办法，并为此而感到得意，就是故意把衣服扯烂了，回家让母亲缝，这样一来，我的衣服也有补丁了。

头一回母亲也没怀疑觉得很正常，一个到处蹦蹦跳跳的孩子，偶尔钩烂了衣服没什么奇怪，拿起针头线脑就缝了起来。奇怪的是接着她发现我的衣服频频被钩烂，几乎快没一件好衣服了。有一次她终于发现了是我在故意扯烂衣服，但她没当面说穿我，而是同父亲说了，一边说一边感到不可思议，不明白我为什么要这样做。父亲听了，也没说话。这成了我们仨彼此间的一个秘密。

直到我再长大一点了，更有了自己的独立主见，不那么从众了，我才不撕烂衣服，不穿带补丁的衣服了。

母亲对我居然请求做新衣感到吃惊的第二个原因是，我居然想要做一条西裤。那时安陲男性穿的裤子都是那种千百年来从古时传下来的样式，裤子没有开缝，并需扎着腰带。母亲便有点考我的样子，笑盈盈地问我：“要做成怎样的一条西裤？”

我便详细地对母亲解说了，裤要开缝，装上拉链，最重要的是要有背带。

母亲听了有点吃惊，她没想到一个小小年纪的孩子，居然能把一条裤子说得那么细致，居然还懂得做西裤时要求做背带。

她仍笑盈盈地，似乎很满意地说：“好了好了，由你亲自去跟做衣服的张伯伯说，好不好？”

母亲这么一建议，我一下就羞涩起来，有点不敢去了。

母亲用眼神鼓励我，并说：“人家又不会把你吃了。”

我想了想，鼓起了勇气，由母亲牵着向裁缝店走去。

除了过年过节，平常日子的裁缝店基本没什么顾客光顾。尽管没顾客光顾，但张师傅好像一年到头都坐在缝纫机前不停地扯呀缝呀，真是奇怪。

张师傅见我们到来，立即从缝纫机的凳子上站起来迎接。他说：“吴医生带小孩来做衣服呀。”

我母亲答：“是啊，他说要想请张师傅做一条西裤。”然后母亲把我推到张师傅面前，“你自己跟张伯伯说吧。”

我虽感羞涩，还是鼓起勇气开口了，这条西裤我挺看重，我希望张师傅能做好。

张师傅听了我的要求，连连说“好好好”，拍了拍我的肩膀要我放心，一边说一边把挂在脖子上的皮尺扯在手里，帮我量尺寸。

半个月后裤子终于做好了，是母亲帮我把裤子领回来的，领回来后母亲也很欢喜，当场要我试试。这可是我第一次开口要求做衣服啊。

我也很兴奋，当场试穿起来。

一切都合身，令母亲赞不绝口。

可是，我却发现了问题，说："没背带。"

母亲说："没有背带也是西裤，也很好。"

我不依，一定要背带。

母亲只好带我再去裁缝店见张师傅。

张师傅说："什么背带？从来没听说过。"

我努力解释。

好像他还是不明白。

我才肯定我当初向他说背带的事，他根本没听进去，不仅没听进，而且他还似乎根本不知道背带是怎么一回事呢。

母亲不断打圆场说："没背带也很好，就不要背带了啊。"

我感到很沮丧，很失望，很扫兴，还很生气。我原来想象我穿着背带裤气宇轩昂的样子，现在，最终，并没能在现实中实现。可是，最后我知道，一切都不能改变，没办法了，我只好让母亲带着我离开了。

走在路上母亲说："张伯伯很聪明的，他在城里只学了三天裁缝，回来就开了这家裁缝店，换了你，你能不能做到？"

我想了想，觉得肯定不能，气就消了。

来年的秋天张师傅在安陲村外一里的地方，一个两山夹着的山坳里平土建房。

我感到太奇怪了，怎么会选在这么一个荒凉之地，而不在安陲的繁华之所建房呢？

房子建起来了，是当时安陲村民民居里最好的房子，而且占地宽广，比一般人家建的房子大着好几倍，光是堂屋就是人家一栋房子的大小了。

房子建好了，我常见他背着手踌躇在这所房子周围，抬着头，左看看，右看看，两眼放光。这是他的作品，这是他的梦想，这是他的理想，如今大约一切如愿。

但是，房子建好了，张师傅并没搬进来，依然住在他的旧居，就是裁缝店里。而他的儿子，我们的张明鸿校长，他的女儿，我们的张明鲜老师，也没有住进来。他俩选择在学校住宿。

建成的房子就这么空置着。

有一天，张明鲜老师发现了它的妙用，带领我们来到这栋屋子里，进到堂屋，摆开架势，在这间堂屋里教我们唱歌跳舞。

这里可真是一个好去处。一是它完全与村庄隔离，自成一统，不受干扰，也不干扰别人。二是房屋如此宽大，足够我们闹腾。我发现，尽管我们二三十个人，但也没装满堂屋，它大得简直像教室一般。

从此我们在这里夜夜笙歌，日日舞蹈。这里成了我们纵情的一方自由天地。“红日照遍了东方，自由之神在纵情歌唱……”

奇怪的是，自从这栋房子成为我们的“根据地”后，张师傅就再也没在这栋房子里出现过，仿佛消失了。

2023 年 12 月 30 日

供销社

安陲供销社如此多灾多难。一个冬夜燃起的一把火，将供销社烧了个精光。

大火熊熊燃烧的时候，谁也没有办法，只好眼睁睁看着火势滔天，直上云霄。

火光和烟雾弥漫了整个安陲的夜空，将安陲的黑夜烧得宛如白昼。不幸之中的万幸是供销社是一座独栋房子，周边没房，烧起来的大火没有祸及其他。

公社张书记捶胸顿足，供销社的王主任默默地流出两行泪，又惶恐又惭愧。大火映着他俩的脸，一个青一个白。

正像安陲卫生所是一栋木皮屋一样，安陲供销社也是一栋木皮屋。在我的印象里，这栋屋子几乎没有窗，有一排大门，大门外阳光灿烂，大门内有点幽暗。许多物品被摆放在黑黑的地上供人挑选：铁锅、铁桶、铁铲……靠墙围着一圈柜子，用粗硬的老杉木做的方条，镶以玻璃，玻璃台面都磨花了，不太容易透过玻璃看清柜台里头摆放的物品，老杉木方条的包浆油光水亮。柜子非常结实，像一圈厚实的围墙。我进到供销社去买鸟铳用的铁砂和火药，铁砂锈黄，火药黝黑。令我惊奇的是还有鸟哨卖。鸟哨我只在这家供销社看到过，别处再无，能吹出各种鸟语。可以想见，鸟哨吹起来，大约就会引得百鸟朝凤般，纷纷飞来了。真是一件神奇之物。可惜当初我并没有买下。没有买的真正原因不记得了，可能是没钱，也可能是并不相信它的神奇，还可能是我们卫生所赤脚医生杨树理嘟起嘴就会吹鸟语，根本不需鸟哨，我就不稀罕这件物品了。

我去供销社最多的时候是母亲炒菜的时候，经常是这样，锅已经热了，菜已经炒上了，母亲才发现，没盐了，或者没酱油了，或者没有其他调味品了，急令我来救场。我便接过母亲急匆匆递来的钱，飞快地跑向供销社。好在供销社不远，上一个坡，走两步，就到了。供销社里的张阿姨见我总是笑眯眯的，我未到面前她已开口了："这次你妈又让你买什么了？"我这救急队员她见了已经习以为常。

供销社被烧，最后原因查出来了，是由一根随手丢弃的没熄灭烟头引发的火灾。

那阵子张书记最忙的一件事就是开大会小会劝导大家要引以为戒，告诉大家教训惨痛、深刻，以后再不能乱扔烟头了。安陲人的屋墙上到处贴印着"家家防火，户户平安"之类的标语。那一阵安陲的路上果然特别的干净，原来随处见着的烟头，几乎不再能看见了。

张书记忙活的另一件事是重建供销社。他在召开的公社党委会上提议，新建的供销社要换用水泥钢筋材料，不能用木头、木板了。

他这个提议获得了一致通过。

新供销社在原址上重建，但规模扩大了，占地面积扩大了几倍，与安陲的其他房子比起来，简直是个"巨无霸"。它几乎像奇迹一样，一眨眼便建好了。

新建的供销社令我们小孩无比兴奋地在这栋房子里玩捉迷藏、玩战争游戏，你藏在这头我藏在那头，但两头离得好远啊。

吸取教训，为了防火，供销社的两头特别建了两座救火池。可是这两座救火池最开始蓄满了水，不久，人心疲惫了，就没人理了，池里的水渐渐蒸发干了，也没人管。

这两座干池子被张子专发现了，玩捉迷藏的时候他躲在里面，大家找呀找呀，谁也没能找到他，都感到太奇怪了。最后他只好自己出来了。

但捉迷藏也只能藏一次，再藏就藏不住了。

我们拿它又有了新用途，我们五六个男生躲在里头学抽烟。

我就是从那时学会了抽烟。

放学了，我们从学校里跑下来，迅速爬进救火池，在里面把书包一扔，拿出烟来靠着水池吞云吐雾。

有一回有一个大人从救火池旁走过，忽然发现救火池里冒出股股青烟，他觉得太惊奇了：池子里要冒也应该冒水雾呀，怎么会冒烟雾呢？爬上池子一瞧，看见我们几个小学生正在里面吞云吐雾呢。然后他顺着梯子爬下来，走开了。

我们有些紧张：这个大人会不会向我们父母告状？嗯，这是个问题。那天晚上我回到家，察言观色。最后我得出了结论：没人告状。

我一直不明白他为什么没告状。

我虽然像小伙伴们一样嘴里叼着烟，但实在没觉得烟有什么好抽的，只是大伙都抽我也就装模作样像他们一样抽起来。我抽烟还真只是装模作样，跟小伙伴们完全不同，我把烟就含在嘴里，然后又吐出来了。其他小伙伴都把烟吞进肚子里。后来他们都成了真正的烟鬼，一辈子烟不离手了，唯有我不久就戒了烟。

戒烟的原因是有一天我意识到抽烟不好，就戒掉了。

很早我就能时不时摆脱这种从众心理了。

新供销社建好了，各种各样的商店不久也都开起来了，其中居然还开起了一间新华书店。在此之前安陲没有新华书店，没有书卖。因此整个安陲几乎只有我有书，这些书都是上海外祖父定期在上海买来寄给我的。安陲新华书店卖书的营业员是张阿姨，也就是我的同学覃勤的母亲。这下可好了，每天放学我俩经常跑到新华书店，钻进柜台翻书看书。张阿姨也不拦阻我俩，任我们瞎折腾，似乎还面带喜色，很乐意的样子。我俩就更大胆了，更肆无忌惮了。我俩也还懂规矩，也爱惜书，绝不乱翻乱放。

新供销社建好了，有两件事让公社张书记很得意，一件就是在供销社两头建了救火池，一件是他把供销社所有的窗子都安装上铁枝。在窗户上安装铁枝，这可是安陲头一回。他说，不但要防火，也要防盗。我们那时都很惊奇：有这必要吗？在我的印象里，安陲好像从来没真正失窃过。

可是有一天供销社竟真遭遇了小偷，不，不应该是小偷，应该是大盗。

一天清晨，有一个人早早起来后走到供销社前，突然令他张口结舌、目瞪口呆了，他发现供销社的一处窗户打开，几根铁枝被撬弯了。开始他不明白这是怎么回事，上前打探，然后他才突然明白：供销社失窃了。这可不得了了。他惊慌地拔步跑去公社报告。

这是惊天大案。公社张书记立马带着公社里的好多人赶来，一边看一边叮嘱："大家都别动，保护好现场。"然后在周围用绳子圈了一个大大的圈子，无关人员禁入。接着报告县里，等待县里派出的刑侦人员到来。

一共是三根铁枝被撬弯了，窃贼就从这几根被撬弯的铁枝处钻进供销社行窃。据说损失惨重，丢失了好多米面粮油。

我也去看了，我细细地看着这几根被窃贼撬弯的铁枝，想象不出窃贼是怎么做到的。真是天生神力啊。

张阿姨也在清点失物，在清点失物后报告张书记：“少了一本《新华字典》。”

张书记听了，点点头，没吭声。

供销社真的是多灾多难啊，老的供销社失火了，新的供销社如今又失窃了。

但是这宗失窃案却令我们兴奋。很快我们看到县里公安局的刑侦人员到来了，他们立即展开了勘探和侦查工作。只见几位刑侦人员仔细地获取着现场疑似嫌犯留下的痕迹。

我们见着，不仅兴奋，还充满信心，认为公安局的人来了，破案指日可待。

可是，令人不解并且失望的是，这个案件最终没能破掉。

案子没能破，结果是县公安局在安陲派驻了一名特派员，长期地驻守在安陲。

2024 年 1 月 5 日

银行

安陲人民银行是一栋钢筋水泥屋，最先应该是安陲唯一的一栋钢筋水泥屋，后来新供销社建起来了，它就不是唯一的了。

安陲人民银行的门头上镶着毛主席像，写着一行毛体字：“为人民服务。”大门两旁白墙上刷着红色标语：“发展经济，保障供给。”也不知这栋屋是什么时候建起来的，总之是我们来到安陲前，就建起来了。

银行里有张行长、黄副行长、王总务，还有我的同学胡民族，以及胡民族的父亲胡叔叔、母亲胡阿姨。

胡叔叔在银行做会计，胡阿姨在银行做厨师。

我每次去到胡民族家，胡阿姨就拿好东西给我吃，比如她拿出一个肘子给我，连声说：“吃吧吃吧。”

我就看看胡民族。

胡民族也鼓励我：“吃吧。”

我才不客气地急忙地一把“抢”在手里，然后放进嘴里大口地啃食起来。肘子的味道真是美极了。

平生我最爱吃的就是肘子，在安陲缺衣少食的地方，肘子更是无上美味了。我吃得满嘴流油，嘴唇和脸蛋油光发亮，手也油光发亮的。

胡民族还有一个妹妹，胡妹妹总是笑盈盈地看着我，眼睛亮亮的。

说来胡民族算是我的救命恩人，有一次他来我家找我玩，我正在柴房抱柴，正当我要弯下腰，拱下头抱柴时，他刚巧出现，一把把我拉跌个后仰跤。我爬起来很生他的气，他却指给我看柴堆里有一条扁头风（眼镜蛇的俗称），正昂着头等着我的到来，我若低下头取柴，肯定就被它咬了。正在这千钧一发之际恰巧胡民族到来看见了，急忙出手，救了我一命。后来母亲总对我说："胡民族是你的大恩人，你要好好待他。"我点点头应"嗯"。可是我并没有好好待他，胡民族在学校总是被欺负，而我不仅从来没有挺身而出去保护他，偶尔竟也会跟着同学们去作弄他。人的心有时就是那么冷漠，这么不识好歹。

胡阿姨长得体态丰盈，胡民族的妹妹胡妹妹也长得胖。同学们都很羡慕他们生在好单位，天天有肉吃，才长胖。那时候大家打招呼："哟，几天不见，长胖了。"那是恭维话赞美话，这话放在现在就是讽刺了。时代不同，语言的含义也完全不同。

胡民族却不胖，不仅不胖，简直骨瘦如柴，与胡妹妹比起来，一个天一个地。怎么会这样呢？人们便常常取笑他，说他是不是被父母虐待了，不给饭吃。问他怎么他妹妹长得那么胖，他却只剩皮包着骨头。胡民族嘴唇嚅动着，想说话却说不出。大家并没打算听他辩解，哄笑着走散了。

银行和我们卫生所不同，卫生所是一所不设防的房子，而银行却处处设防，它的会计室在楼上，有一次我想上楼去看看，被胡叔叔严厉阻拦了。我一直心存侥幸，有一回总算给我逮到机会，破了防，跑上了楼。我原来以为楼上是一处很神秘的地方，上去一看，大失所望，就摆着几张办公桌。胡叔叔坐在一张办公桌前噼里啪啦打着算盘，抬头见到我极为生气，立即起来连撵带拖把我赶下楼。这还不算，居然跑到卫生所，向我父亲狠狠地告了一状。父亲平常总是宽容我，这次却也严厉起来，我才知道大概是闯了祸。以后就真不敢擅自上银行的楼了。

银行的楼下主要是一间营业厅，有着高高的柜台，高到我几乎看不到台面上摆放的东西，好在柜台前垫着一个条凳，踩上去，我的头就露出来了。发现柜台上放着几张空白存款单和取款单，是给客户存取款用，还放着一瓶墨水和一支蘸水笔。我手贱，常忍不住拿起这些纸笔乱写乱画。王总务见了，很心痛，连忙把纸收起来，不让我乱写乱画，我就说他“小气鬼”，他对我笑笑，不理我，坚决地收走了纸。

我母亲从上海来安陲，居然随身带了不少东西，现在我记得的有一些书、一座珊瑚、一把号码锁、一双银筷子。有回我居然在抽屉里翻出了一枚银圆。这枚银圆是清代龙币银圆，上面雕饰着一条飞腾的龙。我见着了就欢喜，每天不离身地拿来玩。最简单的一种玩法就是用拇指和食指的指甲捏住了银圆的两面，朝它猛吹一口气，然后立即凑近耳朵听，会听到一种清悦的嗡嗡声，极其动听，极其有趣。同学们见我这么玩，都抢着也要玩一玩，最后，大家排着队轮换着玩，乐此不疲。还有一种玩法就是滚银圆，把银圆拿在手里，然后弹出去，让它在地上滚，哪个让它滚得远哪个就是胜者，也极有趣。

我也常拿着它在银行玩，在银行大堂的地上滚银圆，可以滚得好远，有时滚得太远了，就滚进了办公区，办公区里的叔叔阿姨会帮我找出来，笑眯眯地递回给我。只有王总务不太乐意，有一次他甚至唬我，说“这是国家保护文物，要交公”。他居然拿在手里，样子是没收不打算给我了。我见状，不依，急了，大哭大闹。胡阿姨听闻了，急急地冲来说：“王总务，你这是干吗？快把东西还给小孩。”王总务听了，把银圆还了我，说：“跟小孩开玩笑，看他急成那样。”我虽然停了哭声，却还抽泣着。胡阿姨搂着我，让我到她家“吃肘子去”，我才转泣为笑。后来，这枚银圆不知什么时候不见了。而我的银筷子也是我极喜欢的一个物件，后来也不见了。不仅这些，好多好多东西都不见了。有时我总是觉得，人的一生就是一种不断的失去：失去童年，失去童心，失去童趣。失去不该失去的，也失去那些应该失去的。

2024 年 1 月 9 日

菜地

我家的菜地是梁雪花带着母亲和我开垦出来的。从卫生所出门下一个坡，经过卫生所的公厕，再往下走，过一块小谷地，就是我的菜地了。也就是说我家的菜地在卫生所的对面一座山上。

那里已经有卫生所的人开垦出来的菜地了，其中也有梁雪花开垦出来的菜地。梁雪花让母亲和我在她的菜地旁开垦菜地。

我们刚来安陲时，吃的菜都是安陲人送我们的，当然更多的是梁雪花送我们的。后来，我们在安陲住得久一些了，开始适应安陲的生活，梁雪花大概觉得我们应该可以自己去学种菜了，就带着母亲和我去垦荒。

锄头、刮子和镰刀都是梁雪花为我们准备好的。母亲扛着锄头，梁雪花扛着刮子，我拿着镰刀，浩浩荡荡，出发了。

后来，我在县城上中学学到《敕勒歌》里的“天苍苍，野茫茫，风吹草低见牛羊”时，就不禁想到安陲，天苍苍，野茫茫，不仅北方如此，南方也如此，安陲也如此。只是当初在安陲，天苍苍野茫茫之处，风吹过，草地上却没有牛羊，一片荒芜。听说现在已经有人在安陲的大山上养牛羊了，羊是山羊，满山都是，肯定有风吹草低见牛羊的诗味了。

我以为去开荒就是去烧一把火，但到了山野看到草木青青时，心里就生出点担忧：这怎么烧呢？

梁雪花把我们带到了她家的菜地旁，拿过我手里的镰刀，弯下身就开始朝一片灌木丛开镰。母亲也跟在后面，由梁雪花教着，听从她安排，梁雪花割出一片地，母亲就跟在后面下锄掘地，我也学着拿起刮子做样子挖。原来梁雪花并不打算烧地。

安陲土地肥沃，挖下去土地绵软，翻出来的泥土带着水色，乌黑的泥土油光发亮。油亮的泥土里藏着蚯蚓，被从泥地里挖出来的蚯蚓四处钻动，慌乱地逃窜，看得我呵呵笑，极有意思。

后来我读四年级的时候，我们安陲小学的陈老师也带我们上山垦荒，这次垦荒是为学校种木薯。来到山地，有同学就提出，放一把火然后再垦荒。同学给出的理由是，一是可以节省体力，二是可以提高效率，三是可以积肥。

陈老师想了想觉得有理，居然同意了。

在安陲小学读书，同是一个年级，可同学们的年龄却参差不齐，像我们这些是小学生，还有很多大哥哥都十五六岁了。见陈老师同意了，他们立即动起手来，先是把周边用柴刀砍出一条隔离带，然后开始放火。

火放起来了，没料到风助火势，一下有点控制不住了，往隔离带外烧去，让陈老师无比恐慌。

陈老师是位年轻女教师，又是城里来的，不知深浅，这下有点闯祸的样子了，一旦火烧出隔离带，就会犯下大错，陈老师感到害怕了。

我们这些小学生看在眼里自然也无能为力，束手无策。好在有那些大哥哥，他们立即勇敢地迎火而上，奋力扑火。

结果总算好，最后把火扑灭了。

陈老师见状，这才惊魂甫定，不停拍着胸脯说："吓死我了！吓死我了！"

那些大哥哥都不好意思羞愧地笑了，无疑他们也觉得出了个馊主意。作为毛头小子，他们也从来没有在山上自主放火的经验，差点惹出大祸犯下大错。

后来再上山垦荒，就没有一个人再敢提出放火烧荒了。

菜地垦出来了，是两厢地，并排着，梁雪花很满意，母亲也很满意，脸上都挂着汗珠，汗珠里都藏着喜悦。

我们在菜地上种上豆角、茄子、韭菜和上海青。

梁雪花教母亲把上海青的种子撒向菜地的时候，我听到梁雪花念出“上海青”时，对“上海青”这个名字感到非常惊奇，不知道上海青是种什么样的青菜，怎么会叫上海青呢？一定是由母亲从上海带来的，所以才叫上海青吧。

母亲已经从上海带到安陲许多东西，再带一把青菜种子也没什么稀奇，也不奇怪。

后来上海青长出来了，郁郁葱葱，每当看见它们我就会心地笑起来：原来这就叫上海青呀。在上海三天两头我就能吃到，我外祖母可不把它叫“上海青”这么雅致的名字，而叫非常俗气的名字“鸡毛菜”。同样一种菜，在上海叫“鸡毛菜”，有着人间的烟火气。在安陲就被叫成“上海青”，雅致而带着大都市气息了。不过不管叫什么，我都喜欢。看着上海青郁郁葱葱地长起来，满心喜悦。

梁雪花教我去卫生所的公厕淘大粪，给菜地施肥。我开始有点畏缩。那是多么脏的东西呀。梁雪花没发现，或者假装没发现，她把一担空桶搁在我肩上，笑眯眯地望着我。我只好跟着她朝公厕走去。梁雪花也挑着一担桶。

走到公厕，来到粪坑面前把桶放下，浓烈的屎粪臭气扑鼻而来，直塞进鼻孔，令人窒息。我看看梁雪花，梁雪花从边上拿了一个长勺子来开始向粪坑内舀粪，一切都显得那么自然而平常，我也就不动声色了。

把粪挑到菜地里施肥，也有一点讲究，不能施得太厚太密，要根据菜的长势和大小施放。不过我很快就学会了。有时屎粪溅到我身上甚至脸上，我也若无其事，根本不在意，用手一抹，继续干活。每一种职业都会在职业人身上留下痕迹。长大后我在硫酸厂当工人，干捣料工，身上有了另一种痕迹，就是硫铁矿的痕迹，也是一个产业工人特有的痕迹。

豆角长起来了，梁雪花说要为豆角搭架子。梁雪花让她女儿婉婷带我去山里砍一种叫菜架竹的竹子来搭菜架子。

是什么山我忘了，去到山里，只见满山青翠的菜架竹，像一道亮丽的风景。我有点不敢砍，婉婷说这些都是野生的，随便砍，我才敢抽出柴刀连排砍去。

砍柴我已经是老手了，再砍竹，虽然竹子刚硬，却也没有难倒我，很快我就学会了砍竹的窍门。砍竹主要讲究下刀时切口的角度，角度不对刀会滑走。

我们砍好竹子，捆起来背回菜地，两两地插入地里，然后连排支成三角形，中间用一根竹子串起来，用草绳系紧，这样菜架子就搭成了。

菜架子搭好了，我每天跑去看，刚长出来的豆角苗是直的，后来慢慢变细长了，我担心它们不会去攀爬架子，我看到果然是这样，有点着急，要用手去引导，婉婷阻止我，笑我瞎操心。我虽然听从了婉婷没弯下腰去帮助豆角苗，但内心的担心并没消除。后来豆角苗一天一天长大长长了，虽然有的遇到过一些波折一开始没能顺利地攀爬上架子，但最后都通通爬上去了，证明我的担心果然多余。

豆角开花了，结荚了，一根根长长地悬长在空中十分美观，令我爱不释手。梁雪花要去摘来腌酸豆角，我不依，不让她摘。

这让梁雪花吃惊，她不明白我为什么这样。我也不明白我为什么要这样，但是，我就是不舍得。后来还是父亲出面半哄半劝我才点头默许了。

2024 年 1 月 12 日

粮所

赵明权的父亲是粮所的所长，在当所长前是部队的一名军官，转业到安陲的粮所来，当上了粮所的所长。一个扛枪打仗的军人，忽然脱下军装，管理起粮食来，让我总觉得有些别扭。

赵叔叔长得高大英俊，走路带风，可谓“站如松，坐如钟，行如风”。他就是这样，带着一种风风火火的作风。那时的军人光在外表上，就与别的职业的人不一样。军人会有一种军人的模样，军人的做派，就算脱下军装，只要你看他一举一动，准保能猜着。

我也是军人出身。我是后来的军人出身，已经不同前代军人了，没有那种做派，少了军人模样。

赵叔叔除了管粮外，另有一个嗜好：打鱼。在赵明权家的堂屋里，挂满了各种各样的渔网，有大有小，有长有短，形成阵势，蔚为壮观。他们家不仅有众多的各种渔网，甚至还装备着一条专门用来打鱼的渔船。闲暇时，赵叔叔扛着渔网，雄赳赳气昂昂地踏上他的渔船，在泗欧河里游弋，以打鱼为乐。他与九谋锡矿的矿长不同，我们的同学张子明，他父亲便是九谋锡矿的矿长。张叔叔也热爱打鱼，他每次从九谋锡矿回安陲，就带上我们，沿着泗欧河打鱼。

第一次张子明邀我跟着他父亲去打鱼，我兴冲冲应约而来了，却只见他爷俩空着两手走向泗欧河，令我好生奇怪，不解。

张子明笑吟吟，不说话，更不解释，只暗示我只管跟着走就好了。

我就随着他俩走。

走到泗欧河边，张叔叔开始留心观察起河塘里的动向来，不一会儿他就发现了一群鱼的游动，脸上露出兴奋的笑容，迅速把手伸向腰际。原来他腰里插着一把手枪，只见他掏出来麻利地推弹上膛，对着水中鱼群就开了一枪。

赵叔叔虽然是军人出身，可是不像张叔叔，张叔叔也是军人出身，但是脱下军装了，到九谋锡矿当了矿长，依然能枪不离身，依然佩戴着枪。赵叔叔脱下军装来到粮所当了所长，就没枪佩戴了，只好买渔网捕鱼。

赵叔叔外出开会的时候，渔网和渔船成了我与赵明权的专属，我们像赵叔叔一样，扛上渔网，踏上渔船，撑起竹竿，让船飞一般离开河岸，驶向河心。

我最喜欢玩的渔网是那种有六七十厘米高、十米左右长的刮网，这种刮网是专门在滩涂上用的，使用的时候，一人拿一头，扯开来，站在河两边，让网把整条河拦住，然后顺水拖动，渔网过处，鱼纷纷被网住，只能蹦跶，却不能逃脱。它们蹦跶的鳞光在太阳照射下白晃晃地闪亮，引得我们大欢喜。

不过，令我忧愁的是，每一次这么把渔网拖下来，总是不可避免地被河水中的树枝草蔓撕坏几处网眼。这大大冲淡了收获的喜悦。

刚开始我们不知道会产生这个严重后果，美滋滋地任性玩着捕鱼游戏。当把渔网收上岸来时才发现，一切都晚了。我和赵明权两人大眼瞪小眼，不知怎么办，不知该如何向赵叔叔交代。

最后还是赵明权有了办法，他的办法就是把渔网洗干净，然后装作若无其事，挂在它原来待着的地方，好像我们从来也没有动过。

第一回这样做，看到赵叔叔回来，我们心虚得很，内心十分忐忑，不知赵叔叔发现后会如何处罚我们。

可是奇怪的是，这样的事一次也没有发生，好像渔网从来没有被我们弄破过，破了的渔网好像只是被风刮过然后自己就破了，与谁都无干。赵叔叔发现渔网破了，就坐下来补渔网，针梭在他手里像一条灵动的鱼一样游动。我们看到，心怀鬼胎，偷偷地跑出屋去了。

这助长了我们的玩性，让我们大胆起来，更抵挡不住用渔网捕鱼的诱惑了。但从此之后，我们小心翼翼，在下河刮鱼时尽量不要弄破渔网。尽管如此小心，还是不可避免地时不时把渔网弄破。

最终，形成这样的局面：我们弄破渔网，赵叔叔补渔网，成为彼此心照不宣的常态之事。

粮所有许多的粮仓，一排排地建在一座山旁，粮管员黄阿姨常常拿着一根长长的温度计和湿度计量仓库的温度和湿度。我们看着觉得很稀奇，我一直以为只有人才需要量温度，原来粮食也像人，也有体温，也需要量。而且比人更甚，人只需量温度，它还要多量一个湿度，从来也没见人量湿度的，居然比人还娇气。我们万分不解地看着粮管员黄阿姨，甚至跟着她走东走西，看着测量，希望她能向我们解释解释。但是她始终不拿正眼瞧我们，当我们不存在，自顾自走着路，做着工，让我们又愤懑又无奈。

粮库之下是粮所的门市。粮库本身是一栋二层楼，建的模样有点奇特，就是两层楼楼层明显不一样高，一楼很矮，二楼很高，二楼几乎有一楼的两倍高。

有时候，我母亲煮饭，见米缸没米了，就把钱和粮本递给我，说：“去，到粮所买米去。”我就在怀里揣好钱和粮本，挑起两锑桶，屁颠屁颠去粮所买米。

刚开始我们不熟悉粮所的人，他们也不认识我们，卖给我们的米是一种叫战备粮的米，也不知留了多少年了的陈粮，吃起来又糙又硬，嚼之无味。后来，认识粮所里的叔叔阿姨后，粮所里的叔叔阿姨们就不再卖战备粮给我们了，改卖一种叫二苗米的米给我们。这种米是新鲜的米，柔软清甜。可是这种米不是经常能买到的，粮所分配的指标下来了，才会卖。这时粮所的叔叔阿姨就会通知我们：“二苗米来了，快来买。”我们赶紧准备好各种器皿，一下买几十斤甚至一百斤，能吃好长时间。一般而言安陲街上的居民难得享受到这种待遇，只能长年吃战备粮。

买米的时候，进了门市，办好手续，把锑桶放在秤上，秤上面有一个连通二楼的漏斗，卖粮的阿姨掌控漏斗上的闸，买多少米放多少米下来。当米唰唰地顺着漏斗流下的时候，我总是很好奇，觉得漏斗之上藏着无数的米。

后来我跟赵明权熟了，成了兄弟般的好朋友了，有一个假期他对我说：“想不想挣钱花？”

“能挣钱花，谁不想啊？”我连忙连连点头道。

他带我到他家，找他父亲，他说：“爸，这个假期我带罗海上仓库拆麻袋。”

赵叔叔听了，点了点头表示认可。

他拉着我的手，转身跑出屋，我被他牵着飞奔到粮库，这个粮库就是卖米的粮库，那个有二层楼高的粮库。

进到二楼，我看到靠门市的那面是几个大漏斗，每个三至五平方米不等，上面的米时不时往下漏着，唰唰地响，另一面堆满了用麻袋装着的大米。难怪要建这么高呢。

我们的工作是当见到漏斗里的米快要没了时，就把装米的麻袋拖到漏斗上，拆开麻袋上的线，把麻袋里装着的米倒在漏斗里。每拆一个麻袋可以得一分钱。

我那个乐啊，拆麻袋又能挣钱又好玩。看着米唰唰地往下漏就像玩游戏一样，有时我们故意不及时拆麻袋倒米，直到看到米快没了，才连忙把米倒下去。有时门市里客人买的多，我们这么玩，或者玩着其他游戏忘了向漏斗及时倒米，米就偶尔供应不上，让漏斗空了，门市里卖米的阿姨就会用一根棍子敲响漏斗，“砰砰砰”地提醒我们，我们赶紧拆麻袋，向漏斗倒米。

我们坐在米堆上玩游戏，就像坐在沙堆上玩游戏，可是沙堆是沙，米堆却是米啊，是珍贵的粮食啊，那种感觉完全不一样，无比奢侈。米里面常常有一种虫，我们叫它叩头虫，拿在手上它会不停地叩头，最爱玩的一种玩法是把它翻起来，看它“咔”的一声跳起来，每次它跳起来后，我们又把它翻过身，跳一次翻一次。

拆麻袋也是很讲方法的，会拆的人拆开十个了，你不会拆，可能连一个也没拆开。赵明权教我拆，就是在麻袋口有一个线头，这个线头就是拆麻袋的机关，扯住这个线头，一扯到底，麻袋上的麻绳哗哗地一溜到底一秒钟不到就拆开麻袋了，不费吹灰之力。麻袋拆好了，拆下的麻绳圈好，再拿去卖钱，粮所按斤收。

这一个假期，我每天和赵明权在粮库一边玩一边拆麻袋挣钱，快乐无比。以往放假了，我就要回上海了，这次我对父亲和母亲说不回了。他们听了，感到莫名其妙，但是采取了对我听之任之的态度。我每天吃过早餐就去粮所，直到吃晚饭时才回，中午在赵明权家吃。

对我如此神秘的出行，父母一句也没问过我，到底他们知不知道我是在粮所拆麻袋挣钱呢。

2024 年 1 月 13 日

公社楼

公社楼是一栋二层苏式小楼，它的特点是有着一个内走廊，因此它的另一个特点是走廊里的采光非常不好。很多年后我在广州某部队服役，住的宿舍也是这种苏式小楼，住在里面，恍如回到了幼年时的安陲。

这是一栋把宿舍和办公合为一体的小楼。

我们在安陲的八年，公社的秘书换了三任。

覃东东一家同我们家一起来安陲，他父亲是公社的第二任秘书。

我不知道当初我来到安陲是不是显得很城市人，我不记得覃东东的母亲是来自哪座城市，反正打扮得挺洋气，涂脂抹粉，身上总散发着一股股香气，走过她身边就会闻到，很好闻。

覃东东母亲有着严格的生活规则，日出而作，日落而息。

早晨他们家是什么时候起床的大家不知道。但他们家什么时候睡觉，人人都知道。

每天傍晚当我们玩得正起劲的时候，就会听到覃东东母亲召唤：“覃东东，回来睡觉了。”

覃东东听到了，立即撇下我们乖乖地跑回家睡觉了。

刚开始我们觉得不可思议，不相信，偷偷跟着他回去。果然发现他们家关门睡觉了，无声无息，真是神了。

后来每次听到覃东东母亲召唤："覃东东，回来睡觉了。"覃东东就成为我们嘲笑的对象。覃东东也感到一脸的尴尬和羞赧，可是他却不敢违抗母亲的召唤，低着头回去了。

覃东东一家在安陲并没待多长时间就离开了，至于去了哪里，我不知道。人生就这样地聚散。

继任者是唐秘书。唐秘书长着一副长长的马脸，吊着三角眼，总是一脸严肃相，一看就知道是个不容易相处的人。他几乎不同我们往来，见了我们满脸的不屑。村民都怕他。我们不怕他，我们对他是针尖对麦芒，面上也带着满脸不屑。他肯定是知道了，但是他装着不知道，或者不在意，毫不在乎。

唐秘书的儿子唐小小，与我同龄，可是人长得小小的，发育不全的样子，到哪里去总是一副鬼鬼祟祟的样子。有个强悍的老子，必然有个懦弱的儿子，此话果然不假。

第三任秘书是覃勤的爸爸覃秘书。

覃秘书严肃起来很威严，亲和起来却满脸笑容。听说他是南下干部。

覃勤刚来的时候挺看不起人的，他确实有本事看不起人。

每天放学了，回家把书包一放，他就拿张小桌子小椅子出来，摆在楼边，坐下，铺开纸画画。

我们喊："覃勤，去玩耍了。"

他撇撇嘴不理我们，直到要画好一幅画了，才收拾起东西与我们一起去玩。

他画画也让我们好奇，后来我们就围着他，一边看他画画，一边等他画完画同我们一起玩。

覃秘书看见了，过来招呼我们，他建议我们也一起学画画。

开始的时候我们果然个个摩拳擦掌，动手动脚，可是大多数人画了几笔就不感兴趣了。

我认真跟覃勤学过一阵画，最后也不了了之。

有一天，上级部门要求连夜赶出墙报。漫画都发有小样本，照着小样本画出大画就可以了，不是创作，是临摹。

时间紧，任务重，覃勤的爸爸一个人肯定不容易完成，可是他很聪明，想到了我们。他把我们一齐招呼到公社食堂的大饭堂里，在那里让覃勤指导我们画画，每人都照小样本画漫画。

我们接到任务，兴奋不已，撸起袖子干起来。

漫画都是线条，胡乱地画就是了。

我们就这样画。有时画得实在不像话，覃勤过来，握着笔，这里修一笔，那里添一画，一下子就把我们画得不像样的画画得有模有样了，真是神笔。

我很喜欢这些漫画。

这些我们画的漫画大作后来被贴出来了，被贴在公社楼的墙上，贴了满满一墙。我们看着，脸上尽是得意。

覃勤最得意的一幅画是一幅《大闹天宫》的画，他起码画了整整一个月。那时候电影《大闹天宫》在安陲放映，映出过后，覃勤便拿着一张电影宣传画，开始照着画《大闹天宫》。我每天都跑去看他画画，他画得极慢，我看得都耐不住性子了。他总是纹丝不动，极认真极耐心地慢慢画着。先是用铅笔勾出轮廓，然后开始着色。画一阵，停一阵，欣赏一阵。一副得意的样子。后来他的画终于大功告成，成为轰动安陲的一件事情。画得实在是太惟妙惟肖了，看着这幅画，仿佛我们又回到了《大闹天宫》的电影场景里。众人都对覃勤竖起大拇指赞叹，觉得这小子前途不可限量，将来一定成为大画家。有大人就跟自己的小孩说："你好好跟着覃勤，以后他成了大画家，你也能沾光。"我们听了都信以为然。

后来覃秘书调离安陲到县里当了文化局局长。

覃勤长大了却成了柳州宾馆的厨师。

有次覃局长见了我，非常高兴，大声对我说："覃勤现在在柳州宾馆当大厨，有空你去看看他。"

我点头应许，却感到有点诧异，没想到最终覃勤没当画家而去当了厨师。我虽应许却没到柳州宾馆去见覃勤。我个性散漫，不爱交际。这件事就一直搁着。偶尔到柳州宾馆吃饭，服务员把菜肴一盘盘端上来，我便会想：这是我发小覃勤做的吗？只见菜品雕龙舞凤，各种造型，似一幅美妙的画。想来还真是覃勤做的了。想到了，也不打算见覃勤。

自从有一次供销社发生了失窃案后，县公安局就派驻了一位特派员到安陲。这位特派员眉清目秀，个子高挑，有一副女人相。这样的人应该当文员，却舞枪弄棒。公社安排他在公社楼二楼一个拐角不显眼的一间房子里住宿。

我几乎每天都去看他。我去看他的目的不是他，是他腰里别着的那把手枪。那是把小巧玲珑的手枪，大人握在手里几乎可以看不见，我握在手里应该正好。

特派员似乎很欢迎我的到来。他太百无聊赖了，白天除了睡觉还是睡觉，每天吃过晚饭后，天完全黑了下来他才出门，神龙见首不见尾，真是有点神出鬼没的样子。中午放学了，把书包一放，我就跑去见他。他见我来了，第一件事就是让我帮他去食堂打饭。我拿了饭票，屁颠屁颠跑下楼，跑进饭堂打饭。食堂里的阿姨都奇怪：我怎么会天天来打饭呢？一般有家的孩子，都是自家的大人煮饭。我便脸露神秘，笑眯眯地不告诉她们。把饭打回来，特派员将饭分成两份，他一份，我一份，一块吃。我大口地吃着。同他一块吃饭，我感到味道好极了。特派员每次都吃得极少，扒两口饭就停下了。他喜欢看我吃。我便更大口地扒起饭来，直到吃得碗底儿朝天。他爱和我闲聊，东一句西一句地打听公社里发生的事。我总是一五一十把所知道的详情告诉他。他打听得很详细，有时觉得我说得不够细，还要往深里打听。我不知道他为什么要这样。不过只要他爱打听，我就乐意告诉他。有时他听我说完了，脸上露出满意的神色。

但是特派员从来不打算给我玩他的枪，有一天趁他睡着了，我去他腰间偷枪，正要得手时，他手突然伸过来，一把紧紧地捏住了我的手，把我的手捏得生痛。然后放了。我被捏痛得龇牙咧嘴，可是却不敢出声。只见特派员连眼也没睁开，仍倒头睡了。我却不再敢出手去动他的枪了。这次事件后，我心生羞愧，就不敢再去找他玩了，也不知他是什么时候完成了任务离开了安陲。

公社张书记也住在楼上，张书记喜欢躺着斜着看书，阅文件。看着看着就把眼睛看斜了。他找到父亲，对父亲说："罗医生，你瞧瞧为啥我眼睛长斜了呢？能治好吗？"父亲检查后，不明原因，更治不好。张书记每次在大会上斜着眼睛讲话，父亲看到了就很惭愧。后来他师从柳州工人医院眼科主任医师，做他的关门弟子，大概就是因为受张书记斜眼的触动。刚开始的时候父亲只是个全科医生，从此才成为专科的眼科医生。

我喜欢躺床上看书，母亲每次见了就批评我，不准我看书没有看书的样。她说要坐有坐相站有站相，书是不能这样看的。我不听。后来张书记眼斜了，母亲就拿张书记做例子恐吓我："你知道张书记为什么会眼斜吧？就是因为总是躺着看书看斜的。你也这么躺着看，有一天你会像张书记那样成为斜眼。"听母亲这么一说，果然把我吓着了。斜眼太难看了，我可不愿成为斜眼。有好长时间，我果然不敢再躺着看书了。

杨干事也住在公社楼里，杨干事是本地人，家在离公社二十里地的更种，"更种"大概是苗话音译。他在公社的一楼有一间宿舍，平常就住在那里，礼拜天休息的时候才回更种。

杨干事的屋里自有特色，门边摆着一口大水缸，墙上挂着几杆猎枪，养着一只猎狗，每当有空必扛上猎枪，带上猎狗上山打猎，哪怕有那么两三小时，他也不舍得浪费掉，也要去打猎。

杨干事最拿手的本事就是捕蛇。他自称是蛇神，所有的蛇都得听他的，蛇见了他都会瑟瑟发抖，不敢动弹，让他手到擒来了。说得神乎其神，令我们神往不已，纷纷要求他一露伸手，亲手向我们表演捉蛇的本事。可是他故弄玄虚，说不可让外人看见。不过他是真有本领，三天两头就会捉了蛇来。

杨干事不婚，无子女，他说他的狗就是他儿子，然后朝狗喊一声“儿子”，狗就“汪汪”地答应，让我们觉得有趣极了。他说狗与人一样，而且狗比人更像人，他说：“人有狗这么忠诚吗？”问得我们连连摇头又连连点头。

狗救过他命。我们认为他之所以把他的狗当作人，就是因为狗救过他命。

后来，有一回他在河边打鱼，泗欧河突发洪水把狗冲走了。他为了救狗，把自己的命也搭进去了。狗没有救回，人也没了。公社把他和他那条忠诚的狗葬在了一起。

2024年1月19日

九谋锡矿的渡轮

九谋锡矿的渡轮由两艘船组成，一艘是小火轮，样子俊俏，就像如今常看到的小游轮。另一艘是驳船，紧紧依偎在小火轮边上，由小火轮带动，它们组成一对完美搭档，小火轮提供动力，驳船提供运力。这样组成的渡轮主要用来载运九谋锡矿进出的汽车。这些汽车多是解放牌货车，出山的时候装满了锡矿，进山的时候装满了日用品以及粮食和蔬菜。

渡轮由暖坪河口开出，直达泗维河水库，或者由泗维河水库开出，回到暖坪河口。两地相距十公里，需要航行两三小时。我从上海回安陲，先是乘火车到柳州，然后由柳州乘班车到融安，在这里如能搭上去九谋锡矿的货车就搭货车，没能搭上，便在公路边守着等过路车，乘过路车到珠玉渡口，下车步行至泗维河水库，在水库的堤坝上再等开往暖坪河口的渡轮，到了河口下船再步行几里路，才算回到安陲。真是一路曲折，一路艰辛。好多时候我总是担心：如果在堤坝上等不到渡轮来呢？母亲似乎并不担心，而事实上果然好像也不用担心，似乎总是能等到渡轮。有一回没等到，只好住到泗维河水库职工家里。

渡轮的船长姓贾，贾船长脸黑红，长满络腮胡子，头发笔直，一根根直指天空，眼睛闪烁着像刀子一样的光芒，一看就知道是个坚毅之人。每次看到他我总要想起那部叫《多瑙河之波》

的电影里水手托玛。对我来说，他有着托玛那样迷人的气质。

有一阵不知为什么父母时常要去外地出差，他们临走前就把我寄托给隔壁梁雪花。梁雪花把我接到她家去住，对我父母说："罗医生、吴医生，你们放心走好了。"

梁雪花生有两个女儿，和我年龄相仿，都很可爱，母亲特别喜欢妹妹，就是婉婷，叫她小白兔，大概因为她长得白。我也喜欢她们，愿意跟她们在一块，但我更喜欢独居，往往在梁雪花家住了一晚，就要回家住了。梁雪花就问我："一个人住不怕？"我果然是有点害怕，但想到一个人不受拘束，昂了昂头答："不怕。"就这样吃饭的时候在梁雪花家吃，睡觉的时候再回自家屋睡。每次离去时婉婷姐妹都有点不舍得，我却很狠心，扭头便走。

有一回父母又要出差了，这次很奇怪没有把我依例托养在梁雪花家，而是带我到河口上了贾船长的船，请贾船长来照顾我。

贾船长牵着我的小手把我领上船，然后转身挥挥手与我父母作别。

他安顿我在小火轮的船舱里住。船舱像个盒子，一米多宽，两米多长，一米多高。

我很好奇地钻进去，或者应该说是爬进去，歪着头，继而又仰着头，这里看看，那里看看。船舱三面都是封闭的，有一面靠着船舷，开着两个小小的窗户，从这个小小的窗户看外面的风景，似乎像看打开的一幅连环画。

贾船长示意我，他就住在我隔壁。

我爬出我房间，顺手把房间门关上。门是推拉门，就像日本人居屋常见的那种推拉门。贾船长看到我关上了我房间的门，脸上露出微微一笑。

贾船长的房间门却是打开着的，我看到里面摆放着被褥。被褥不仅叠得整整齐齐，还叠得有棱有角，一看就知道主人定是军人出身，这一床被褥可能还是从部队带来的呢。

河口是泗欧河与泗维河的连接处，另一条河从暖坪下来，在这里与泗欧河汇合，两条河汇聚一起组成一条新河，这就是泗维河。因泗维河下游有泗维河水库蓄水，泗维河河面宽广，许多地方的河水深不见底，正好行船。若不是这样，泗维河大概也会像泗欧河那样，时不时有险滩急流，船便无法顺畅地通航了。

贾船长的工作就是往来接送渡运九谋锡矿的汽车，或者从河口去到泗维河水库，或者从泗维河水库回到河口。来来回回，往往返返，织就了贾船长的日常生活。

我来到贾船长的船上正是夏天，每天头顶上阳光灿烂，把河水照耀得明媚而斑斓。船行驶的时间不多，更多的时间是停泊在河岸边待命。在这时候，我常脱光了衣裳，只穿着一条短裤衩从船上跳进河里面，又从河里面爬上船，跳来跳去来来回回游水，乐此不疲。

泗维河的水与泗欧河的水明显不同，泗欧河是可以让人看见激流的，就是在河里也能看清河水的流动。而泗维河是让人看不见水在流动的，它表面上平静如镜，温柔可人，但是下水的人就知道它水下暗藏着的凶险，水下任何地方都可能有湍急的漩涡，对于熟悉水性的人这样的漩涡一般造不成危害，但有很少量的漩涡却吓人，能把一个小孩吸进水底出不来。吸走小孩这样的事情每年都有发生。安陲人不明就里，认为是河里有水鬼，小孩是被水鬼捉去了。有一年连续失踪了两个小孩。这样的言传更兴盛起来，谈者色变。并且那水鬼被大家描绘得有鼻子有眼活灵活现的，好像说的人都亲眼见过那样。说是水鬼红毛大眼，长臂如猴。我听到了并不真信却仍不免害怕。贾船长见了安陲人就辟谣，坚决地说河里没有水鬼。但是他说了没用，没人信，连公社都出了红头文件辟谣，大家也都不信。谣言还是四处流传，而且越传越远，传到了县城里，让县城里的人都以为县城的河中也有水鬼呢，好多家长都害怕得不让小孩去河里玩水了。安陲虽然盛传河里有水鬼，奇怪的是安陲人并不因此阻拦自家的孩子去河里玩水，安陲人天生就天不怕地不怕，不须躲，也无法躲，对一切厄运都能坦然以待。

我在船上如此玩水，开始我以为贾船长会干涉，以危险为由不许我玩。但是他没有，不但没有，还抱着臂，以一种欣赏的姿态站在船舷边看着我跳水。他甚至还教我如何切入水中，压住水花，入水时像一条滑溜的泥鳅，让水波澜不惊。我很快就学会了。就是跳水时把两只手组成一把尖刀，努力地伸直，去破开水，让破开的水容下自己的身体。这种跳水法非常美妙。不仅入水姿势优美，而且入水的感觉更美好，水像凝脂般在身体上滑过，丝丝入扣，水乳交融，真是美极了，妙极了，赏心悦目。贾船长见我学会了，便微笑着在一边看。

我特别喜欢夜航。在伸手不见五指的夜晚，船机发动起来，轰隆隆响着，像远处滚滚而来的一片片雷声，有时低鸣，有时咆哮，特别是快离岸时，船机的咆哮像战鼓擂动，心都一块跳起来。听着这个声音，你知道一切都在一触即发，这时船顶上的探照灯唰地亮起来，像一根光柱，更像一把长剑刺破暗夜。船就在咆哮中突然一震，驶离了河岸，轰隆隆地向河心行去。驶到河中时，它的声音忽然平缓下来，平和下来，像轻轻哼着一首小夜曲，安宁而静谧。船开始进入它工作的常态，平静而平淡的像一首催眠曲，试图引诱我进入睡眠中。贾船长会一边开着船，一边望着我笑。他的笑含着戏谑我的味道。我见了便直起腰杆打起精神，瞪大眼睛努力地眼望前方。可是探照灯照射出来的前方像不动的一幅画，除了水还是水，水除了绿的还是绿的，让我一下又疲倦了。我靠着贾船长握着舵盘的手臂终于睡着了。

白天的航行就有点平淡无奇，一切都可以一眼望穿，可以望到好远好远，也就没有探寻的必要了。船轰隆隆地鸣叫着，往前不疾不徐地行驶着，一切按部就班。贾船长有时见我太百无聊赖了，说："你过来。"我走过去。然后他让出他船长的空位，教我握着舵盘，让我驾驶。我站在舵盘前，个子刚刚高出舵盘一个头，可以说长得正好，我按照贾船长教的方法用双手紧紧地握住舵盘，双眼全神贯注地目视着前方。贾船长看我如此投入，在一旁咧嘴笑。他示意我放松，不必如此紧张，然后又教我如何加油门如何减油门。我这才发现在身后墙壁的地方，有一个拉环，在暗处伸向机房，拉一下，油门就加上去了，再拉一下，油门又减下来了。很神奇，很有趣，很好玩。我学会了，时不时就去拉一下，船一下动力十足轰轰地鸣叫着，一下又像泄了气的皮球有气无力地喘息。

船长室是我最喜欢去的地方，在这里让人有一种居高临下的感觉，这种感觉真好。后来我长大了，每逢我自己有一种居高临下的感觉的时候，我就像回到了幼年的船长室。当我感觉到别人在对我居高临下的时候，我也想到了我幼年身居的船长室。这时，我的心总是很平和，一切就都淡然了。

贾船长看出来了，他不说话，他一会儿教我做船长，掌舵，航行，一会儿教我做水手，起锚，收缆，打水，拖甲板。打水是个技术活，用一根绳子系着水桶，然后捏紧绳子，把桶沿着船舷抛下水里，力度要刚刚好，手要在水桶刚接触水面时恰到好处地用力一抖，让水桶口子一斜，整个桶便沉入水里去了，然后将绳子一提，满满的一桶水便打上来了。刚开始我不会，怎么也无法将桶倾倒让它沉入水中。贾船长手把手教我，他的大手握住我的小手，我的小手捏着绳子，他的力传递到我手上，再传递到绳子上，如此几次我领会了，便能自己打水了。小火轮的甲板有限，我打两三桶水就够拖甲板了。驳船可就让我感到天宽地阔了，它能载两辆大卡车。可是我心气高、倔强、不畏惧，一桶桶地打水，一把把地拖甲板，累得手软脚软简直要抽筋也还没拖完。但是我不停下来，满头大汗地坚持拖。贾船长在一边看，不作声。

来渡轮的汽车高大而威猛，当它们驶上我们的驳船时，总是猛地把驳船压沉了十来厘米，船微微地晃动起来。驳船载着它们好像一下子就有了分量，更有了底气，变得雍容而持重。当汽车驶上甲板停好后，贾船长总要鸣响汽笛，也不知是什么用意，好像是在向汽车致敬，更像是在向山河致敬。这种仪式庄严而郑重。我听到内心总升起一股肃穆，在心头缭绕不散，不觉神情也端庄凝重起来。

当渡轮开动后，一切都那么静寂，只听到发动机单调的轰鸣。司机常常耐不住寂寞找贾船长聊天。他们进到船长室，先从口袋里掏出一包烟，取出一支递给贾船长，自己也往嘴里叼上一支，低头点烟，吐出烟雾，然后便开始聊天。所有的司机都是贾船长的老朋友，他们聊着矿里的家长里短、风流韵事。贾船长基本上不插嘴，不打岔，不说话，只是听着，也不知他喜不喜欢听。司机们却个个都是健谈之人甚至是饶舌之人，说个不停。一个沉默不语，一个滔滔不绝，形成对比，我看了，觉得有意思。长大后，我不太喜欢太过饶舌的人，更喜欢沉默者，不知是不是受到这些船上生活影响。

渡轮停泊在岸边不出航的时候，我除了下河游水，更多的是仰脸望天。明媚的夏天，云朵明丽而轮廓分明。它们有的像一群群绵羊，扑面而来。有的像高耸的山峰，不动声色地在远方挺立着伟岸的身子。有的像我在上海的外滩上看到的黄浦江上由大海传递而来的波涛，汹涌澎湃，滚滚而来，我仿佛能听到它们惊涛拍岸的声音。有的像毕加索的画，拼贴出千奇百怪的令人无法想到的神秘意象。这一切都仿佛在催促你去猜。我望着这些云，努力猜着它们的表情、言语以及形象，想猜透其中的奥秘。我猜呀猜呀，有时我觉得我猜到了，便会心地微笑起来，有时我觉得怎么猜也猜不透，便低下头，充满苦恼和沮丧。不过一会儿也就过去了。当看到云彩忽然又变幻了，新的题目又出现了，我又兴高采烈地投入与云彩玩起猜谜语般的游戏中。

夜晚降临的时候，首先听到的是河水拍船的涛声，很有节奏，很有节律，像大自然唱起的梵音，清越，能够敲击到心里面去。贾船长也喜欢听。我们常常坐在一起，聆听涛声。有时涛声是喃喃的絮语，像个老人在不停地唠唠叨叨。有时涛声像海盗拍门“嘭嘭嘭嘭”，敲得人心发颤，这时我会不禁望一眼贾船长，只见他面无表情。有时涛声像孩童的喧闹，哗哗作响……万物既单调而不单调，在单调里面藏着无尽的繁复。

黑夜里面最吸引我的是天上的星星，躺在船上看星星，有一种格外的清明，仿佛大地、山川、河流都正在与你一块仰望星空。你不是孤单的，风声、河水声、夜鸟的鸣叫声都参与了，如盛宴一般宏大，如盛宴一般喧哗。这些声音在你的心胸里滚动，滚滚而来，又滚滚而去，你心里像存着千头万绪，像装着千山万壑。星星在上，你看着它们，它们也在看着你。

贾船长在我的船舱里为我装了一盏灯，是用蓄电池点亮的，小而明媚，在我窄窄的船舱里，像一盏太阳。睡觉前我躺着就着这盏灯盏读书。我在这里读我从卫生所的家里带来的《东周列国志》，当读到烽火戏诸侯的时候，不但褒姒笑了，我也莞尔一笑，因为那会儿我总不相信这是真的，国家生死存亡之大事都付女人一笑中，我实在不敢相信，不能相信，不觉要莞尔。

对于吃饭，贾船长有点为难，不知怎么办。虽然矿里给他的补给从没缺过，但平常他一个人的时候，就是胡乱地解决伙食，有一顿没一顿。现在，不是一个人了，另外还有一个人，他还要对这个人负责呢，这让他有点为难。

第一天我就发现了他的难处，我没作声，到该煮饭时不声不响，自己进到后舱去了。那里柴米油盐、锅碗瓢盆、灶台等一应俱全，我早就留意到了。俗话说穷人的孩子早当家，在那时我虽然不能算穷人的孩子可也早当家，我从六岁上学开始就学会自己煮饭了，每天早晨起来去学校前，早餐有时去粉店买粉吃，更多时候便生火把昨晚剩的米饭下锅，放猪油放酱油，做猪油炒饭，那是我的拿手好戏，更是我的所爱，百吃不厌。吃完了，打着饱嗝背起书包愉快地上学。进到船后舱我便淘米生火煮饭。贾船长见我看上去在熟练地操弄饮食，顿时眼睛笑得眯成了一道缝。他不说话，悄悄地退了出来，坐在驳船的空旷处望天，等待我大功告成。

我三下两下就做好了，一碗葱花蛋汤，一碟炒空心菜，还有香喷喷的白米饭。空心菜被我炒得油渍渍的、亮闪闪的、绿油油的，贾船长吃了，赞不绝口。空心菜的炒法还是梁雪花教会我的，有一回她见我正在炒空心菜，便立即上前来做老师。我炒空心菜用锅铲，她教我要用筷子，说锅铲不方便铲，不好翻身，用筷子，手到擒来，最主要的是能把菜翻散。她拿双筷子示范给我看。我立即有样学样，炒出来的空心菜果然与以往不同。以往有的地方熟有的地方生，或者都熟了但有些却炒得过火了，蔫了。用筷子翻动灵活，指哪儿打哪儿，炒出来的空心菜都熟了又都没过火，都恰到好处，生动鲜活。

贾船长直夸我。不过没吃两餐他便发现，我不过是三板斧，只会做一两道菜，再做不出新花样了。不过不要紧，只要煮得熟能吃上饭，一切都好。关于这点，我们俩的观点观念完全一致，一下两个男人，一大一小，却成了心心相印、心意投合的忘年交朋友了。

为了改善生活，靠山吃山，靠水吃水，贾船长教我捕鱼。他不下水，他拿支鱼枪一路沿着船舷巡看，发现一斤多重的鱼，便扣下扳机，应声射中鱼，活蹦乱跳的鱼被扯上船来。那时候的泗维河也像泗欧河一样，鱼真多啊，好像满河都是鱼。安陲那时候很穷，在青黄不接时很多村民只能吃杂粮甚至野菜，我一直不理解，满河的鱼为什么不捕而食之呢？两千年前的晋惠帝听说老百姓没饭吃，感到很奇怪，说："何不食肉糜？"有时候我很担心我也会成为这样的人，虽然我来自平民，而我又懂得多少民生疾苦呢？

贾船长的生活居然需要我来照顾，但我很得意。我常常一边做饭一边大声唱起上海小舅舅教会我唱的革命现代京剧《沙家浜》的唱段："你待同志亲如一家，精心调理真不差，缝补浆洗不停手，一日三餐有鱼虾。同志们说，似这样长期来住下，只怕是心也宽，体也胖，路也走不动，山也不能爬，怎能上战场把敌杀……"

贾船长听到了，哈哈大笑。

2024 年 1 月 25 日

公社球场的实用学以及美学功能

公社球场具备下面几个功能：1. 打球；2. 玩游戏；3. 晒谷子；4. 放电影；5. 停汽车；6. 空着。

1. 打球

母亲正在煮晚饭时，王炳文就在门外催喊父亲："罗医生，快快，打球了。"

父亲一边应着，一边急急出了门。母亲听了不满地嘟着嘴。我就笑着，连忙也跟了出去。

在屋里就可以听到公社球场上传来篮球拍打在地上的咚咚声。清脆而响亮。时而急促时而缓慢，撩动着人心。

几乎每天傍晚人们都要在公社球场上打篮球，一般是公社联队对阵其他部门联队。做裁判的是我们安陲小学的张校长。

公社联队以张书记、董副书记以及武装部干事为主，他们基本是五大三粗的彪形大汉。

而其他部门联队由王炳文、我父亲以及供销社的营叔叔等为主，基本属于一帮文弱书生。

第一次组队比赛时，母亲望望公社联队，又望望其他部门联队，劝王炳文："你们不用赛了，要有自知之明。"

王炳文还没答话，父亲就抢着回答了："别看他们人高马大，鹿死谁手还不一定呢。"

董副书记听到了，也过来凑趣："吴医生，你这话说得对。"然后他望望王炳文和父亲，鼓起硬邦邦的臂膀示威："赶快缴械投降吧。"

我也觉得两队不是一个档次。可是王炳文和父亲都不服气。

刚开赛时果然公社联队占尽了体能的上风，凭借着人高马大、身体素质好、横冲直撞，经常把其他部门联队撞得连连后退，甚至人仰马翻。

"暂停暂停。"王炳文和父亲连喊暂停围在一块商议了一下。再上场时改换了策略，一是不跟公社联队硬碰硬。公社联队虽然体能好，但技术粗糙，技艺明显不行，除了张书记，其余人根本投不准。其他部门联队在防守上采取重兵防守张书记，其余的只虚防。这一招果然奏效，很快遏制住了颓势。二是加强外围投篮。内线突破为佯攻，为的是给外线投篮创造空间和机会。战线一拉开，空间和机会果然就来了，结果频频得手，很快拉开了比分。王炳文和父亲都很得意，董副书记很无奈。

作为观众的我们都帮着其他部门联队，一齐为他们呐喊助威，其中竟也包括一些公社干部的子弟。对弱者的扶助与支持是人天然的本性。张书记的儿子张小强以及公社覃秘书的儿子覃勤表现得尤为突出。

对于公社球场上每晚的篮球赛，母亲却始终持反对态度，每当她听到王炳文在门外喊"罗医生，打球了"，她就嘟着嘴不高兴。母亲是一个生活讲究规律的人，该吃饭的时间打篮球，破坏了这个规律，每天晚饭的时间变得不规律，时早时晚，这让母亲非常不高兴。有时她实在太不高兴了，就走出门去怼王炳文："你去就得了，不要总拉着我家罗医生。"王炳文就干笑，向母亲点着头跑开了。

对于是打球还是按时吃饭这个问题，就像哈姆雷特遇到的“生存还是毁灭”的问题一样，我一直深感为难，拿不定主意，只好一直让它悬而不决，听之任之。这样一来，在我的心理上慢慢就形成了某种条件反射，每当听到王炳文在屋外喊“罗医生，打球了”，就碰触到了我敏感的神经，我身体不由自主地痉挛，内心又忐忑又期待又不知所措。我望望父亲又望望母亲。好在父亲内心好像并不存在这个矛盾，每当他听到王炳文的召唤，尽管知道母亲很反感，还是毫不犹豫愉快地出门加入打球的队伍里了。我就笑着，连忙也跟了出去。

2. 玩游戏

当夜幕降临，打球的战火熄灭，硝烟散去，球场安静下来。这只是暂时的安静，很快便又喧哗了起来。这时轮到我们小孩上场了。我们在公社球场上玩游戏。

此时半个月亮爬上来，把球场照得清亮，像刷了一层清晖。

在这清晖照耀下，女孩们拿着绳子一组组地出现在公社球场。她们跳绳，还唱歌。她们一边跳一边相对着拍手唱：“你拍一，我拍一，一个小孩坐飞机；你拍二，我拍二，两个小孩梳小辫；你拍三，我拍三，三个小孩吃饼干……”

男孩子不屑于跳绳，他们玩拍烟盒游戏。在球场上围成一圈席地而坐，把身上准备好的烟盒拿出来，摆放在地上，然后让对方伸出巴掌拍地，谁拍出的风掀翻了烟盒，烟盒归谁。这种游戏令我们乐此不疲。人，特别是男人需要互相竞争，需要争强好胜。如此，他们发明了战争，战争太残酷了，他们又发明了各种类似于战争的游戏，以在形式上取代战争，而在实质上延续着争斗的本质。

这种游戏我也有点不屑于玩。如此席地而坐，用手拍地，不太合乎母亲对我的家教，如果让母亲看见了，必定教训我一顿。好在那时小孩玩的游戏可太多了，你不玩这个可以玩那个。于是我与另外的孩子就玩跳房子游戏。在球场上用粉笔画上许多房子，我们跳啊跳，不停地跳，不停地抢占房子。

3. 晒谷子

白天，太阳明晃晃地照耀着球场的时候，阿泡的父亲就会挑了谷子来，倾倒在球场上，晒谷子。

他把谷子铺满了球场，然后用耙子耙成一个个方块，留出一条条小道容人走路，其他的地方就都是金灿灿的谷子了，看起来像作出了一幅画。

果然就是一幅画，后来，照相机普及了，好多人成了摄影爱好者，好多摄影爱好者都把镜头对准了这样的画并拍摄下来，成为一幅幅摄影作品，拿出来在报刊上发表，拿去参赛展览并且获奖。

某些时候生活就是艺术，反过来，奇怪的是，艺术也就能成为生活了。

当艺术成为生活的时候，一般让人认为是一种更为高尚的生活。

谷子铺满在球场上，阿泡的父亲就对阿泡说：“小子，给我看好了，不要让鸡啄了，也不要让鹅踩了。”

阿泡听了，认真地点点头，搬了一张凳子来静静地坐在球场旁边，专心致志地看守着谷子。

我们觉得阿泡这样太无聊了，就跑去阿泡面前撺掇他：“阿泡，走，玩去。”

阿泡望着我们，不为所动，不听从我们的撺掇，坚定地答：“我要看谷子。”

我们便陪着阿泡看谷子。

这时胡民族家的鸡踱了过来。它们是一群，一个个昂首挺胸，气宇轩昂，当它们正准备低下头开啄时，我跑过去，扬起手赶，一边挥动着手一边口里念念有词“呵嘘，呵嘘”，鸡们看到我朝它们挥动的驱逐的手，听到了朝它们发出的驱逐令，非常不满，一齐“咯咯咯”发出抗议声，并不打算听招呼，赶了这只，那只又走来，让我非常生气。我便大声喊胡民族“民族，民族，来管管你的鸡”。

胡民族从球场旁的银行宿舍里走出来，样子蠢蠢的，不明白为什么要他来管他家的鸡。

我见了更加没好气，我说：“你没看到吗？你家的鸡要吃阿泡家谷子。”

胡民族这才觉得是该管管他家的鸡了，他对鸡劝说道：“走，走，走。”

鸡们听到了他的劝说，歪着头听了一下，可是最后决定不执行主人的命令，还是要去啄谷子。

我正想开口，只见胡民族跑回家，拿了一些肥肉来，亮给鸡们看。鸡见了立即朝他群起而追，跑回了银行。

危机就这样解除了。

胡民族领着他的鸡们进到银行，胡民族怎样教育他的鸡，我就不关心了。

阿泡很感激我，他表达感激的方式就是说：“走，我们玩去。”

我们就欢天喜地玩去了。

后来，到了晚上，阿泡被他父亲狠狠地打了屁股，一边打，阿泡的父亲一边气急败坏地叫嚷：“叫你还贪玩。”

我们在屋外偷偷地听和看，这一次次的打屁股声好像同时一下下地打在我们身上，阿泡的父亲每下一次手，我们身上的肉就跳一跳，感到了同样的疼痛。

4. 放电影

安陲的盛大节日之一是放电影，每到放电影的那天，家家户户都盼着了，而且从一早上就开始准备着了。

首先是在心理上准备，每个人的心里面都在无数次念叨：今晚放电影！今晚放电影！有的心事重重，有的兴高采烈。

心事重重的一般是大人。兴高采烈的当然是我们小孩。

其后是在事实上做准备，要早做饭，早吃饭。吃完饭赶紧去看电影。

只是奇怪的是尽管人们紧赶慢赶，希望把饭做早点，把晚饭吃早点，可是事实上每当吃晚饭时，该晚的还是晚了。

对于这种快不起来，我总是好生不解，好生疑惑。

我们家就是这样。

放电影的那天我总是忧心忡忡地提醒母亲：“早点做饭，早点做饭。”

母亲很认真地点点头，很郑重地答应了。

这让我无比高兴。

可是到头来我发现，尽管已经早做饭了，吃饭的时候居然并没能提前，还是在平常吃饭的饭点上开饭。

母亲也发现了这个问题，很抱歉地朝我笑笑。作为补偿，她同意我端着饭碗，把饭菜装到饭碗里，到球场边看电影边吃饭。

而平时那是不允许的，平时吃饭的时候规定一定得正襟危坐在饭桌边，正正经经吃饭。对此，我总是受到小伙伴们讥笑。哪家小伙伴不是端着饭碗出来，一边玩一边吃饭呢。

在公社放电影的地方只有一个地方，就是公社球场。在别的村庄，放电影的地方是村里的晒谷坪。晒谷坪一般是私人的场地，建在自家门前。我的同学熊元管他们村里不止一个这样的晒谷坪，每到放电影的时候，到哪个晒谷坪放，开始的时候产生了争议，后来很快把争议解决了：轮流放。当轮到在熊元管家里的晒谷坪上放电影时，熊元管一定要拉我去看，好像那场电影是他们家放的，具有了私人性质。我跟着他兴冲冲地由安陲跑步到他家看电影。

安陲公社的球场由两栋楼夹着，一栋是公社楼，一栋是银行楼。在这样的地方放起电影，就与在别的村庄放电影效果完全不一样，在村庄的晒谷坪放电影，晒谷坪周边是空旷的，电影放起来，声音都散去了。而在公社球场放电影，两栋楼组成了回音，我们在这样的回音里看电影，就像在一个庞大的音响里看电影，每当放起电影来时，声音缭绕，就像听着现在时兴的环绕音响，声音厚重而低沉，有种力量穿透银幕，也穿透时空来到我们心里，我们聆听着，感觉内心平添了力量，美妙无比，美好无比。

这就是公社，别处没法可比。

为此公社张书记也非常自豪，每到开三级干部会时，他总会特地安排一项会议内容，就是带领干部们集体在公社球场看电影，让难得来公社球场看电影的全公社大队干部们、生产队干部们分享在有大楼做音箱的公社球场看电影的乐趣。他因这项安排总是得到参会全体干部的拥戴。吃过晚饭后，他们三五成群兴致勃勃地来到公社球场，兴奋地叽叽喳喳说着话，发表着感慨，然后以无比激动的心情看起电影。

5. 停汽车

公社球场具有很多功能：打球、晒谷、放电影等，这些功能建设者们在设计蓝图时一定早想到，早兼顾到了，但其中一项功能，在建设公社球场的时候，建设者们一定没想到、没料到，他们肯定完全没想到有一天公社球场居然还会成为停车场。

那时公社没有一辆汽车，又没通公路要汽车何用呀，我的小伙伴们基本没人看见过汽车。当安陲小学建起来后，当我们纷纷成了安陲小学的学生，背着书包去上学时，当张老师走进教室让我们翻开某页，看图识文的时候，小伙伴们才第一次在纸上看到了汽车。大家瞧着纸上的汽车，都惊叹不已，觉得模样奇怪得完全不可想象不可思议无法理解。小伙伴们日常看到的东西，都是自然存在的东西，一条河、一座山、一棵树、一根苞谷、一粒米，所有这些东西，它们都有着一个共同特征，就是自然的形状，线条柔和，外观曼妙。图画上的汽车却线条生硬、形状呆板、愣头愣脑，令大家无法想象，不能理喻，一时引得大伙儿议论纷纷，教室里一下弥漫着声音的碰撞，嗡嗡嗡，声音们全都张皇失措。

有一天球场上突然响起了汽车的轰鸣声，开始大家并不知道是汽车到来了，各人在各人家里做着事，并没留意。开汽车的司机看到没人出来迎接，大概有点失意，便拼命摁响了喇叭。一时长长的喇叭声顿时由公社球场升起，响彻了整个安陲。这下，安陲被惊动了，被惊动的安陲轰动了，人们纷纷从自家屋里跑出来，看看是什么造出的这个惊人的响动。他们纷纷来到，猛然看到一个庞然大物，正大大咧咧地停在公社球场上面，吓了一跳。然后看到坐在驾驶室里的司机正得意地望着他们叼着烟卷咧着嘴笑。大人们全露着迷茫而吃惊的神色，只有上了学的我们看到了汽车，快乐地惊叫：“汽车！汽车！”一齐朝汽车奔去。我们走到汽车面前，围着汽车，这里摸摸，那里摸摸，金属的光泽耀花了我们的眼睛，金属的冰冷却没浇灭我们的热情。

这是九谋锡矿的汽车。九谋锡矿位于离安陲有几十公里地的一个山里，它把公路向外修建，但是最后并没有修通外出的公路，在把公路修建到安陲的河口后只好改由水路运输，但是它顺带修通了到安陲的公路，将九谋锡矿与安陲通过这条公路联结了起来。公路修通后，很长时间并没有用上，忽然这天就启用了，把一辆汽车开进了安陲，并将公社球场作为停车场，停在了安陲。顿时惊动了安陲，轰动了安陲，安陲的人们携老扶幼全跑出来观看，比看电影还要热闹，比看电影还要让安陲的人感到惊奇。不但小孩走近汽车，这里摸摸，那里摸摸，连大人们也走上前去，这里摸摸，那里摸摸。像一座小山一样高一样大的一辆汽车，怎么移动到球场，让他们无法理解，超出了他们的见识和想象。

司机得意地笑着。这个场面大概是他想到的，也是他愿意看到的。从此，只要有可能，只要有机会，九谋锡矿的司机们开着汽车，总要来安陲绕一转，有时是需要，有时纯粹为了炫耀。他们把汽车停放在公社球场上，能停多久就停多久。有时人们正在打球，有时我们正在玩游戏，甚至有时阿泡父亲正在晒谷子，司机们都肆无忌惮地把汽车开进球场，停在球场上。

汽车一来，安陲的一切都为汽车让路。汽车一来，安陲的一切都停下。球不打了，游戏不玩了，谷子当然还要晒，但阳光也被汽车遮挡而一时晒不成了。

司机得意扬扬，我们望着这些得意扬扬的司机，脸上露出羡慕的神情。

张书记和每个司机都是好朋友，汽车开来了，停在球场上了，张书记就从办公室走出来，走到司机面前，彼此递烟点火，嘘寒问暖。

6. 有时球场就这么空着

当有时球场就这么空着的时候，张书记是不满意的，他在球场上一边背着手踱步，一边想球场还能用来干吗呢。他想不起来。他便叫上覃勤的爸爸覃秘书一块想。他俩一块在空旷的球场上边踱步边竭尽全力地想。最后还是想不起来。

其实覃秘书觉得有时球场空着也空得很好，甚至很应该，就像一个人除了工作也还要睡觉嘛。但是他只敢小声地在私下里嘟哝，却不敢对张书记表明。

我们都好奇地望着在空旷的球场上踱着步用尽心思想着问题的张书记，发现张书记想得头发都开始花白了。我觉得做一个领导真是太辛苦了，太累人了，不仅要日理万机，还要为一块一时空着的球场操心。对于这个问题，我们小伙伴发生过不止一次争论。

有时公社球场就这么空着虽然让张书记觉得浪费而痛心疾首，又无比苦恼，却让我感到有了一块空旷的球场，也令人心旷神怡。我常站在空旷的球场上和张书记的儿子张小强一块仰脸望天。他若有所思地仰脸望天，我一无所思地仰脸望天。他看上去眼神有一些迷离，有一丝忧郁。我却心情开朗。不管是晴天也好雨天也好，当我在空旷的球场仰脸望天时，我感到我的心就像球场一样变得空旷，就像球场一样变得无羁无绊，无牵无挂。

2024 年 2 月 3 日

安陲地主炮楼

安陲地主炮楼建在安陲的最高处，也是安陲的最高建筑，一共五层，没有被拆除让我感到不解。门是破败的，大风吹来便不停地开启又合上，发出啪啪的声响。

我去看它是因为它很神秘。

一切的神秘都引起我的好奇。安陲的这座地主炮楼就具备了神秘性，因此令我好奇。

尽管好奇我却不敢一个人去探秘，我便邀请小吉同去。

小吉听了我的邀请，立即摇摇头拒绝了。

我想邀请张明明去，那是他家的炮楼，作为地主的他家在新中国成立前建筑了这座炮楼，如今仍屹立在安陲。

但是我沉吟了一下，放弃了。

有时我望着张明明，竭力想了解他或理解他，可是我觉得我无法了解和理解他。我想他应该低调做人，但他不仅不低调还很张扬，他常露出两颗龅牙发出怪笑，很瘆人。而当我看见没有一个人同他计较时，这又让我更不理解了。

当然现在我觉得我理解了，安陲本身是很宽容的。我们从上海来到安陲，不是也没受到任何歧视吗？说到张扬，现在想来当初我大概比张明明更甚吧。

我常凝视着张明明，想象张明明的父母在旧社会的样子。那会儿他们家有众多的田产，还在自己家的门前建起了这座五层高的炮楼。

张明明的父母我见过，很老实很本分的样子，总是低眉顺眼，一般不说话，不吭声，面无表情。可是为什么张明明就完全不一样呢？他在我们班里是个捣蛋鬼，一下作弄那个，一下作弄这个。当他捣蛋的时候张老师总很严厉地盯着他，喊他一声“张明明”，他听到了，立即装作收敛了，然而只要逮着机会便故态复萌。

后来我邀请到了贾建生，贾建生听清了我的邀请，我原以为他也会像小吉一样立即摇头拒绝，没想到他却点头答应了。他也觉得这是一件很有意思、很有必要去一探的事情。

从安陲小学去到安陲地主炮楼，要穿过整座村庄，我们在走过村庄的时候，路上遇到许多人，每一个见到我们的人都同我们打招呼，给予我们慰问，似乎我们想前往去探险炮楼他们都知道了一样，要特别地把他们的力量加到我们身上，好鼓舞我们让我们更有勇气前行。我望了贾建生一眼，贾建生也望了我一眼，然后我们彼此心照不宣，彼此心灵相通，彼此心有灵犀，都同时朝对方坚定地点了点头，携手大踏步向炮楼奔去。

我们来到炮楼前，当听到炮楼的门在风中砰砰作响时，我发觉我们的胆子顿时就变小了，我们的勇气顿时就几乎消失了。

贾建生捏着我的手一下变得冰凉，我扭头看他的脸，他的脸原来是黝黑的，现在变得煞白。“要不，我们就不进去了。”贾建生不敢望我，但是说出了这句心里话。他突然心生的胆怯令他有点羞赧和愧疚，使他说出这句话的时候，没敢望着我。

我沉吟了一下，我们停在门口徘徊。我很想答应贾建生提出的建议，我感到他提出的这个建议很对很明智。这座炮楼我敢说自从那年最后一个人从里面走出来后，就再也没人走进去过了。如今我们去冒这个险有点鲁莽，并且鲁莽得有些不值得。

可是最后我觉得我们还是应该进去，人都来到这里了，临门一脚退缩有点不像样子。人总要想让自己像点样子。

贾建生看出来了说：“那我们进去吧。”有点迫于无奈，无可奈何。

我们有点躲避，不敢直接推门，当风再次把门吹开时，才趁机闪身进去了。

一进到门里眼睛便突然一黑，吓了我一跳，我几乎有转身逃跑的欲望，要不是因为贾建生在身旁，我们牵着手，我早就被吓得转身跑了。事实是我没有跑，贾建生也没有跑，我们把眼睛睁大来，适应了一下，眼睛就不黑了，慢慢看清了炮楼内部。

这是炮楼的低层，开着三四个枪眼，没有窗户，自然没有哪座炮楼是开有窗户的，光线全靠这小小的三四个枪眼透射进来，因此黑魆魆的，让我们进来时一下子眼睛没适应过来什么也看不到了。底楼什么也没有，空荡荡，只见中间有一架环形木梯绕上二楼。我们打算踏上去，继续探险。可是来到楼梯口，蜘蛛网把我们挡住了。贾建生找了一根棍子，握在手上，一边挑开蜘蛛网，我们一边迈上二楼。

楼梯虽然年代久远，可是依然十分结实，好像再过一百年也依然同现在一样结实，真是好楼梯。

我们踏踩着楼梯，一步一步迈上去。到处是蜘蛛网，也到处是灰尘。随着我们的脚步踩动，灰尘轻轻地浮起，在从枪眼透进来的微光照射下，灰尘像虫子一样纷纷在光线中飞舞，轻灵，甚至曼妙。我从来没有注意过灰尘的舞蹈原来这么美，像有生命一样，像有意识一样，在我们眼前飞来飞去。

二楼也是空荡荡的，这让我们有些失望。

我不知道炮楼里会藏着些什么。但我相信并且肯定，炮楼里一定会藏着些秘密，不然就不叫炮楼了。我们来不是来看一无所有的炮楼的，我们来是来看炮楼里藏着的秘密的。走在来炮楼的路上，我甚至想炮楼里会不会藏着枪呢，比如一支驳壳枪，就像那本《一支驳壳枪》的连环画写到的那样。

在二楼我们停顿了一下，都有些失望，并且失望里还加上迷茫。

当我们登到五楼的时候，顿时外面的风景将我们吸引了。五楼是一个瞭望台，站在五楼上，安陲尽在眼底。

我还从来没有站在这么高的地方看过安陲。只见在我们眼下安陲像一幅展开来的画，泗欧河弯弯曲曲地绕着村庄，白白亮亮的，安陲像是被一根白亮的绳子系着，瘦瘦的、弱不禁风的样子。安陲的房子所有的屋顶都是黑色的，星星点点散布在画面里。我找到了卫生所，但是我看不到有谁在卫生所走来走去，他们看上去实在太小了。

在炮楼看安陲，安陲是如此安静，如此静谧。只听见风轻轻地吹过，只看见村庄各家屋顶上的炊烟被风轻轻地吹散了。好一幅田园风景画啊。我一时看得痴了。贾建生在我一旁，也看得痴了。当与尘世保持着距离的时候，尘世原来就不再喧哗，更没有喧嚣了，有的只是安静和静谧。

我没忘了我们来炮楼的使命，我们来炮楼的使命不是看风景。我没想到当踏上炮楼顶时，看风景会成了我们做的第一件事情。我原以为我们走进炮楼后，只会一门心思埋下头寻找炮楼的秘密，没想到当我们踏上炮楼顶时，看风景却成为我们首先做的事情。当我们把风景尽情地欣赏了，我和贾建生才突然发觉炮楼外的风景让我们流连忘返了，让我们流连忘返到有点失态了，我们互相望了一眼，笑了笑，便埋下头去寻找起炮楼里的秘密。

在五楼摆着一些凳子，还摆着一个柜子。

我把柜子门打开来看时，意外出现了。我看到柜子里居然摆放着一排书，它们整齐地排列在柜子里。因此，这个柜子事实上就是一个书柜。在一座炮楼里，我们没发现我们想当然觉得应该发现的东西，比如一支驳壳枪，却发现了一排书，这让我们哑然，继而又让我们惊喜，又让我们兴奋。

我掏出了一本，是一本《东周列国志》，我再掏出几本，是各国的简史，有美国的，有法国的，有英国的。

贾建生也过来，我们一起阅读起来。贾建生喜欢读各国的简史，我喜欢读《东周列国志》。后来贾建生长大了，高中毕业了，考上了东北的吉林大学，从中国的南方跑到了中国的北方上大学，再后来，大学毕业后干脆去国外留学了，一定是受这几部书的影响，我一直深信不疑。这几部书在贾建生小小的心灵里，种下了放飞自己灵魂以及肉身的种子。

我们翻看了一会儿书，不觉已是黄昏，暮色四起，天色渐晚，我们的心也变得苍茫。贾建生望望我，我也望望贾建生，都不说话。贾建生把简史类图书藏进了怀里，我把《东周列国志》藏进了怀里。我们一步一步摸索着下楼。

走出炮楼，我们都重重地喘了口气。我们都感觉我们此生忽然像是经历了一次轮回，我发现不知为什么，对自己感到都有点陌生了。

分手的时候，我们郑重相约，下次再来。

可是在后来的日子，我们都没有再踏上这座炮楼，也不知因为什么，好像有什么隐秘令我们回避。

在班里我望着张明明，我经常会幻想，我幻想张明明带着许多同学一起踏进炮楼，去展开对炮楼的探险之旅，我们将发现更多未知的甚至令人惊奇的秘密。

从幻想里挣扎出来，只见张明明不知又作弄了谁，眉飞色舞，正自得意。

2024 年 2 月 5 日

乌吉和吉曼

乌吉、吉曼、三盘、更种……这些安陲的地名吸引着我，让我新奇和好奇。

这些地名大多应该来自苗语的音译。

公社开三级干部会，张书记会逐个点人头："乌吉来了没有？吉曼来了没有？"

乌吉的生产队队长和吉曼的生产队队长，就会站起来答："来了。"

站起来的乌吉队长和吉曼队长都是年轻的苗族青年，面上带着青葱而羞涩的笑容，头上包着头巾，身上穿着苗衣。苗衣都是崭新的，看得出来是专门为来公社开会而特意穿上的，闪闪发光。

有汉族人来到苗寨，见到用闪闪发亮的苗布做成的苗衣，就很形象地把这些苗族人经过特殊工艺手工织出的苗布称为"亮布"。苗族人听到了，也很喜欢这个名字，接受了，就传开了。

我来到安陲的时候，也穿上了用亮布做成的苗衣，成了汉族人中的苗族人。

我常常以为，我应该待在山里，而不是应该待在城市。山村和城市比，还是山村更吸引我。

可是后来我知道，我必须待在城市，那里才真正是适合我生长的地方。喜欢的地方不一定是适合自己生长的地方，而并不很喜欢的地方却是我应该待必须待的地方。我总梦想着回到山村而又回不去。人生就是这样，有许多悖论。而我们必须在悖论中生存，并且成长。

因为乌吉、吉曼这样让我感到怪异的地名，我渴望去到乌吉、吉曼，可是乌吉、吉曼在安陲公社管辖地最远的地方，不仅快要出安陲了，甚至快要出广西了，从乌吉、吉曼一脚跨出去就去到了别的省份。我没有机会走那么远，去到那么遥远的地方。

张子专知道了，鼓动我说："那你就到我们三盘去吧，三盘不远，走两步就到了。"

我听了很欣喜，心想三盘是个什么样的盘呀，就接受了他的鼓动，在一个星期六，放学了，便跟随张子专朝三盘走去。

路是盘山路，弯弯曲曲，七拐八弯，而且小小的，容不下两人并排走，偶尔还会有一棵倒下的大树拦在路中间，把路阻隔。

我们一前一后走着，路边的草丛散发出草的香味，近处有青菜鸟和云雀在欢叫，一递一声，轻灵而明亮。再远处会听到斑鸠在鸣唱，咕咕咕，咕咕咕，像来自遥远的童话。

张子专说三盘走两步就到了，事实上我们走了无数步，天快擦黑了才到。

看着天色向晚，我便无端地开始有点心慌意乱起来，暮昏给我带来莫名其妙的恐慌，我的心感到空落落的。好在这时进村了。看到炊烟起处就是村庄，我的心忽然就有些安定了。

三盘被两山夹着，是一个小小的寨子，张子专的家就在寨子中央，吊脚楼、木晒台这些我已熟悉了。张子专家的狗听到我们的脚步声高兴地汪汪叫着，飞快地朝我们奔来，然后先是围着张子专一蹦一跳地转，几次要扑到张子专身上亲热，而后发出了委屈的呜呜声，大概它是很久没见小主人了，心里又高兴又难过。

张子专蹲下身来，把它抱在怀里。这么一抱，它就不呜咽了，脸上都是笑。

张子专的爸爸妈妈显得很沉默，几乎不说话，他们打油茶招待我。这是安陲基本的日常生活，在安陲你随便进哪家，迎接你的大概就是一碗油茶。我忽然感到饿了，端起大口吃起来。油茶里有酥米和油果，香喷喷的，味道好极了。

吃罢，张子专带我游走在寨子里，寨子的吊脚楼高高低低地分布在两山，中间夹着一条小溪，牛在溪水里饮水，夕照下，是一幅美丽的田园风景画。

第二天我回到安陲家里被母亲狠狠地批评，说我不该一声不吭跟着同学就走了。那晚上父亲和母亲还有安陲公社的许多人，包括大人和小孩分头去寻找我，哪儿也找不到，后来有人说像是看到我跟张子专去三盘了，这才让大家松了一口气。

吉曼的生产队队长来公社开了几次三级干部会后，就熟门熟路了，把公社当作自己的家了，便露出了本性。

晚上散会，大家都去泗欧河洗澡游水，正是夏季，泗欧河几乎挤满了准备送往县城的木排，吉曼队长争强好胜，看着这些木排说他可以一口气从这些木排底潜水到对岸。

大家听了，大多不信，只有认识他的个别人信，还替他鼓吹说他可以一口气潜水五分钟呢。

这下很多人便起起哄来。

吉曼队长很得意，起身一个猛子就扎进了水里。

黄文浩见他扎进水里，便抬手看着他腕上戴着的防水表。

一分钟过去了，两分钟过去了，三分钟过去了，仍没见吉曼队长浮出头来，张书记有点担心了，说："怎么还不浮头？"

有人说："不急，还没到时间呢。"

五分钟过去了，还没浮出头来。

张书记不敢等了，立即组织人下水搜救。

一部分人下了水，一部分人走在木排上。

走在木排上的人，终于感到一处木排下似有异常，立即把木排尽力挪开一道缝，果然就见到吉曼队长，他浮在水面，已经不省人事了。

人们七手八脚把他拖扯上排来。

只见吉曼队长已是奄奄一息，好在大家营救及时，总算没闹出人命。

吉曼队长闹了这一出笑话，从此畏水，再不敢夸耀自己水性好了。其实大家心里明白他确实水性了得，不是一般人可比。一次失败的炫技，改变了他，可惜了。

吉曼是个高寒山地，那里应该只有些小溪、小河，吉曼队长哪来的如此了得的水性？引得我常常在脑海中想象吉曼的特殊之处，它更成为我做梦都想去到的地方。

2024 年 2 月 14 日

山路

安陲的山路多是羊肠小道，弯弯曲曲，细细瘦瘦，只能通行一人，两人对面相逢而过，有一人就要让到草丛中了。

路的前方和后方，对我来说，都是不知所终的地方。

阳光灿烂的天气最适合走在这样的山路上。

此时处处鸟语花香，近处草木生辉，远处古树参天，不远不近处溪水淙淙。

在古代，官府沿道设置五里一亭，十里一铺，三十里一驿。柳州市郊有一处地名现在就叫五里亭，想当年即是五里一亭的设亭之处，可惜如今亭已不见了。

我们来到安陲时，政府已不在路边设亭建铺，但安陲民间却保持着这种千年古风，每五里十里必自发建有亭铺，用杉木立柱，用木皮盖顶，用木板设座，边上常常还用竹涧引有山泉之水，以便旅人渴饮。

对于这些亭铺我常十分好奇，不知何人所建，也不知何人所管，像无主的荒亭，以一种完全开放的形式迎候着旅客，谁进入都给人一种可以以主人自居的感觉。这种感觉唯有在这些亭子里可以有，别处则没有。

亭铺一般建在登高望远处，或者建在关隘险要之处，也常建在拐弯抹角之地。在这些地方驻足，可以很好地回望来路，也可以尽远地看清去路。人行到此地，坐下来，不仅是歇歇脚，还会整理一下思绪，筹划接下来的行程。

山路是寂寞的，而唯有此地此处不让我感到寂寞，亭或铺的存在顿时让我感觉到了一种善意和温存。这是前人留下的，也是遗存的。坐在亭铺之中，虽一人寂寞，却像被众人围拥。虽是无声，却似众人喧哗。

站在山顶回看山路，我常不解山路的弯曲。人，走着走着，为什么走出的总是一条弯弯曲曲的路？取直而行不好吗？至少一段一段路可以直着走。

张子专笑我的胡思乱想，说："不弯的路是路吗？"

我们两人是多么不同，我觉得路可以也应该取直走，而在他的思想里，路一定是弯曲的。

山路是苍茫的，走在安陲的山路上，我常常心慌意乱、脚步错乱，不像在上海，哪怕是在柳州，路上总是人来人往，车水马龙。走在安陲的山路上，就是走在寂寞里，你埋头一路走去，只是走向更深更远的寂寞。寂寞既是身外的，更是心中的。

没走过山路的人，大概也能想见到山路的逼仄悠长，给人的内心带来空旷与辽远。望不到尽头的路和不堪回首的路，一前一后地逼迫着你，常常令你张皇失态，不知所措。

每次走在山路上我很少是欢喜的，不管是与父母同行，还是一个人独行。山路茫茫，令人畏惧。可是身在安陲，走着山路，是一种命，注定你摆不脱。

有时，又想，为什么要摆脱呢？

旁逸的生活也是一种趣味。走在山路上也是一样，路边上那些旁逸而出在你身边摇曳着的花草，树上鸣叫的鸟儿，流淌而过的溪流，都使山路增添了色彩，增添了妩媚，增添了行走山路的情趣。如果路上没有这些，那么走在山路上便是走在寂寞里。生而无趣，还生着做什么。行而无趣，行路就更寸步难行了。

因此我走在山路上，从来是左边摘一朵花，右边扯一把草。

把花摘来，或者拈花微笑，或者将花一瓣一瓣地边走边朝天空撒去。

那时不知道拈花微笑原来含着极深的禅理，更不知道将花一瓣一瓣取下来丢下，在西方是检验爱情的一种方式。

常伴随在山路边的草有狗尾巴草，采来可以边走边编织成各种动物。编织得最多的当然是一只只毛茸茸的狗了。最好玩最有意思的还是将狗尾巴草掐断，只剩草茎，然后用来撑眼皮，一根根狗尾巴草把眼皮这么撑起来，一定很恐怖，顿时自己就像变成了妖怪。想象着自己是妖怪的模样，好像自己就真成妖怪了，旋即张牙舞爪装神弄鬼地边走边演起妖怪来，自己吓自己，自己笑自己，常常笑成一团。在学校上课，因老师上课无趣我便想打瞌睡，便用狗尾巴草撑住耷拉下来的眼皮，不让它合上。这是我抵挡瞌睡的最有效办法。

路边除了狗尾巴草，茅草也常见。把草叶摘下来，可以做口哨，吹出的声音尖厉，直可传出数里之外。这么吹响起来，数里之外同样的行人听到了，就会也扯了一片茅草叶来，含嘴里吹出口哨响应。一吹一递，两边虽不能见面，却惺惺相惜，心心相印。往往越吹越上劲，越吹越有力，边吹边行，不觉走过了万水千山。

2024 年 2 月 19 日

黄浦江与泗欧河

蓦然回首才发现，我最初的生命是被一江一河所滋养的。这一江一河对我一生所造成和带来的影响达到什么样的程度，恐怕怎样去书写都不为过。没有它们，我就会是另一个样子，长成另一副模样。

也许人的一生总会有这么一条江一条河，深深地镌刻在生命的年轮里。再回首，如此清晰。

这条影响我至深的江，叫黄浦江。

这条影响我至深的河，叫泗欧河。

一条大江，一条小河，是它们规划了我生命的流向。

我的一生走不出这一江一河，到哪里它们都如影随形，无时无刻不在影响着我左右着我。

有时候我清晰地看到了它们的身影如何出现在我生命的年轮里，它们的身形化于无形，以一种精神或者灵魂的方式出没在我的生命中，成为我个体生命存在和存续的一种形式。

我与它们血肉相依，灵魂交融。

也许可以这么看，我是它们的延伸和延续，我归属于它们，又从它们中分离而出。我所有的走向，看似个人的选择，其实都因它们在冥冥之中引导我。

在我的幼年时期，我一会儿生长于这条江边，一会儿生长于这条河边。

这条江是都市之江，它贯穿着上海，也贯穿着我的生命。这条河是山野之河，它流经安陲，也流经我生命。

我浸染在这一江一河之中，使我天然地同时拥有着城市的气息与山野的习性。我既是一个城市人，又是一个山野中人。

当一个人，既有着城市的魂灵，又具备山野精神，会是怎样一个人呢？

我更喜欢泗欧河，而我更受黄浦江影响。

泗欧河的清澈和隽永总是无比地吸引我。黄浦江却以它强大的引力拉扯着我。每当我面向泗欧河的时候，黄浦江就在背后紧紧拉拽住我，让我无法断然而去。我的本性是山野的、闲散的，就像这条泗欧河，而黄浦江却打造我，锻造我，要让我成为另一副模样。

面对这一江一河，我并没陷于困惑、困顿，我反而是从容的、坦然的，它们不仅是我生命里的河，还是我生命中的源泉，它们将我的肉体与精神皆塑造成形。

我天然地被包容在这一江一河中，因此这一江一河，在我的身上浑然融汇在一起，分不出你我，分不出彼此，也没有必要分出你我，也没有必要分出彼此。当我发现这个秘密的时候，掩藏不住心头的喜悦。

站在黄浦江边，我常急迫地要回到泗欧河。而置身于泗欧河里，我怀念着黄浦江。

朝夕与伴的这一江一河，仿佛用水做成了一根绳子，牵扯着我，拉动着我。并且这根绳子也有着水一样的个性，时而温柔，时而强悍。它们对我的影响便时有时无，时强时弱，时在时不在。我时而受它们的左右，时而又挣脱了它们的牵挂。对此，它们的姿态是一种无奈，还是一种纵容，我却看不清。

这一江一河对我最重要。我常聆听它们的气息在我的耳边，在我的心灵轻轻吹拂，如兰之馨。

面对记忆里的一江一河，我忍不住唱出了一阕抒情的小夜曲，而忽视了苦难和磨砺。

面对生活，有的人拿起笔书写的时候，会把笔触执着地伸向苦难，他们认为这才是书写的意义所在。而我更愿意留下过去的温存和欢欣。这对读者也许没有太大意义，却温暖着我心。对我来说，使自己温暖，或许更重要。写作的意义首先在于自己然后才在于别人。声称为别人而写作的人其实都是在为自己写作。

黄浦江是一条世俗的江，滚滚向前，而沉渣泛起。

在上海我生活在小市民的庸俗中，石库门、弄堂口、小马路。气息氤氲，险恶被生活的流年遮蔽，平淡而平静。有哲人说漩涡的中心总是风平浪静，说的大概正是黄浦江两岸的景况。二十世纪七十年代，在上海的黄浦江畔，一处小弄堂里，我无风无浪地生长着。

父亲一再带我来到黄浦江边，他不说话，只是看。他在看，也让我看。雾霭里的黄浦江船来船往，这是生活的画卷，也是人世间的画卷。

奇怪的是，父亲虽然也把我带到泗欧河，却从来没指着泗欧河让我看。他把我带到泗欧河，或者引领我涉河而过，或者教我下河捉鱼。如此，在泗欧河，父亲让我过着更世俗的生活。

泗欧河也并不是一条避世的河，它从山野深处汩汩地流向世俗。

越远离即越清澈。这大概是一条真理。在泗欧河，我是纯净而纯粹的。我一无所想，一无所思。如果说我在想在思，那么我所想所思的无非是花朵和飞鸟、禽兽和河流。

“绿草苍苍，白雾茫茫，有位佳人，在水一方。”听歌曲《在水一方》时，我想到的不是黄浦江，而是泗欧河。而佳人出没的地方，其实更多在黄浦江。现实与思想常常是疏离的，更常背离。也许只因了这种疏离与背离，生活才更像生活。

我没有想过更没有想到有一天我会走出泗欧河。

我一直以为在黄浦江和泗欧河中，黄浦江是我生活的点缀和旁白，泗欧河才是我真正的生活，才是我生活的底色与成色。

在幼年，我总以为，我是黄浦江的过客，泗欧河才是我真正的留存之地，是我生命的真谛。我从来没想到，更从来没意识到，这一江一河，在事实上都是我精神的圣地，都是我灵魂所依之地。它们都在养育我，都以物质和精神注入我生命，并伴随我。我心更向着泗欧河而疏忽黄浦江。我更愿意相信泗欧河才是养育我的河，而忽视了黄浦江在我身上打下的深刻烙印，从而使我有着那种意味深长的底蕴。

一切都是不应该忽视，也是不可忽视的。尽管一些地方被忽视了，但它们却一直存在着，影响着，造就着我。

一个人同时被如此的一江一河塑造，我认为这是一件不可思议的事情。

黄浦江的气韵和泗欧河的气韵是多么不同呵，它们甚至是不可同日而语的。

当黄浦江奔腾入海的时候，泗欧河却以它的涓涓细流，瘦弱地行走在山涧。

一个是如此的宏大、开阔，一个是如此的逼窄、细弱。

它们却奇妙地同时在我心中流淌，以自己的方式把我塑形。

现在回想还是觉得不可思议。

当一条现代的、时尚的江与一条荒蛮的、原始的河在我身体交汇，我如何承受这样的冲突与矛盾？

当混浊的沉渣泛起的江与清澈纯净得能照见人灵魂的河，共同在我心底的河床上奔涌时，我又如何迎受？

一切如同一个谜。生命本身就是一个谜。它的字面意义永远与谜底隔着万水千山，又永远藕断丝连有踪可寻可依。蓦然回首间，许多东西成了历史的陈迹。

2024 年 2 月 20 日

第二章 安陲人物志

用枪打鱼的矿长张叔叔

张叔叔一副顽皮相，没个正形。他怂恿他儿子张子明同我们打架，他教张子明如何抱摔。结果小伙伴们基本没人能打过张子明。这让张子明很得意。

我回上海了，对小舅舅说了这事。小舅舅听了，立即教我如何抱摔。最简单的一个动作就是别马脚，抱摔的时候，一只脚一撑，另一只脚去把对手的脚后跟一别一钩，就把对手摔倒了。这个方法既简单又实用，一学就会。

回到安陲我试用这个方法，屡屡得手，百试不爽。可是不妙的是用这个方法对付张子明就不行了，张子明也会别马脚，我们两个抱在一起的时候，都设法别对方的马脚，又躲避被对方别上，结果谁都别不住谁。

我再回到上海讨教小舅舅，小舅舅又教我一招背摔，就是一上手就把对手背在背后，然后猛力摔下来。这一招张子明没有学会，我胜利了。

张叔叔见我把张子明背摔了，呵呵地笑。他上来拍我的后脑勺说我厉害。我得意地笑了。

他还让我们比赛潜水，到泗欧河里，看一猛子扎进水里后，谁潜得久，谁潜得久他奖励谁。他的奖励基本上是手把手教我们打枪，教会我们打枪了，就改成让我们自己拿他的枪打。我们争先恐后地加入比赛行列，人人争当潜水冠军。

可是这次在潜水上，我们怎么也比不过张子明了。

这让我感到很奇怪：为什么每回都是张子明潜得最久呢？

我觉得应该是我，我看得出我的肺活量肯定比他大，可是，我就是不如他潜得久。

后来我去问张子明。

张子明既是我的竞争对手，又是我的好朋友，有一天他终于把绝招告诉我了，他说他之所以能潜得最久，是因为他使用了一个招法，就是潜下水底后，在怀里抱着一块大石头，自然就能沉得住了。

我听了感到无比稀奇，立即偷偷有样学样，在比赛的时候也在水底抱住一块石头。结果奇迹发生了，我破天荒地在潜水这项比赛中也胜过了张子明。

我们浮上水面后，张子明和我一块哈哈大笑。

张叔叔行伍出身，据说十四岁就当兵了。

那年解放军来安陲选兵，他个大，看上去像十六七岁，主要的是他会武术，解放军首长相中了他，他就当兵去了。先是给首长当勤务兵，然后当警卫员，再后来就提干了。

同他一块去当兵的人还有好多个。这些安陲男人基本从小习武，都是当兵的好材料，听说赵明权的父亲赵叔叔也是这么当上兵的。他们当上兵后，很多人在部队表现很好，都提了干，多年后，转业回到安陲，成了安陲政府部门大大小小的领导，赵叔叔当了粮所所长，张叔叔转业在九谋锡矿，当了矿长。

九谋锡矿在安陲的北部，张叔叔当了矿长后，从九谋锡矿修了一条公路直达安陲，然后又把公路延伸出去，他想把公路一直修到融安泗维河水库，与泗维河水库旁的公路连接上，这样就可以通达全国了。

可是他的雄心壮志最后没能实现，公路修建到河口的时候，经济发生了困难，没钱了。九谋锡矿的出路只好在河口由陆路改成了水路，在河口买了一艘渡轮，从九谋锡矿拉矿出山的汽车开到这里，驶上渡轮，由渡轮渡抵泗维河水库再上岸。

这条路不但是九谋锡矿的生命线，也成了安陲人的生命线。我们进出安陲统统走的是这条线路，直到二十世纪八十年代，县里终于修建了安陲通往四荣的公路，有了公路出口，这条水路才少有人走了。

张叔叔的老婆张阿姨是我们安陲的农民，张子明也在安陲小学同我们一块上学，张叔叔差不多每到礼拜天就回到安陲。他回来了，招呼我们：“走，打鱼去。”打鱼是他的保留节目，基本每回都要上演。我们就屁颠屁颠跟着他朝泗欧河走去。泗欧河有浅滩也有深塘，深塘里面藏有大鱼，他要打的鱼就是这些大鱼。

张叔叔虽然转业了，当上了九谋锡矿的矿长，仍然能枪不离身。赵叔叔转业后当了粮所所长就再也没有枪了。张叔叔当了锡矿的矿长却仍然有枪，这让我感到好奇怪。他每次回安陲腰里都别着一支手枪。这支手枪小巧玲珑让我们爱不释手。当然我最爱的那支枪是公社特派员腰里别着的手枪。特派员的手枪更袖珍，更小巧，也更精致，遗憾的是特派员不像张叔叔，特派员从来不让我们动他的枪，不像张叔叔随便让我们玩他的枪，不仅随便让我们玩，还手把手教我们如何打枪，最后我们虽然没有个个成为神枪手，却都开过枪。

张叔叔打鱼与别人打鱼全然不同，别人打鱼无非是两种，一种是用钓竿，一种是用渔网，张叔叔这些都不用，他都不屑用，他用他腰里别着的枪，他用枪打鱼。他领着我们随着泗欧河一路走一路观察，我的同学张习初也喜欢打鱼，不过他的方法是钓鱼，选好一处河塘，把钓钩甩下河里，就坐着不动了，一直蹲守着，常常几个小时这么蹲守着，直等到鱼儿上钩。张叔叔没有这个耐心，他连停下来细细观察的心思都没有，总是边走边看，不停地沿着泗欧河走，一个塘一个塘地看。好在那时的泗欧河，每处深塘都藏着无数的大鱼，不需要走太多路看太多塘，就能轻易在一个塘里发现鱼。而发现的鱼张叔叔还要挑三拣四呢，一些鱼虽然算是大鱼了但他还是看不上，觉得还不够大，他要打那些好几斤重的鱼，最好是十来斤重的大鱼，这就不太容易遇上了，不过也还是能遇上。每见到这样的大鱼，他就会兴奋起来，立即拔枪上膛朝鱼出没的地方就是一枪。张叔叔算得上神枪手，基本上一打一个准，发现目标后，几乎枪枪命中。鱼被打中了，浮出水面，我们欢呼着，一边脱衣服，一边扑向水里去捞取鱼。鱼被打中了，还是蹦蹦跳跳，不容易捕捉，甚至还会奋力地游走。眼看到手的鱼我们怎么可能让它从我们的指缝间溜走呢？于是，我们奋力地追赶围捕。真是无比快乐呀。

张叔叔也让我们拿着枪打鱼，把枪握在手里有点沉，可是不影响我们瞄准和扣动扳机。当然我们基本打不中。张叔叔也不在乎，他本来就不期望我们真能打中。他更希望的看来是我们还能对习武保持某种热情。果然这样，他如愿了。

有一年听说张叔叔被撤职了，原因是有人举报他私带武器拿来打鱼。我们再见他的时候，他果然不再带我们打鱼了，但依然顽皮，没有正形，依然挑动我们互相打架，比赛潜水。

不过，他很快发现，他没有枪了，慢慢就有点指挥不动我们了。

2024年1月14日

陈云芳

陈云芳非常漂亮，白皙的皮肤，大大的眼睛，眼睛清澈，黑白分明，像一汪泉水，瓜子脸，扎着一对小辫。

陈云芳来到安陲，两家大人就把我们俩扯在一起，许多大人围一块，叽叽喳喳评头论足，像品赏两只花瓶。他们觉得这男孩很俊俏，只是带着野气。他们觉得那女孩不仅俊俏，更带着文气，文雅而乖觉。

陈云芳就静静地站在那里，两眼迷离，也不知在看什么，也不知在想什么，好像大人们在说着的谈着的那个小姑娘与己无关，说的是别人。

我听了，把话全听进去了，不仅全听进去了，还听得很气愤。我认为大人们不应该这么像品评一件物件一样地品评我们，我们不是物件，我们是有想法、有思想的人，我们是人。

可是没办法，大人们根本没注意到我的感受，根本无意要去理会我的感受，他们眉飞色舞，用充满愉悦的心情大声品评着我们。

后来王文浩还出主意，要我们俩“背靠背贴一块，比一下高矮”。

陈云芳听话地走上前，背着身，等待我也背过身去贴住她。

可是我没有。大人们这么干令我太生气了，非常地生气，于是一扭头，跑走了。

大人们没有料到，看到我跑走的时候，先是一愣，接着都哈哈大笑起来。

他们拿我的母亲和陈云芳母亲打趣，说要让我俩结娃娃亲。

我的母亲听了好像很乐意，笑得合不拢嘴。

陈云芳的母亲听了好像也很乐意，不过她只是微微含笑。

我听到了，不知道自己该是乐意还是不乐意，不过，至少不反感。陈云芳那么美丽，像一朵山茶花。很多年以后，我听到歌曲《山茶花》时，就总会想到陈云芳，“山茶花，你说他的家开满山茶花……年十七年纪十八，偷偷在说悄悄话，羞答答，羞答答，梦里总是梦见他……他希望总有一天，把你摘回家……”

我不知道陈云芳听到了是怎么想的，我想去问她，结果却忘记问了。

我们两家最初有着共同的命运，大人们都是机关单位的干部，都一块住在一个机关大院，后来命运就有点分道扬镳了，我父母来到了安陲，我也随他们来到了安陲，陈云芳的父母也来到了安陲，但陈云芳没随他们来到安陲，她仍然在县城生活，在县城读书，只在假期的时候才来到安陲。

那时候我看到陈云芳，突然产生了点自卑。我感觉到我俩一个在县城，一个在农村，是两个不同阶层的人。

不过陈云芳好像并没有看不起我，但还是让我不太好受。我感到她在安陲只当自己是一个过客，过不了几天她就会离开了。离开安陲才是她真正的命运。她没有必要同我计较。

我从来也没有设法靠近她，就像她从来也没有设法靠近我一样。不过我打量过她，也有一点受到她气质的吸引。在我眼里她像一个公主，有点高高在上的姿态，她挺拔而俊俏。而我，我觉得有点猥琐而腌臜。我们虽然不能说一个天上一个地上，却也泾渭分明，不应该是一路人。

我肯定是想多了。

母亲邀请陈云芳一家来我们家玩。他们来了，母亲爱怜地拿起陈云芳的手握着久久不放，然后转身去把装着零食的一个饼干盒打开了，拿出好多从上海带来的零食塞进陈云芳怀里说："吃，吃。"陈云芳听话地把这些零食捧在手里，后来又掰开了一颗大白兔奶糖放进嘴里含着，两只大大的好看的眼睛一会儿盯着我母亲，一会儿盯着她母亲，看她们叽叽嘎嘎地说着话。

我母亲和陈云芳母亲相谈甚欢，常常开怀大笑起来。

后来，我从安陲来到了县城，进了县中读书，陈云芳一直在县城，也进了县中读书。我们的命运奇怪地合为一处了，可是我们见了面却像陌路人。

2024 年 1 月 15 日

武装部部长的儿子小壮

小壮全名叫廖小壮，他真正的家不在安陲，而在更远的深山里，他母亲以及他的家族都在更远的深山里。我原以为安陲就是很远的山了，原来还有更远的山。

小壮的父亲是安陲公社武装部部长，住在公社办公楼二楼的一间办公室改装的宿舍里。他也像赵明权的父亲、张子明的父亲那样军人转业回到安陲，成了安陲武装部部长。他到安陲后把小壮从深山里接出来，跟着他，让小壮在安陲小学读书。

小壮就成了我的同学加亲密的小伙伴。

廖叔叔似乎很忙，几乎都不着家，小壮就自己管理自己，自己上学，自己洗衣服，自己去食堂打饭，自己睡觉。

廖叔叔回家来了，认为小壮身体不好，缺乏某种东西，每次回来总是亲自到公社食堂下厨煮一种我不知道是什么东西的补品让小壮吃。看得清楚的有肉末，还有蛋，看不清楚的还有其他什么东西，我就不知道了，总之有一股药味。小壮并不爱吃，不喜欢吃。往往是廖叔叔把东西煮好了，盛在碗里端给小壮后，就又要匆匆走了。小壮总是假装吃一口，他父亲一走，就把整碗的“补品”从窗口毫不犹豫地倒下楼去。我看了，心里十分不忍，感到非常可惜。可是小壮毫不在乎。他看到我可惜和不忍的样子，就对我说：“要不你吃了？”我没想到他会这样说，连忙摇头：“我怎么可以吃你的补品呢。”

小壮还真的身体不行，大概是天生的，长得又黑又瘦，一副营养不良的样子。公社里的人都以为廖叔叔太忙了，没照顾好小壮，让他挨饥受饿了。他们不知道小壮不仅从没挨饥受饿，他父亲还时常专门为他做补品让他补身子呢。

廖叔叔的宿舍很空旷，几乎什么家什都没有，就是公社配置的一床一桌一椅，爷俩睡在一张床上。可是却有一样东西特别丰富，就是枪弹，子弹一箱一箱地塞满在床下。而廖叔叔的手枪也经常就放在枕下。廖叔叔不在家时，我俩经常把手枪拿出来把玩，比张子明爸爸佩戴的那把手枪大些沉些，油光发亮。

我们家来到安陲，无疑是一个时间节点，是安陲的一个分水岭。在此前安陲处于刀耕火种的原始状态，很多人还以狩猎为生，因此崇尚习武。在一九七〇年代初，大批干部来到安陲，迅速改变了安陲，使安陲直接跨越进入了现代文明。但习武的民风仍盛行，不管是大人小孩，大多有武艺在身，直到我们这代，习武之风才衰落而式微。

但尚武之风仍在，并且时时显现，在公社，武装部的几位叔叔若久不能打枪就会手痒，常拔枪而射。他们射击的地方是他们找到的公社后山处，那里有一个凹地，他们在凹地上放一个果子，或者放一只瓶子，大家便拔枪比射，看谁打得准。人们经常能听到公社后山传出的砰砰枪声，习以为常，谁也不以为意。我们小孩经常围着看，打中了，便雀跃欢呼，喜不自胜，好像是自己打中一样。

小壮非常憎恨胡民族的妹妹，为什么？不知道。银行宿舍就在公社对面，隔着一座球场，也是一栋二层楼房，而胡民族家住的房子刚好正对着小壮家的窗子，由窗子看出去，一举一动都看得清清楚楚。小壮经常把枪拿出来，朝胡民族家瞄准，主要是瞄准胡民族的妹妹，有一回他愤愤地把子弹上了膛，正要朝胡民族妹妹扣动扳机时，及时被我拦下了。我一直不明白他为什么如此憎恨胡妹妹。大约有时憎恨甚至仇恨也是没有理由的。

公社时常组织民兵训练打靶，每次组织打靶了，我们小孩们听说了，便会蜂拥地跟随着，看打靶不是主要的，主要的是捡子弹壳。枪声响过，子弹壳四处乱飞，小孩子们就到处乱抢，场面乱哄哄的。小壮从来不抢，在一边抱臂哼哼冷笑。

我也渴望抢到子弹壳，可是我抢不过别人。小壮见了，便拉住我，示意我不要抢了。

我们回来进了廖叔叔的宿舍，小壮从床底拉出子弹箱打开来，让我看，我看见里面装满了一小盒一小盒的子弹。

但是，这和我有什么关系。这是子弹，不是子弹壳。

小壮就拿起一盒子弹放在桌上，取了一颗出来，桌子抽屉上有锁扣，正好可以插进子弹头，他把子弹头插进去，一扳，弹壳和弹头就分离了。然后他把弹壳里装着的火药倒进火盆里，只见火盆呼地爆出一团火光，空气中弥漫起一股硝烟味。他笑笑，将空弹壳递给我。“要多少有多少。”他说。

我又惊又喜，可是又觉得非常不妥，不知怎么是好。在犹豫中，只见小壮继续操作，一个个的弹壳一下子在桌子上摆成了一排。直到我出手阻止，他才停手。

就这样子弹壳多得我不稀罕了，小壮当然更不稀罕，公社再组织打靶，枪声响过，小朋友们一哄而上抢拾着子弹壳时，我学着小壮的样，抱着臂。我们两人一齐在旁冷笑着看。

2024 年 1 月 16 日

母亲的书和父亲的书

1

在安陲我们家里的书架上，藏着母亲从上海带来的书，我如今能记得的有《马克思传》和《欧阳海之歌》，其他就没有印象了。

《马克思传》分为上下两册，都是橘黄的封面，封面上印刷着马克思的半身速写头像：一个大胡子横眉冷对着他的右前方。

半身头像下用粗黑体字印着“马克思传”几个字，再下面用四号宋体字印有“弗·梅林　著”。

封面像远离我们这个时代，沉静而遥远。

少年时我把这本书拿出来读，读到了马克思和燕妮的爱情故事，读到了马克思给燕妮写的情书，还读到了马克思写给燕妮的情诗《思念》：“思念比天上宫殿还高，比永恒的天地更久长，比理想国还更美妙，忧心似海，深胜海洋。”我极喜欢这首诗，不仅背诵得出，后来还曾经在给朋友写信时抄录过。

我不知道我这样的记忆准不准确。

我只记得这本书当初带给我的情感：忧伤而寂寞。

而且，马克思头像，也让我产生好奇、担心与不解：马克思长着这么一大把胡子，他是怎么吃饭的呢？

我常常拿起这本书，拿起又放下，始终也没有读完。

少年时我读书，总是拿到一部书，便会埋头一口气读完，没读完，不罢休。可是，我却没有读完《马克思传》。不明白这是为什么。这大概是那时我仅有的一本没读完的书。

《欧阳海之歌》是一本红黑封面的书。

封面上印着一幅欧阳海用身体抵住一匹高高跃起的战马的雕像照片。照片下黑色的底色套印着红色字，三个宋体字是“金敬迈”，五个书法体是“欧阳海之歌”。

这是本激越人心的书，讲的是为救火车而牺牲的英雄欧阳海一生的故事。

那时候我读得津津有味，为读着欧阳海这样的英雄故事而感到心潮澎湃，感到了榜样的力量。

现在，当我再拿起这本书来的时候，坦然了。

在今天，我对英雄的看法已经更深刻了。

金敬迈仅仅用二十八天创作出了这部三十万字的书，令人惊叹。就是现在网上的那些以写得多写得快见长的网络写手，也得要自叹弗如吧。而那时金敬迈可是用钢笔一笔一画写出来的呢。

金敬迈写出这部成名作后，再也没有写出有影响力的作品了。

那个时代有一个奇怪的现象，许多东西都昙花一现。

2

那时，在上海的外祖父家里是没有一本书的，不仅没有一本书，连一张印刷的纸片也难找到。

而外祖父曾留过学，我的大舅毕业于国内名牌大学，后来成了国内知名的飞机制造工程师，我的姨妈、孃孃们以及我母亲都是大学生。

有人说这是外祖父大智慧的表现。我不知道是不是，只是感到哀感，为那个时代哀感，更为生于那个时代的人哀感。

奇怪的是，我的到来，却让外祖父的家在这方面发生了改变。

在上海不知怎么的我竟然喜欢上了读书。在一个完全没有书的家里，我竟然喜欢上了读书。发生这样的事，真是难以想象，不可思议。或许是一种遗传的力量吧。

当外祖父发现我喜欢读书后，并没有任何言语上的发声，既不阻止也不表示赞赏。可是，却悄然去新华书店为我买来一本又一本书，改变了家里没有书的格局，使家里从此有了书的气息。而这些书也只限于我读的小人书。

我原以为外祖父发现我喜欢读书后，会训斥我呢。事实是，不仅没有训斥，反而为我买来了书，供我阅读。不仅如此，当我离开上海，回到安陲，他还把买来的书一箱一箱地追寄到安陲，让我在安陲这个荒僻的山村依然有书可读。

很久以来我一直以为外祖父家是从来没有书的，现在回想起来才发现，上海外祖父的家最初肯定是有书的，甚至可想见还不少，从我母亲带去安陲的书就可证明。只是到了后来，因为众所周知的原因外祖父干脆把所有的书，统统都扫出了家门，家里便再也没有书了。而我的到来，我挚爱读书，竟使外祖父悄然改变了家里无书的格局。为了我，外祖父悄悄地容许家里存放下了书，并且自己还亲自做了助推剂，让书一本又一本挤进了家门。

3

那时我父亲书柜内最多的是鲁迅的书，有十多部。

在那个无书可读的年代，无论什么样的书我拿起便读，父亲书架上鲁迅的书也不例外。

我渐渐发觉在读鲁迅的书时，我读书的兴趣更浓了，尤其喜欢读书里的注释。

鲁迅在《流氓的变迁》一文中，写道："李逵劫法场时，抡起板斧来排头砍去，而所砍的是看客。"此文中"李逵劫法场"的注释尤令我记忆深刻。

鲁迅的文章基本上是深沉而严肃的，有点枯燥，不像文章中的注释，还有注释中的引文，生动有趣。

真想能多看看多读读这样的文章啊。可惜找不到。只能在一星半点的注释里，像在晚秋搜寻萤火虫一样星星点点地寻找。找到了，便一读再读，甚至忘了吃饭。

读鲁迅的书，读着读着读到了《药》："包好，包好！这样的趁热吃下。这样的人血馒头，什么痨病都包好！"

我无比吃惊：原来在鲁迅时代真有人吃人的，这是真的。

发现了这个秘密，我去悄悄告诉我的同学欧忠全。

欧忠全听了，不信，打死也不信。

我就急。放学了，立即带他来家里，把《药》翻给他看，当他真读到"包好，包好！这样的趁热吃下。这样的人血馒头，什么痨病都包好"这句时，一下傻眼了：果然是真的啊。

我们两个小孩，大眼对小眼，一时感觉有点张皇失措，不知该怎么对待，最终都不再作声，将此事埋在心底，再也不说起。

2024年1月18日

董书记

公社董书记其实是董副书记。

董书记长得五大三粗，黑脸膛，络腮胡，也是转业军人，从某部工程兵转业而来。也许是军人职业使他一直经历着风吹日晒，看上去满脸风霜，比实际年龄大了一圈。

董书记也是安陲人，家在安陲偏远的一处山村。他住在公社楼里，比我家来得晚一些。有一天覃东东告诉我们说公社又来了一位书记，正在开欢迎会呢。我们便跑去看，看到董书记正在腼腆地发言，大意是说自己是新来的兵，没什么文化，是来学习的，是来接受教育的。说完话，还举起手来，向四周敬了个军礼。大家哄地笑了起来，然后鼓掌欢迎他。

董书记文化水平确实不高，覃东东他父亲给他写的讲话稿，他在会上拿起念的时候卡壳了，憋得满脸通红，非常尴尬，还是张书记出面给他打了圆场。后来大家都懂得他文化水平不高，慢慢也就不计较他了。不过董书记的优点很快就显出来了，人憨厚，肯出力，是个热心肠的人。谁家遇到个困难，只要他懂且能帮上忙的，没有不帮的。所以很快在公社里形成了个习惯：有困难找董书记。就算砍柴担水这类小事，董书记也愿出力帮忙干，他总说："我年轻，有的是力气。"

他有力气是不假，可是他看起来完全不像个年轻人了啊。我们都以为他起码有四十岁了。可是他都这么一大把年纪了，还没结婚又让我们疑惑。

他来到我们学校作报告，已经是他当了有一段时间书记的事了，显得老成持重又充满活力，现在他讲话已经不需要讲话稿了，张口就来，显然已经完全适应了地方上的话语系统，讲得一套一套的。那个顺溜，令人惊异。董书记无疑有着极强的适应力，他已经完全融入了新环境，胜任了新职务。我们都很喜欢他，他张开嘴笑起来，露出白白的牙齿，眼中闪烁着和善的光，像个天真烂漫的孩子。

后来我们的张明鲜老师爱上了董书记。

张明鲜老师的父亲张裁缝知道了觉得不可思议，不同意，坚决反对。

我们也感到无法理解，张老师那么美丽漂亮、光艳照人，有知识有文化，怎么会爱上一个又黑又没文化、年纪还比自己大一圈的粗人呢？

张裁缝把董书记叫到裁缝店说："你看看，我们两个人站在一块，看上去你年纪比我还大呢，你怎么可以娶我的女儿？"

董书记满脸羞惭的样子，红着脸，低着头，不说话。

张明鲜老师知道了，张明鲜老师找到她父亲张裁缝说："我就是要嫁董书记，你不同意我就死给你看。"

张裁缝以为女儿只是在要挟他，随口答："你去死好了，你就是死我也不同意你嫁给姓董的。"

谁也没想到张老师性子烈，回到学校，就在宿舍里喝了农药寻短见。

所幸被她哥哥也就是我们的张校长及时发现。张校长对张老师爱上董书记要嫁给董书记一直没说话，其实始终在暗暗关注着事情的发展，特别是在暗中一直在守护着自己的妹妹，生怕她出事，现在果然出事了，立即把她背下小学来到卫生所。

我父亲和我母亲接的诊，立即对张老师进行灌肠抢救。所幸抢救及时，她生命并无大碍。

张裁缝赶到卫生所时张老师已经脱离了危险，活过来了，张裁缝说："犟丫头你定要嫁董书记，你嫁就好了，没必要这样啊。"

张老师气息微弱，说："我不这样，你会答应吗？"

张裁缝摇摇头答不出话。

后来董书记和张老师喜结连理，我们都欢天喜地吃了一颗又一颗喜糖。

2024 年 1 月 20 日

陈玉清和廖所长

陈玉清是和我父母一块来到安陲的，她在县医院的时候与前任老公离婚了，带着儿子陈伟雄来到了安陲，嫁给了廖所长。

从县医院来到安陲卫生所一共三家人。我们一家，陈松一家，还有就是陈伟雄一家。不过陈伟雄一家算半家，陈玉清嫁给廖所长后，才能算一家。陈玉清嫁给廖所长，陈伟雄也改姓了，改姓廖，成为廖伟雄。不过我和陈松都觉得拗口，总是仍叫他陈伟雄，而安陲人都把他叫廖伟雄了。前年我在柳州与他偶遇，几十年没见了，我们居然一眼就把对方认出来了。大家都有点激动，我脱口而出地喊了他一声“陈伟雄”，他一愣后，还是应了。我喊罢，就有点后悔了，觉得自己失言了。这几十年，可能没人喊过“陈伟雄”了，廖伟雄大概都快要忘记了，猛然听到我这么叫，有点反应不过来。

父亲建的连排宿舍，由西向东依次排去，我们是第一家，梁雪花是第二家，然后就到廖所长家。廖所长是安陲本地人，苗族人，言语不多，有点老成持重的样子。

我父母在县医院时与陈玉清关系虽然不是那种亲密的朋友关系，但还算不错。可是来到安陲后，双方关系突然就变坏了，互相争斗，大会小会上指鼻子瞪眼睛，像有着世仇一样。在县医院我亲眼见到大人们的争斗，不想现在却把这种争斗带到安陲来了。我不知道这应该是我父母的责任，还应该是陈玉清的责任。俗话说一个巴掌拍不响，大约双方都有点责任吧。

这种争斗让安陲人不知所措，也让廖所长不知所措，他束手无策，默默地看着陈玉清和我父母的你争我斗。

陈伟雄大我两三岁，我们刚到安陲时是亲密的战友，组成卫生所小孩联盟，与安陲的小孩争夺地盘，争夺生存空间。不过这种争夺很快就化解了，安陲的孩子们很快接纳了我们，我们也很快融入了安陲的孩子们中。没想到这时，我们两家却成了仇人。这让我非常担心，非常不情愿，我不知道因此陈伟雄会怎么看，他会不会改变对我的态度，我不愿意他改变，很担心他改变，我还是愿意我们彼此是亲密的战友。结果担心成真，担心什么就来什么。那天看一本叫《墨菲定律》的书，觉得写得非常有意思，不仅是写得有意思，还充满了智慧。这本书总结了许多人生定律，最著名的就是“墨菲定律”。简单来说你害怕发生什么，不愿发生什么，就会发生什么。果然，因为双方大人成了仇人，他很快也把我视为仇人了。

在大人面前他从来不敢表露，可是在背地里就不同了。那时候我父母经常一起出差，留我一个人在家。到了晚上大家都睡觉了，陈伟雄就来到我家，在我睡觉的窗外装神弄鬼，或者发出凄厉的惨叫声吓我，或者敲击我的窗玻璃，用指甲扣动窗玻璃发出吓人的叽叽声吓我。我虽然知道是他在窗外装神弄鬼，但还是被吓得缩在被窝里，用整个被子严严实实地盖住自己，胆战心惊，瑟瑟发抖。他还发出狞笑，那就更吓人了，我简直要被吓死过去。他真是无所不用其极。

但是，第二天，他在众人面前却装作若无其事的样子，好像他什么也没干过一样。

大概我的性格偏于内向，我也一声不吭，从来没想过要揭下他的假面具，只得让自己一次次在夜里经受他的恐吓。

有一回他为了发泄对我家的仇恨，也为了吓我，那天晚上，他居然拿起砖头砸我家厨房外关在鸡笼里的鸡，把我们家的鸡砸得咯咯乱叫，并且还砸死了一只。

那时，我好忧愁啊，我不知道这样的日子何时才是个尽头。

有一天中午，我走过陈伟雄家门口时，意外地发现廖所长倒在门前，四周无人。我知道他有蛮严重的高血压病，一定是高血压病犯了。我下意识地赶紧转身跑回家告诉了父亲和母亲。父母听了，起身就跑出门，朝廖所长家奔去，对廖所长紧急施救。原来他突发脑出血，极其危险，好在我父母抢救及时，终于把廖所长救活了过来。从此两家好像就不再争斗了，但仍老死不相往来。

有一回，我经过廖所长家门口，廖所长见了我，朝我连连招手，让我进屋。我感到好奇怪，不知他这是什么意思，但还是听话地进去了。廖所长见我进来，转身去打开一个柜子，拿了好多饼干和糖果塞在我手里说“吃，吃”。他的病还没有完全好，说话还有障碍，只能发出简短的话语。我本能地觉得不妥，想不要，想拒绝，可是我发觉可口的食物实在太诱惑人了，感到难以拒绝。我捧着这些食物转身跑出了廖所长家，回到了我们家，把食物捧起来呈在母亲面前叫：“妈，妈，是廖所长给的。”我母亲看了一眼，脸上没有表情，也不说收下，也不说不能收。我见了，就顾不得了，大口地吃了起来。母亲始终装作没看见。

自从父母亲救了廖所长后，陈伟雄就再不敌视我了，我们终于又和好如初。但是尽管这样他还是从来不上我们家，只有我偶尔会上他们家。每到他家廖所长就非常高兴，总是拿糖果招待我。我没有再向母亲报告，而是不声不响地大口大口狼吞虎咽，享受着这些糖果的盛宴。

2024 年 1 月 26 日

在安陲织毛衣的男人

织毛衣的男人刚开始在安陲是一个笑话，被人们到处讲传。

织毛衣的男人却不认为自己是个笑话，别人说别人的，他做他的。

这个男人姓杨，我们叫他杨大哥。他大约二十岁，长得眉清目秀。

我头一次见他是坐在去九谋锡矿的货车上，突然有人指着路边一个人说："快看快看，那个男人在织毛衣呢。"

我们一齐拥到车边扒着看。只见一个青年，手上挽着毛线和没织好的毛衣，一边走路，一边织着。他慢悠悠地走，慢悠悠地织。他应该知道别人在对他指指点点，他的面上却平和平静，若无其事，如清风拂面。

在安陲，织毛衣一直是女人们做的事。秋天来了，当秋风吹起时，我母亲拿出针线，就开始织毛衣了。

在卫生所，从来都是梁雪花帮衬母亲，从来都是梁雪花教母亲做事。但是在织毛衣上，母亲意外地发现，她可以做梁雪花的老师。这让母亲又高兴又兴奋，逮住了这个机会，立即好为人师，谆谆教诲起梁雪花来了。手把手教梁雪花，怎样拿针，怎样把毛线不松不紧地捏在手里，又怎样运动针挑动毛线编织起毛衣。

长久以来，在我眼里，梁雪花是无所不能的，是神一样的存在，现在，突然发现，梁雪花居然也有不能的，居然不会织毛衣，我就心情复杂起来，不知是欢喜还是难过。后来我觉得我是又欢喜又难过，欢喜的是母亲在梁雪花面前终于有了自己的强项，难过的是梁雪花怎么竟不会织毛衣呢。

母亲不但手把手教梁雪花织毛衣，她还把她珍藏的教人织毛衣的书拿出来给梁雪花，让梁雪花看书上的图画，梁雪花喜欢哪种花式，她便教梁雪花编织出什么花式。这本书是母亲从上海带来的，叫《上海棒针编结花样500种》。梁雪花学会织毛衣了，在冬天的夜晚，母亲和梁雪花常常围坐在火盆边，头挨着头，一同翻看这本书，商量织一件什么花样的毛衣。母亲不但为我织毛衣，还为婉婷织毛衣。婉婷收到母亲送她的这件礼物，立即穿在身上舍不得脱。

但是安陲从来没有男人织毛衣，想也没有人想到男人能织毛衣。在安陲出现织毛衣的男人，肯定是前无古人，大概谁也没有料到之后却是后有来者。

杨大哥其实并不是真正的安陲人，他只是像我的父母那样，来到安陲，在安陲工作的人。他的老家在江苏的一座城市，只身来到安陲后，他被分配进了九谋锡矿，成为矿上的一名技术员。他讲着一口江浙话，同我母亲像亲人遇着亲人。他俩遇到一块的时候就一起讲叽里呱啦的江浙话，安陲人在一旁听了，像听天书，听不懂，捂着嘴笑。

杨大哥不仅眉清目秀，而且心灵手巧，在九谋锡矿车刨钻磨铣镗样样都拿手，他教我们顺口溜，我现在还记得："车钳铆电焊，走到哪里都吃饭。"他鼓励我们长大了要立志进厂矿，当工人。成年后，我果然进了工厂，当上了大国企的产业工人，大概就与他当年的教诲有关系。在工作上他是一把好手，在生活上他也是行家里手，把自己的生活安排打理得像模像样，甚至精细入微，根本不像一个男人，更像一位持家的巧媳妇。在他的宿舍里，不仅一切都摆放得井井有条，他还添置了许多家什，全是自己亲手做的，桌子、板凳就不用说了，他甚至还做了一张结构复杂的摇椅，有着许多用来转折的机械，人坐在上面既可以坐直了，也可以半躺着，甚至全躺着。半躺着的时候，拿脚轻轻点地，椅子便会有节奏地一前一后摇摆起来，像荡秋千，舒服极了。我们总是抢着玩他的这张摇椅，乐此不疲。他在一旁望着我们，说生活就是一种享受。我们听到了完全不能理解，听不懂，那会儿我们常受着的教育都是一些诸如"奋斗""甘为孺子牛"之类的词汇，在我们的词典里哪有"享受"这样的词啊。他也不期望我们懂，顾自一笑。

来自江苏的这个男人与安陲的男人有多么不同啊。安陲的男人都是粗犷型的男人，不理家务，千百年来都是男主外女主内，对于杨大哥显示出来的这种女人式的秀外慧中，他们开始是啧啧有言大摇其头，后来都沉默不语了，再后来，许多青年开始学习杨大哥。美好的东西总是会顽强地生存下来，波及别人，得到模仿。有一天他在家里又开始打一个柜子，他称为组合柜。柜子做好了，顶天立地，有着许多扇门，像个百宝箱，里面能够藏纳无数的宝贝。大家都来参观，一时门庭若市，络绎不绝。人们用新奇和好奇的眼光欣赏着组合柜，伸出手来把这扇门那扇门打开了，往里瞧瞧，又合上。在这之前，安陲人用的箱柜是一种方方正正大小有度的箱柜，收纳有限，许多人家的被子装不进去，就叠放在箱柜上。见了杨大哥家的组合柜，看到了它的好处，立即群起而效仿，那阵子，家家户户都是叮叮当当，刨啊锤啊，满是做木工的欢乐声。安陲一下变得喧闹，充满了生活的乐趣。

入秋后，天渐渐变凉，有人惊奇地看到杨大哥怀藏毛线，两手握针，如梭地在织着毛线。这人见了杨大哥一个大男人居然织毛衣，顿时觉得太搞笑了，太可笑了，忍不住笑个不停，直笑得眼泪都流出来了。

杨大哥样子很坦然，很从容，旁若无人，好像一个老成的演员，似乎他不是在织毛衣，是在表演织毛衣。

后来，慢慢地，一些男青年也有样学样，偷偷织起毛衣来了。再后来男人织毛衣在安陲就不再成为一件可笑的事，更不是件稀罕的事了，好些男青年都织起毛衣来，他们愿意织毛衣，他们织成的毛衣甚至比大姑娘小媳妇们织得都好。

2024 年 1 月 28 日

张小强

张书记长得很有派头，文质彬彬，他不像董副书记。董副书记更像《水浒传》里的那些绿林好汉，粗犷而任性，一副天不怕地不怕、一切都满不在乎的样子。张书记一切都在盘算中，遇事沉吟。他的小分头代表着他的形象和智慧，看上去就知道是一个精明的人。

张小强是张书记的儿子。在安陲，凡是儿子都像同老子一个模子里倒出来的，张小强长得就似小一号的张书记，除了眼不斜，没长着对子眼外，一切都完全一样，清秀而文雅。安陲虽是蛮荒之地，有着天然的野性，可是在天然的野性里却透露着来自自然的雅致。不是说蛮荒就必定等同于野蛮，在安陲，蛮荒的地方透露出的却是另一种特别的雅致。当我在安陲发现这种天生的雅致时又吃惊又欢喜。它露出的是那种诚实、实在、内敛，不欺妄，不打诳语，不张狂。

奇怪的是，我并没有同张小强成为好朋友，我总是对他敬而远之。在公社同我最要好的是覃秘书的儿子覃勤。经过了几十年后，我也同覃勤疏远了。现在，我们虽同在一城工作生活，却一直老死不再往来。我们都知道与对方共同生活在同一座城市，可我们就是不续前缘，就是没有试图重新往来。我们是曾经的发小，甚至生死之交，一旦分离了，也就疏远了。难道这就是所谓的君子之交淡如水？这个时代，我们不但不懂得别人，也不懂得自己。一切都那么陌生，对别人，对自己的内心，都如此陌生。

在学校里，张小强几乎没有什么存在感，他的沉默总是多于表现，因此常泯然于众人。如果你注意到他，你总会发现他常常仰脸看天，而很少低头看人。你喊他“张小强”，他会迷茫地望着你，不知道你是在喊他，甚至不知道你在说什么。他有自己的世界，有自己世界的人往往是一个封闭的人。我时而也会像他这样，我有时也有自己的世界。当我处在自己的世界里时，我感到了虚妄。这种虚妄常让我心生恐惧，而要挣扎着走出来。所以我时而沉迷在自我的世界里，时而又走入众人的世界里。我便时而沉静，时而喧闹。母亲对此很不解。她发现当我静下来的时候可以整天一动也不动，当我动起来的时候却像个人来疯。母亲感到对我难以理解时，就迷惑地望向父亲，希望能从父亲那里得到解惑。可是这时父亲也摇摇头耸耸肩，表示无能为力，也无法理解我。

冬天的安陲白雪皑皑，春天的安陲小河潺潺，不管是皑皑还是潺潺都是如此美好。可是如今这样的美好许多地方都没有了，再也难找到了，连安陲也不容易找到了，如今的安陲已经很少见到大雪了，当某天大雪飘飘的时候，就能登上报纸，成了报纸上的新闻，让人惊喜。我父亲如今已经老了，但是他没有老去的是阅读的习惯，当他读到报纸上以一种稀奇和惊奇的口吻描写安陲皑皑的白雪时，一边摇头一边叹息。

过去我们在安陲的时候，每年都会迎来大雪纷飞，那时候，如果不下雪可能会成为新闻，但这样的新闻那时候还没有机会出现在报纸上。一切都在变化，这种变化让我们总情不自禁想回到从前。

当张小强在安陲的大雪里，默默无语时，我们都沉默地看着他。

大雪来临，我们总是容易变得疯狂，打雪仗、堆雪人、滑雪橇，大呼小叫，我们疯狂地融入雪中，与雪在一起，恨不得自己变成了雪。在雪里我们停不下来。只有张小强站在雪里若有所思，默默无语。我们喊他“张小强，过来一起玩”。张小强就对我们笑一笑，摇摇头，拒绝了。

张书记看见了就批评张小强，他立即会建议张小强去一起跟我们玩。他对张小强说“你从小就要学会跟群众打成一片”。

我们听到了一齐笑。

张书记讲话从来这样有板有眼，正儿八经，我们已经见惯不怪了。但是每次听到都要一齐笑，觉得他说话有意思。

张小强后来怎样，我不得而知。人走散了，很多时候也就联系不上了。

安陲是很出人才的，我的小学校长张校长最初是民办老师，后来当了公安局局长，覃秘书当了文化局局长，卫生所的覃副所长当了卫生局长，都有出息。我父亲差点也有了出息，借调到地委当了几年秘书，可是最后不知为什么没能正式调入，又被打回原形了。那会儿我与母亲在安陲天天盼夜夜望，希望能听到父亲的召唤，希望我们能调回城里，进入地委大院。可是最后失望了。很多年后我终于进到了地委大院，作为地委机关报的人员也在地委大院工作了一段时间。那会儿每次走在地委大院绿树掩映的小道上，我总要想这是父亲曾经走过的路，曾经待过的地方，如今我也同样走着了，待在这里了。

张小强听到父亲张书记的教诲就摇着头笑一笑，似乎不太同意张书记的这种教诲，却又懒得发表意见。

这让张书记有些生气，却也无奈，儿子一旦有了自己的思想，老子就管不动了。

阴鸷的人我特别不喜欢，沉默的人倒是让我喜欢的。可是张小强却不亲近我们，让我喜欢不起来。覃勤每天晚上还是画画。当我们围观的时候，张小强会在一旁冷眼观看。我们看着覃勤画画，张小强看着我们。这情景正像卞之琳写的那句诗："你站在桥上看风景，看风景的人在楼上看你。"张小强眼睛是温和的，甚至有点含情脉脉，却又是疏离的。张小强的这双眼睛常令我惊奇，像一双女子的眼睛，如秋水一般。那时候我们对世界充满好奇，但是并不过分探究，常常止于好奇。

后来，张小强去部队当了兵，提了干，就不知所终了。我们见到张书记便向张书记打听。张书记不动声色回答说他也不知道张小强在哪里干什么，然后小声说，总之是在保密部队。

我们听了都觉得这正是张小强该去的地方，得其所哉。一个人的命运与自己的性格一定是高度契合的。

2024 年 1 月 30 日

上海来的医生

母亲作为一个上海来的医生，身上没有任何光环。她出身于普通家庭，她的父亲即我外祖父是上海邮电局一名普通职工，她的母亲即我外祖母在上海一辈子是一名家庭主妇。母亲学校毕业后积极响应国家号召离开了上海，主动支边，最后来到了安陲。

在安陲她没有试图改变安陲什么，只是做着一名普普通通的医生，过着平淡的乡村生活。

但是不管母亲怎样平凡，她的到来，也成了安陲的一个传说。

一个大城市来的人一旦置身于偏僻闭塞的山村，她的周身散发出来的任何气息，一定都呈现出与山村的异质。

首先是她的穿着。

尽管母亲一辈子都完全不像她的其他姐妹喜欢穿金戴银、涂脂抹粉，但是她的穿着无疑带着上海的习性，比如列宁装，再比如裙子。

在安陲虽然女子也穿裙子，可基本是手工织就的，面料显得沉重，色泽较暗淡。

而母亲的裙子是现代工业的产物，轻盈而光鲜，穿在身上花枝招展、光彩夺目，像一只艳丽的蝴蝶，令安陲人惊叹。只是后来不知因为什么，渐渐就不再穿裙子了。

梁雪花不解，问母亲："为什么总不见你穿裙子了？"

这个问题也是我的问题，我也渴望得到解答。

母亲听了，却只是微微一笑，并不作答。

但是她还穿列宁装。

我也喜欢看母亲穿列宁装。母亲穿上列宁装，顿时显得非常干练、麻利，做事带风，与穿裙子时完全不同，那是另一个母亲。

穿裙子的母亲不仅像一朵花，也像一个没长大的小姑娘。母亲穿起列宁装来，立即就是一个成熟的女干部了，样子威严，说话一是一，二是二，不容置疑，更不容反驳。这种威严的形象也是我喜欢的。列宁装那两排排列整齐、无比显耀的扣子，像两排立正列队着的士兵，挺拔而威严。

如果说母亲穿裙子时，安陲人与母亲更亲近，当母亲穿上列宁装时，安陲人对母亲便更毕恭毕敬。服装不仅是用来遮身蔽体，更是一种气质和语言。

而当母亲穿上白大褂时，那更是令人仰慕了。

穿着白大褂的母亲，则顿时变身成天使，所到之处带来祥和。一个村庄迎接穿着白大褂的母亲到来时，显示出一种安定和安宁，原来焦虑的村庄上空仿佛立即有祥云笼罩着了，村民们争着引领母亲走家串户，访疾问病，基本的疾病母亲都能手到擒来。其实一般村民的病无非是头痛脑热、发烧感冒、小痛小病，只是缺医少药没得治疗，服了药即可药到病除。

后来由于母亲总穿着白大褂，人们便把母亲称为"雪医生"，也挺形象，更有非常美好的寓意，我很喜欢，也令我感到荣耀和得意。

安陲人有个关于我们家的传说让我非常吃惊，他们说我们家吃饭，每人都要准备两双筷子，一双用来搛菜，一双用来吃饭。

我听到了咋舌不已，不知是谁编出来的，真是好想象，亏这人想得出。

我又觉得太没道理了，怎么可能呢？怎么可能有人会相信呢？

可是很多安陲人居然都深信不疑。

有次我的几个同学为了看我们家怎样用两双筷子吃饭，在我家开饭时，特意相约跑来我家，趴在我家窗底下偷看。

被我发现了，我装作没发现，在开饭时，故意在饭桌上给父亲母亲和我自己每人都摆上两双筷子。

这样，同学便亲眼所见我们家果真是用两双筷子吃饭的了呢，传说似乎得到了证实。这下这个传说更像风一样传遍了安陲，成为人人都在说的关于我们家与众不同的一个梗。

我听了，看到计成，又得意又快乐，笑得肚子都痛，就差喊母亲拿止痛药了。

一九七〇年代为了彰显我们家来自上海，上海生活如何与安陲不同，安陲居然有人想象出用两双筷子这种“卫生吃饭法”，这个人真是了不起，比一般人在生活理念上先进几十年，就算今天一般人吃饭也只在饭店用两双筷子，在家里吃饭我还没听说有谁家用两双筷子的呢。

在语言上我母亲自然也与安陲人完全不同，虽然她在融水医院工作时已经学会讲桂柳话，可夹杂着浓重的上海口音，并且一辈子也没改过来，任何时候人们一听就听出来了。不像我，我的第一语言虽是上海话，可是很快就完全改过来了，彻底的不带一点上海口音了，彻底的我最后都忘记上海话怎么说了。因此回上海探亲时，我只得用普通话与上海亲人交流。大概我这种表现让我在上海的孃孃们挺不满意，她们同我讲话坚持只用上海话，令我内心非常羞涩。

书上说，一个人永远不会忘记他的第一语言，可是我怎么就忘了呢？好在我虽然不会讲上海话了，却仍完全听得懂上海话，阿弥陀佛，总算没把老本全丢光。

母亲学习安陲人的言语，安陲也有不少人饶有兴味地学习母亲的上海语言，最先学的人是梁雪花，母亲便教她“侬”就是“你”，“阿拉”就是“我”。梁雪花眼睛亮亮地兴奋地学着。后来扩展到了好多人。学说上海话一时成为安陲的一种风尚。他们用学到的上海话互致问候，比如“你在哪里啊？”就用母亲教的上海话道：“侬拉拉哈里答？”说完捧着肚子笑，挺有趣的。

入冬了，母亲做了一个“捂窟”来保温煮熟在锅里的饭。捂窟是上海的一种专门用来在冬天保温米饭的什物。梁雪花见到了非常好奇，拿来看，回到家，立即也动手做了一个。那时安陲的冬天总是冰天雪地极其寒冷，有了捂窟保温，煮好的饭就不会变凉了。这个捂窟很快一传十十传百，安陲好多家庭都学着了。在冬天母亲还用“汤婆子”暖被子，梁雪花见了，又学了去。她没有汤婆子，便在卫生所拿了只五百毫升的空输液瓶来当作汤婆子，临睡前在输液瓶里倒进开水，放进被子里，同样起到汤婆子的作用。汤婆子很快也风靡了安陲。后来弄得输液瓶都洛阳纸贵一瓶难求，要托关系拿了。

梁雪花常向母亲讨教：“吴医生，你还有什么安陲没有的好东西？”

母亲听了就笑，说：“没了没了，全让你学去了。”

梁雪花也笑。

梁雪花也教会母亲好多东西。

用柴火来煮饭煮菜，母亲不会，是梁雪花手把手教会她的。

去山里面开荒种菜，母亲也不会，是梁雪花手把手教会她的。

连去河里挑水母亲也不会，把装满水的水桶挑在肩上，母亲总是晃得水桶里的水四处飞溅。梁雪花便教母亲如何把持重心。可是母亲一时还是学不会。梁雪花又想到了一个办法：她在装满水的水桶里放上一片叶子，请母亲再把担子挑起来走两步看看，这个方法使出来，很神奇，水桶里的水就不再晃出桶了。这让母亲又惊又喜又想不通，问梁雪花什么道理，梁雪花想了想，答不出，只好说不知道。两个人一时都不明白其中道理，也就不打算弄明白了。母亲就这样学会了挑水。

我学会的东西应该比母亲更多，我不但学会了挑水种地，也学会了上山打柴，还学会了下河游水，这个母亲一辈子也没学会。我甚至还学会了扛枪打猎、养鸡养鸭。而且我养的鸡鸭全能听懂我说的话，我叫一声“开饭了”，鸡鸭们听到了，从不远几百米的地方飞奔而来。陈松见到了，羡慕无比。我还能叫我的一只大公鸡帮我打架，我和阿泡打架的时候，大公鸡就跑来狠狠地啄阿泡。弄到后来，阿泡不怕我，只怕我的大公鸡，当我们和好如初时，他来我们家找我玩，总要事先问一句：“你不能叫大公鸡打我。”我连忙保证不会。他还是有点担心。我说：“我们是好朋友了，我家大公鸡怎么还会打你呢。”他这才放下心。

有一次我看一部叫《乡村女教师》的电影，我就想到了我母亲，我母亲和这个女青年多么相似啊，我希望我母亲也能像这位女青年一样，怀抱着伟大而崇高的理想来改变安陲穷困落后的面貌。

但是我暗暗地观察母亲，看来看去也看不出母亲有崇高伟大的理想，有要改变安陲落后穷困面貌的胸怀。这不禁让我对她十分失望。

2024 年 2 月 17 日

南宁来的美食家王婆婆

王婆婆大概是带着一颗改造安陲的雄心来的。

王婆婆是王文浩的母亲，来自南宁。

她来到安陲首先带给安陲的是饮食变化。

深秋的安陲卫生所到处结满了柚子，在我们家的厨房，柚子甚至长了进来，让我和黄家明暗自欢喜不已，待柚子长大了成熟了，黄家明把它偷偷摘下来，我俩拿起厨房里的菜刀悄悄破而食之，柚子味道清冽、甘甜，果实饱满，是一种成熟的美味。

几乎快入冬了，在人们一再的盼望和催促中，廖所长才终于作出了决定，在一个下午除了一位医生值班外，卫生所全员放假，关门摘柚子。这天成为卫生所的盛大节日。

卫生所的柚子树不知是谁种下的，全是优良的沙田柚，长在卫生所的四周，像是一条分界线。柚子树所在之处就是卫生所的地盘。柚子树之外物种忽然改变，长着的是参天的杉木和楠竹子，这些杉木、楠竹就不再是卫生所财产了。

廖所长指挥卫生所的职工家属分头摘取柚子，把摘下来的柚子用箩筐装了，全部先堆放到住院部旁的晒坪上。

整整摘了一下午，天已黄昏，大家才算勉强摘完柚子，堆了满满一晒坪。

大家都非常兴奋。

这时半个月亮爬了上来，把晒坪照亮了，把我们的脸也都照亮了。我们每人的脸蛋都像涂着油，明晃晃的，油光发亮，每个人都露着灿烂的笑容，笑呵呵。许多年后，我读到弘一法师的《清凉歌》，当读着“心地光明一笑呵”时，不知为什么立即便在脑海里浮现出这些笑呵呵的笑脸。

廖所长按人头分配。他将各家人数排好名单，然后按柚子的大小个头，先大后小，依次排序让各家自己去轮番捡拾。

人们像风车一样，捡一个，柚子堆就下去一个，又像是做游戏，真是有意思又充满着孩子气。

小山般的柚子堆，被捡拾后，渐渐小了下来，直至完全消失了。

我看到我们家堆放在晒坪上的柚子，由一个变成两个，由两个变成三个，由三个渐渐堆成一座小山了，又欢喜又忧愁。我想：这么多柚子，该放在家里哪个地方呢？

这个问题似乎一点也没难住父亲，父亲很快有了主意：堆放在床下。先是堆放在他们的大床下，很快堆满了，又堆放在我的小床下，一下也堆满了。可是晒坪上属于我们的柚子还是没有搬完，这下才让父亲有点为难，后来他一箩筐一箩筐地把柚子装起来，一筐筐摞在厨房，才总算把晒坪上属于我们家的柚子搬完了。各家的情况也都如此，解决的办法都如出一辙。

那些天，我们卫生所的小孩都欢天喜地，都像家里藏满了财宝一样，趾高气扬，动不动就对身边的小伙伴说：“走，上我家吃柚子去。”然后一帮小伙伴前呼后拥来到家里，把一个一个柚子拿出来，尽情开吃。

父母携我去上海探亲，把柚子装了两麻袋，带到上海，送给上海亲人尝鲜。真不知当时他是怎么拿到上海的。在上海，我的外祖父、外祖母，还有孃孃们、姨妈们、舅舅们见到了，都笑逐颜开，立即开袋破柚，分而食之，满屋子飘着柚子的清香气味。

王婆婆没来安陲之前，我们把破开的柚子皮全丢在屋山头旁，不久被丢弃的柚子皮腐烂了，发出臭气，成了公害。可是大家一时又不知该怎么办。

正在这时，王婆婆出现了，由南宁雄赳赳地来到安陲。

她看见我们在吃柚子时把柚子皮丢掉了，顿时露出心痛和无比可惜的神情，说："柚子皮怎么能丢掉呢？"那种神情好像要表达的是柚子皮比柚子肉更珍贵，更应珍惜。

我们都大惑不解："不丢掉，拿来干吗？"

"拿来干吗？拿来做菜呀。"

大家听了，都觉得不可思议。

她便动起手来，将柚子皮削皮，泡水，切条切块，然后煮而食之。

煮好让大家都尝尝。

开始望着这道大家从没见过的菜，每人拿起筷子都只小心翼翼地夹一点放嘴里，后来就大口大口吃起来，直呼美味。

在安陲，从此有了一道新菜品：柚子皮菜。有人觉得不好听，不过一时也想不出更好听更恰当的名字。这个土土的却很实在的菜名就在安陲迅速传开了。

从此安陲人吃罢柚子，都不忘把柚子皮留下来，吃过柚子，再顺手做一道柚子皮菜。美上加美。

后来，安陲人还把这道柚子皮菜进行了改造。作为南宁人的王婆婆天生不吃辣椒，而安陲人无辣不欢，菜肴里怎么能缺少辣椒呢，遂把王婆婆教做的柚子皮菜，加以改进，加入辣椒，顿时锦上添花，味道更"辣美"了。

安陲人是很容易改变的，基本是见好就学。可惜的是安陲一直太闭塞了，太封闭了，交通不便，山外的文明很难快速传播到安陲。

王婆婆教授柚子皮菜首战成功，接着又教大家做蕨菜。

在安陲蕨菜比柚子多了去了，你随便上哪座山，哪座山都在阴凉处长着蕨菜。

不知为什么，我总是感觉蕨菜有妖性，它生长的姿态弯曲而狐媚，娇嫩而暧昧，既似在勾引人，又似在拒绝人。初生的那一种羞涩的妖娆和成熟后恣肆而热烈地绽放，一开一合，互为矛盾，令我畏惧和不喜欢。许多事物大概都是这样，总是以一种矛盾的方式相辅相成。

其实我不应该在心里这么看待蕨菜，对它应怀感恩之心。

有一回我从山崖失足跌下山来，在一路滑跌下悬崖时，所幸两旁有这些蕨菜让我能抓扯借力，才没有跌落悬崖，避免摔死在崖下。蕨菜救了我一命。

想起来，那时的人很坚韧，生在山里处处遭逢危险，又总能逢凶化吉，绝处逢生，大难不死。

王婆婆带领我们上山，采来蕨菜，拿回家，撕条，切段，泡水，然后下锅炒食。做工朴素、简单，却丰富了安陲人的食谱。

在此之前安陲人从来不知原来还可以用蕨菜做成一道美味的菜肴，大家跟着王婆婆算是开了眼界。

王婆婆似乎给了安陲人一个新世界。而我母亲就没有办法做到。王婆婆来了，也影响到母亲，她以仰慕的姿态追随王婆婆。这样的追随者越来越多。而王婆婆则当仁不让。

她还教安陲人吃鱼腥草。王婆婆真是一位烹饪大师，我们的生活里有了王婆婆，便更有福了。

比起蕨菜来，鱼腥草更亲近人，在田间地头到处都是。人们早晚耕耘田地后，收工回家时，总是顺手扯一篓鱼腥草背回家，切来煮成猪食喂猪。待在猪圈里的猪见了鱼腥草煮成的猪食，嗷嗷叫着，一副等不及的样子。我喂猪时，总是想先要把猪撵开了，倒好猪食，才让猪吃。可是猪闻到了食物的味道，迫不及待，从不听我调教，我一边倒食，它就一边抢上来，哼哼唧唧地大口大口吞食起来，让我挺无奈，最后也只得由着它了。猪不像我养的鸡鸭，听调教，守规矩。

王婆婆要把鱼腥草拿来做人吃的菜，让安陲人吃了一惊：猪食的东西也能做成人吃的菜吗？这不但是吃什么的问题，似乎有点上升到关乎人尊严的问题。

王婆婆并不同谁理论，她不理会人们怎样反应，她的态度是只管自个做去。

她把鱼腥草摘来，洗净，切成段，装碟，然后在碟里放入酱油、醋、盐等调料，拌好，一道鱼腥草菜就这般简简单单地做好了。

有人不肯尝，有人试探着尝了。

我也不肯尝。我不肯尝的原因，不是事关尊严之类高大上的问题，而是不喜欢鱼腥草散发出来的怪味。这种怪味让我觉得难以忍受不能下咽。

我父亲试了一口后，却瞬间喜欢上了，从此我们家的餐桌上鱼腥草成了一道他最喜爱的保留菜目。

在安陲很长时间，关于鱼腥草这道菜一直处在一种极受欢迎和极不受欢迎迥然不同的境遇里，喜欢的人爱不释手，不喜欢的人避之唯恐不及。

谁能料到，事情发展变化总是不太依人的意志，如今鱼腥草做成的凉拌菜，在安陲已成了饭馆酒店里的一道必备佳肴，每当喝酒吃饭时，它成了来客必点的一道菜，人们都认为它爽口、开胃，是饕餮盛宴里不可缺少的美食。这恐怕连王婆婆也没料到吧。

2024 年 2 月 20 日

张子安的作文秘籍

我们读三年级的时候，一般是星期一老师布置作文，然后下个星期一我们交作文。

老师这样布置作文，也有玄妙，交作文前一天是个星期天，好使我们可以有一整天来安排写作文。

尽管如此，我还是常常写不出来，总要挨到最后一天，才磨呀磨呀，磨磨蹭蹭地把作文磨出来，痛苦极了。好长时间来，我一直认为世上最难做的事，莫过于写作文。

而且我写的作文从来没超过五百字。

张子安就不同了，他每次写作文都是洋洋洒洒一两千字，甚至三四千字。

我们班上的同学每个人都像我一样，很难写出来作文，即便勉强写出来的作文也只能有四五百字。

在一个群体里大部分是平庸之才，但又总会有一个奇才鹤立鸡群。在我们的这个群体里，张子安便是这样的奇才，鹤立在我们这些“呆鸡”中。他貌比潘安，才高八斗，一篇作文，信手拈来，洋洋洒洒，一挥即成。

连老师都惊叹他为作文奇才。老师总拿他的作文作范文在课堂上宣读，赏析，以此激励我们，要我们好好学习天天向上。

那时我有个奇怪甚至有点荒唐的念头，我认为张子安作文作得漂亮，那是因为他人长得好看。长得好看的人作文自然也漂亮。

然后我就有点自怨自艾，埋怨父母没给我一副好皮囊，而是让我长得“歪瓜裂枣”，以至于作文也写不好。

张子安确实长得非常好看，是个好看男生，就像莫泊桑《俊友》里写到的那个漂亮朋友。只见他生得唇红齿白，眼睛如一汪清泉，明媚动人，顾盼间熠熠生辉，嘴没动，眼睛已在说话了。

父母都教导我“近朱者赤”，他们希望我交朋友要交像张子安这样的朋友。

覃东东的母亲也这样教导覃东东。覃东东的父亲是安陲公社的秘书，覃东东的母亲是安陲公社里的一名科长。她不单这么教导覃东东，还举例，要覃东东不准跟像我这样的坏孩子玩。但是覃东东还是喜欢跟我玩。我们就只好像地下工作者一样总是秘密接头，瞒住了覃东东母亲。覃东东母亲不让覃东东跟我玩令我很生气，但是见覃东东并没听他母亲的话，我就气消了。

我去结交张子安，开始张子安并不理我，他不屑于结识像我这样一个不学好并且不学无术的人，后来被我的诚心所感动，就接受我了。

我母亲听闻我跟张子安整天黏一起了，十分欣慰，特别地表扬了我，让我更加要跟张子安玩了。

接触了我才发现，张子安果然就是那种“正人君子”，像个小大人，一本正经，规规矩矩。孔子说“七十而从心所欲，不逾矩”，孔子要到七十岁才说不逾矩，而能不能做到就再说了。张子安没说，但张子安十岁就做到“不逾矩”了，让我觉得挺没趣。但是，我还是耐着性子跟张子安玩。张子安也看出来了，张子安说：“要不你跟别人玩去？”说得我不好意思。

张子安既不打陀螺，也不滚铁环，更不会趴地上打弹珠。他似乎不屑于玩这些在他看来很低级、很庸俗的东西，他总是捧着一本书或默默地读，或站起来，仰着头，背着手，踱着步，抑扬顿挫，高声吟诵……

不管怎么说我们还是成了好朋友，母亲让我请张子安来家吃饭，张子安来了，面色羞涩，规规矩矩，一举一动都符合礼节，使母亲更欢喜了，她对我说："你要跟子安好好学学。"我点头称是。

张子安也邀请我到他家。张子安的家在三盘村，离卫生所有四五里地。我在一个星期天去了他家。他家进门是一个堂屋，生着一个火塘。张子安的卧室只有一张床，一个凳子。床上铺的是稻草，一床黑黑的破棉絮。那时安陲农村人家也只能是这样子了。张子安的母亲煮红薯饭招待我，我吃得香喷喷的，连吃了两碗，让张子安的母亲笑呵呵的，非常高兴。她说："常来哦，子安常提你呢。"我感到意外，就拿眼望张子安。张子安用好看的眼睛回以微笑。

吃完饭子安把一盆衣服拿河边洗，我也去。

河水清冽，其实是一条小溪。山里的小溪和别处不同，堆满了大大小小的石头，张子安把衣服倒到一块石头上，拿出棒槌来，一件件槌洗。我也要帮他洗。他说好，把棒槌递给我。我将棒槌握在手上，感到很稀奇。我们家洗衣服不用棒槌，母亲用从上海带来的搓衣板洗。这是我第一次拿棒槌，我想好好表现，便拿起棒槌卖力地朝一件垫在石头上的衣服用力砸去。张子安见状，刚想阻拦，可是已经晚了，只见我举起的棒槌狠狠地砸在了衣服上。一声响后，衣服便被我砸烂了，让我惊呆了。闯祸了，好事没干成，干成了坏事。我感到我脸色被吓得冰凉煞白。这也可能是张子安家里唯一的一件好衣裳啊，结果被莽撞的我一棒槌下去砸破了。张子安也愣住了。不过他比我反应快，我还没愣神过来，他就抢着说话了：“没关系。没关系。”我听他这么安慰我，我的泪差点夺眶而出。我不知道为什么突然间想哭，但是，就是想哭。可是我努力地克制住了，没让自己哭出来。

从此以后我和张子安便成了形影不离的朋友。

成了好朋友无话不谈，我就问张子安：“子安，你怎么能写出那么多字的作文呢？”

作文写得好不好，我并不想问，我只想问：大家写作文只能写四五百字，张子安是怎么能写出几千字的呢？

张子安笑，把这个“秘籍”告诉了我。

他在我家里把我家订的报纸拿出来，翻开里面的文章，用指头点着让我看。说写作文的时候就翻报纸，看相同的内容，转化着用就是了。

他这么一说我豁然开朗，呵呵地笑起来。许多所谓的秘籍，其实都是极简单的法子，就看你是不是悟到了。

从此以后我写作文也能写几千字了。我不仅吸收了张子安教的作文大法，还将书上的文章兼收并蓄，融会贯通了。

2023 年 12 月 11 日

第三章

安陲风物志

蒺藜

我兄弟张辉说作文的最大秘诀就是反向思维，简言之：别人都说好你就要说不好，别人都说对你要说不对。

我听闻心中一喜，如获至宝，憋着劲，暗暗照着执行。果然，不出三年，在我们这座“七线小城”，我由最初的名不见经传，到如今快要成为“著名作家”了。

现在我公布兄弟的这个秘籍，希望写文的朋友们看到了能眼睛一亮，心有灵犀，赶紧参照着做。不日，朋友们兄弟们即人人由此都会成为“著名作家”，皆大欢喜，妙哉。

可是，今天却得到了一个不好的消息，即《杂文选刊》休刊了。听到这个消息，心里便一咯噔，一沉。一个时代真的结束了。

可是我还摸不清接下来的时代是一个什么样的时代。科技的发展一日千里，人文的变化也随之一日千变。有些东西终将过去，可有些东西却又并没到来。

我幼时最恼的东西就是那蒺藜，最怕的东西也是蒺藜。蒺藜生于村庄的东面，蒺藜生于村庄的西面，蒺藜生于村庄的南面，蒺藜生于村庄的北面。蒺藜在我们村庄无处不在，很得意地把我们村庄团团包围住了。

我望着蒺藜苦着脸对老斗说：“我们被包围了，出不去了。”

老斗却不这么看，老斗说：“敌人进不来了。”

我想想，觉得对，接受，破涕为笑。

这以后我就发现我们村庄四周便长满了蒺藜。

老斗也发现了，老斗发现后并没有沮丧，甚至还很得意。他见到了满村庄生长着的蒺藜还向我炫耀和普及冷兵器时代知识：“知道吗？蒺藜可是战场上的好东西，我们先人看到蒺藜，从中得到启发，立即发明了一种十分厉害的兵器。”

我听了感到很好奇，居然还有这种事，居然还因此发明了一种厉害兵器，我连忙问他：“是什么厉害兵器？”

在我的想象中，那一定是像李白诗里写到的那种十步可杀一人、千里不留痕的厉害东西。

只见老斗眉飞色舞，两眼放光：“铁蒺藜！”

他话出口，我便感到十分失望：“这哪里算是什么厉害武器，不过是一种消极自卫的东西罢了。”

老斗看我有点不屑，就急了，赶快改变起口气：“还有狼牙棒。秦明用的那个狼牙棒，也是受蒺藜启发发明的。”

我们正在读《水浒传》，对秦明自然熟悉得不得了。霹雳火秦明，水浒中的马军五虎将，功夫了得，凭的就是手中握的狼牙棒。

这次我觉得狼牙棒还差不多。

老斗见我首肯了，顿时，轻松地笑了。

我对蒺藜充满了好奇，偷偷跑到村口，扯了一根蒺藜的藤条回来研究。我把它一路由村口拖进家里，然后摆上我的桌面，像《地雷战》里那个中野中队长研究一颗地雷一样研究一棵蒺藜。

我先用手撕扯下一颗蒺藜果，然后再用指甲试图掰开它想看个究竟。

可是还没待我掰开，许多根蒺藜的刺就狠狠地刺进了我的手指，就像还没等中野研究地雷，地雷就把他炸开了花一样。

蒺藜刺进我手指，立即让我的手指感受到了又痛又胀，直疼得我流泪。刚开始我还忍住不哭，后来忽然就实在忍不住了，我放开手哇哇大哭起来。哭声惊动了我母亲，她正在一旁织毛衣，连忙跳起来问："怎么了，怎么了？刚刚还好好的！"一脸的焦急和关怀。后来她发现不过是几根蒺藜刺扎进了我手指，便扑哧地笑起来。

没得到同情，我哭丧着脸嚷："你还笑！你还笑！"

这下连在书桌前看书写字的父亲也笑了起来，母亲更是笑得直不起腰。

我只好羞愤地跑出屋去。我跑到屋外，看到了四处生长着的蒺藜，我更加生气，忽然意外地看到一朵黄黄的小花在风中招摇，一下便吸引住了我的注意力，我不哭了，不生气了，立即好奇地屏住气息走上前去观察。我看到一朵弱不禁风的蒺藜花非常不起眼地开放在蒺藜的藤蔓上，在风中轻轻地摇摆。我一下子便看得痴了。

2023 年 12 月 4 日

一碗粉

安陲的粉店只有一家，国有，在安陲的中部，位于坡底。每天早晨天还未亮，粉店就已灯火通明了。我们早起上学前，一般先到粉店吃一碗粉。

隆冬时节，六点钟天色还是灰蒙蒙的，我已在粉店享受着里面透出来的烟火气。柴火旺旺地烧着，映亮了人的脸。大锅里的水蒸气弥漫开来，缭绕在粉店的上空，氤氤氲氲，温暖着人，感觉不到冬天的冷了。

粉店里的粉有两种，一种是切成条的。人们来粉店大都吃的这种粉，叫切粉。一种是从盆里蒸出来后，用刮子刮卷起，不切，趁热放碗里，浇上卤水配菜便可食了，安陲人叫它刮盆粉。在柳州，人们叫它卷粉。我更喜欢“刮盆粉”这个名字，叫着仿佛能听到粉从盆里刮出来的美妙声音，动听而亲切。我一直认为这世上最好吃的粉就是刮盆粉了，可是我看见大多数人还是选择吃切粉，而不选择刮盆粉。

我喜欢刮盆粉的那种滑溜的口感。将粉夹起，放进嘴里，有一种滋润滑嫩的感觉。去粉店，我买的基本是这种刮盆粉。

粉店一直这么经营着，我们一直这么消费着，总是那样和谐，那么一团和气。我们，许多人以为永远都将这么和谐一团和气。可是突然这种和谐和一团和气被一个人打破了。这个人是新来公社的唐秘书。

唐秘书的儿子也同我们一般大，也与我们一块到安陲小学上学，也在上学前到粉店吃粉。

这天他到粉店买粉，端着粉正准备吃时，他父亲唐秘书来了，也是来吃粉。他一眼瞅到儿子碗里的粉，忽然就生出不满了。他把儿子的粉一把夺来，端在自己手里，愤怒地拿到出粉的窗口，严厉地责问粉店的服务员为什么给他儿子的粉比给别人的粉少。

他不这么问，我们都没感觉，他这么一问我们就都感觉到了，我们碗里的粉的确比唐秘书儿子碗里的粉多了一些。

其实这是一种不成文的规矩，我们是公社干部的孩子，粉店里的服务员都认识我们，给我们打的粉就很自然地有意无意打得多一点。别的人和不认识的人来粉店吃粉打的分量便只是正常分量。

这种差别有点“天经地义”，都被我们——所有人——忽视了。那些普通人，主要指的是安陲的农民以及安陲街上的居民，都习以为常，没有谁认为这是一个问题。

唐秘书儿子是新来的，粉店的人还不认识他，打粉的时候就没有按打给熟人的分量多给他些，恰巧被唐秘书撞上看见了，这便惹得唐秘书生气了，不答应了。问题就出来了。更成问题的是，当唐秘书端着粉责问粉店的服务员时，服务员因为不认识唐秘书，而没有给予应有的对待，反而是一脸茫然觉得自己没有做错什么，这碗粉的分量就是正常分量，而不予理睬。这下就惹祸了，惹得唐秘书更生气了。

唐秘书生气，后果很严重。他搬了一张靠背椅放在大门正中，把那碗粉放在椅子上亮相。

这时粉店的人都已知道唐秘书为何许人了，不得了了，吓得都不敢出来。这碗粉就这么在粉店里“示众”了一天……

后来据说粉店的领导因为这一碗粉被撤职了，那位打粉的服务员也受到了处分。

2023 年 12 月 12 日

书

我完全没想到，离开上海后，上海的外祖父会给我寄来书。

那天邮电所打电话来给我母亲，说有上海寄来的包裹。

我一听到包裹，心里就美滋滋的，想那一定是外祖父给我寄来的大白兔奶糖，甚至还有巧克力。

不等母亲下班，我就兴冲冲跑到邮电所，一个人去领包裹了。

包裹沉甸甸的，可是我还背得动。我把它扛在肩膀上，背回了家。

打开来看，果然有大白兔奶糖，有巧克力，不仅有这些，还意外地有一摞书。

我捧着这摞书，高兴得合不拢嘴。

我出生在大苗山，具体的地点就是融水苗族自治县人民医院产房，长到十个月大，父母便把我送到了上海外祖父家。从此我便寄养在外祖父家，一直长到要上学读书。

到了上学读书的年纪，依母亲的意思也是要让我继续待在上海，在上海完成学业。像母亲这样的由上海援边的许多上海人，他们的后代很多都寄养在上海接受教育。母亲也希望我这样，能在上海受到良好教育。

可是父亲有更现实的考虑，他认为我不管在上海待多久，总归是要回到安陲，回到农村。安陲才是我真正的生存和生活之地。如果让我在上海读书，最终又回到安陲，到那时可能为时已晚，他十分担心我会无法适应安陲的农村生活。与其那样不如一开始就让我适应安陲接受现实。

我被父亲从上海接回了安陲。

从此我的生活变成了双向生活，读书的时候在安陲，放假的时候在上海。

在上海我表现出了对书的渴望，这是一种本能的渴望，我如饥似渴地阅读着书。

开始的时候是偷偷地读，但终归瞒不住人，外祖父很快就发现了，他发现了，装作没发现，任我读书。

我就读得越来越大胆了。

在上海的外祖父家，有一个奇怪的现象，就是你不会在这个家里发现一本书，连一张报纸也不会有。

而就在这样的家庭氛围里，我却偏偏喜欢读书。

外祖父知道了没有阻拦，后来还支持我，常带我去新华书店，指着柜台里的书问我想要哪本。

现在我回到安陲了，没料想到外祖父还把书买来居然寄到了安陲，并且定期给我寄书。

安陲是那么闭塞的一个地方，我们刚来安陲的时候，既没有卫生所，也没有学校，更没有书店。

现在，捧着这些书，我忽然感到那些文明的微光从上海照射而来，居然可以穿透千山万水，照射到了我身上。

我捧着这些书，每天读啊看啊，日日不倦，总觉得时间不够用。有一天我便试探着对父亲说：“我不去上学了。”

父亲听了，微微一笑，并不作答。然后，掩上门，上班去了。

我在家，翻看我的书，果然就不去上学了。

父亲下班回来，发现我没去上学，也不说什么。母亲见我没去上学，要说什么，被父亲制止了。

从此，我真的就不去上学了。那时我读三年级。刚开始我每天捧着书读，欢喜不已，兴奋不已。同学们放学了，纷纷跑来我家，与我一同读我的书。

后来，渐渐地我就有点后悔了。看着同学们去上学，而我孑然一身待在家，尽管有书相伴，还是感到了寂寞，很怀念与同学们一块上学读书的温暖日子，很想去上学了。可是我却开不了口，很希望父亲或母亲开口催促我去上学。

我发现父亲知道我后悔了，想去上学了，可是父亲偏偏装作不知道，不予理睬，不说话，更不催促我上学。我母亲见父亲这个态度，也只好由着他了。

我就这么傻傻地在家里煎熬，一筹莫展，解不开这个局，直到又一个新学期到来，我一声不响，乖乖地背上书包，去学校报到读书了。

书，开蒙启智，书，也让我离开企业。后来长大了，我先是按部就班进企业工作，最终又离开企业。大概就是那时种下的这颗渴望探索世界的种子。

2023 年 12 月 13 日

柴

来到安陲，发现男孩子都负有一个家庭责任，就是上山砍柴，要为家庭解决烧柴问题。

我们家，最开始父亲是向村民买柴。好像买过几次，被我发现了，我就不让买了。我觉得父亲再去买柴是我的耻辱。我是家里的男孩，这个责任自然必须落在我肩上。

母亲有点不同意，不仅不同意还有点张皇，还有些失措。她不仅认为我太小了，担不动这个责任，更担心我因此发生意外。

父亲却不这样看，至于怎么看，他什么也没说，只是微笑着。

就这样有一天放学后，我与其他同学一样，腰间挎上柴刀，一道上山去砍柴了。

安陲人用的砍柴刀不是我在上海见过的那种平头柴刀，而是一种有弯头的柴刀。因多了一个弯头，用起来既可作刀，又可作钩，一刀两用，扩展了功能。

砍柴也是很讲究的，得知道哪一山有柴。

所谓的柴，在安陲就是干杉木枝。

安陲每年都有计划地砍伐掉一山一山的杉木，支援国家建设。杉木砍伐倒了，先不处理，放在山里让它们自然晾干，然后再拖和扛到泗欧河扎成排，顺流而下，运到城里。

什么时候砍伐哪一座山的杉木我完全不懂得，但是我的同学们懂得。放学了，他们就商量今天去哪一山砍柴。

往山里走，总是鸟语花香。

听着鸟的鸣叫，让人心旷神怡。

闻到花的清香，令人流连忘返。

好多回我因为贪听鸟语，爱闻花香，流连忘返，而掉队了，甚至找不着他们了。

突然发现只有我一个人的时候，我就慌张起来。

好在每次同学们发现我不见了，总是回头找到我。

他们也不埋怨我，就是觉得我是个怪人。他们认为鸟语有什么好听的，花香有什么好闻的，哪值得如此流连。

我就不好意思地笑。

来到山底，抬眼看到一山坡甚至几山坡的杉木被连片伐倒在山上，让我大为震惊。自然界里的万物生长并不让我感到震惊，万物生，万物长，十分自然。而一片片天然长成的杉木被伐倒了，地上全部是死亡的生命，摊置于阳光下，在闪白的阳光照耀下，世界却一下荒芜了，让我觉得有点触目惊心，不忍直视。

我不大会砍柴，学得也很慢。

砍柴再慢也能砍好。捆柴可就是一门技术了，我很笨拙，几个月下来也没学好。同学们都没嫌弃我，谅解地说他是上海来的嘛。

柴砍好了，拢成堆，然后捆扎。捆柴用的是山野藤条。将藤条从灌木中扯出来，取两米左右长，斫断，拿来捆柴。一捆柴要上下捆两个地方，捆好两捆柴，然后拿一根事先挑选好的柴棍做扁担，两头一串，挑起就可以走了。

走的时候大家都健步如飞，柴在他们肩膀上上下有节奏地跳动像音符，发出来的声音像音乐。世间所有的劳动都是合乎音乐节拍的，只有具有音乐美感的劳动才是真正的劳动。违背音乐美感的劳动一定是不入流的劳动。像我就是这样，我挑着柴，踏不出美妙的步伐，走不出音乐的节拍，没走两下我捆的柴就出了问题，藤条松动了，柴一根根从柴捆里稀稀拉拉地落下来，走不得了。

后来同学们为我想出的解决办法是，干脆在我砍好柴后，他们直接动手替我捆好柴。如此一来，我也能像他们一样挑起柴来，健步如飞，可以挑出音乐的节奏了。

父亲懂得了，父亲不愿我总是麻烦同学，父亲为我出主意，他说："同学们本事大，用藤条捆柴不会散架，你本事小，可以另想办法，一样能解决。"

我问："什么办法？"

父亲像变戏法一样从他身后变出两根棕绳，"喏，"他说，"捆上这个，柴就不会散架了。"

我大喜，拿起绳子，从此果然我捆着的柴再没散架过。

可是另一个问题好像更严重了，用棕绳捆柴，弹性没藤条好，更难束紧柴，挑着挑着，柴沿路掉落拖地的事情发生得更频繁了。

这计不成，父亲立即又生一计，他说："别人挑柴，你不挑，你可以背柴。"

我一想，这也对，也算妙招。

可是背了几次，我就不干了。同学们都挑柴只有我背柴，感觉如此是矮人一截。我为什么要矮人一截呢？

再后来，我终于也成了砍柴熟手，终于也像同学们一样把柴砍得麻溜，用藤条捆柴也捆得麻溜。

我几乎完全是安陲人了。

但这并没有让我满心欢喜，有一天在砍柴的时候，我竟突然多了一种担心，我看到一山山的杉木被伐倒，我感觉到这样砍伐下去，在不远的一天，安陲肯定将无树可伐无柴可砍，到时，我们将烧什么呢？如何解决做饭问题呢？

心里产生了这些疑问，从此可让我忧愁死了。我日也想，夜也想，却总想不出解决的答案。

正在这时，我父母调离了安陲，我自然也就不想了。

2023 年 12 月 14 日

省柴灶

我们初来安陲的时候，安陲人没有灶，只有火塘。

在堂屋里某一个地方，架上铁三脚架，垒起柴火烧起来，这样的火塘也就是灶了。

火塘不仅日夜不熄，甚至长年不熄。

架子上平常放一口锅，烧着热水。煮饭的时候架上鼎锅，炒菜的时候架上铁锅。

安陲人家基本常年烟火缭绕，屋里到处被烟熏得烟黄，连盖的被子也是烟黄的。烟黄成为安陲人家的底色。因此安陲人家里都昏暗。但我喜欢明亮，喜欢明媚，喜欢一切敞亮的东西。

不过，日夜烧着的火塘也有我喜欢的时候。不论任何时间，都可靠着火塘烧东西，特别是在冬天的寒冷日子，围着火塘一边烧一个木薯，煨一个红薯或者玉米，一边烘火闲聊天。如此显示出来生活的温馨和安谧。

安陲人的日常生活中，油茶必不可少。几乎家家每天早上起来，第一件事便是做油茶。将锅架在火塘的三脚架上，烧旺火，将锅烧红，用热油煎炒一把茶叶，然后置入水，煮沸，便是油茶了，装碗里泡饭吃。安陲人都说味道美极了。

这是安陲人的一种饮食文化，我也试图接受这种文化，可是我平生不喜欢饮茶，便始终未能对此做到入乡随俗。

有一天，来了两个外乡手艺人，他们给安陲人的生活带来了一个充满革命性变化的礼物：省柴灶。

最先接受省柴灶的是机关干部家庭，我们家也是其中一个。

父亲请两位手艺人进屋，让他们为我们砌省柴灶。

什么是省柴灶？我充满了好奇。

只见两位师傅摆开架势，备砖，捞浆，然后就开始砌起来。

不到一天，省柴灶就被砌好了。

两位师傅样子很得意，看来他们对自己的作品非常满意。他俩面带喜色向父亲介绍省柴灶的功用：炉堂分上下两层，一层是烧火层，另一层是送风层，风助火势，会越烧越旺，以至于完全燃烧，达到省柴目的。

父亲听了，频频点头，觉得有道理。我们的火塘就一层，缺风，柴火燃烧很不充分。

师傅又介绍除了灶台上安排放一口锅煮饭炒菜外，通往烟囱的地方另建有一灶台，可再放一口锅，将余热充分利用，可以温热水。

父亲听了大喜，给两位师傅竖起了拇指大赞。

关于余热利用，这两位师傅在二十世纪七十年代就考虑到了，并且化为实际行动，在他们建造的省柴灶上践行了。他们是先行者。

许多年后，我工作了，分配在一家国企工作。我工作的那家国企叫马鞍山市硫酸厂，主要生产和制造硫酸。在生产制造硫酸过程中产生大量余热，先前我们厂基本将其排空了，后来，也即二十世纪九十年代，节能理念开始践行，我们厂才想到不能浪费这个余热，便组装了一台余热发电机组，利用余热来发电。发电机组装成投产，并网发电后，令厂长产生意外之喜，他发现我们的余热发电机组利用废物余热，发出的电量居然保证了我们厂的生产生活用电，竟为我们厂节省了大量开支，这让厂长笑得合不拢嘴。

其实最重要的不仅是节省了开支，应该大而化之讲是为我们的整个地球，为我们人类节省下宝贵的资源。

安陲虽然闭塞，却一点也不守旧，他们很快就接受了省柴灶，不用多长时间，几乎家家都砌上了省柴灶。从此安陲人家不仅告别了烟熏火燎的日子，也节省下了很多柴火。虽然也许那时大家还没有节能环保这种理念，事实上通过一台省柴灶却践行了这种理念。人很多时候并不一定懂得很多道理，靠着本能去做，却也下意识做出很多先见性的事。

2023 年 12 月 15 日

酸鱼酸肉

母亲来到安陲，居然喜欢上了安陲的酸鱼酸肉。

在冬天的时候，她学着安陲人，用一口酸坛，买来鱼、猪肉，一层放上鱼、猪肉，一层放上盐、米糟，然后密封起来。在开春她把封窖打开，取而食之。“嘿，香喷喷的！”赞不绝口。

我和父亲见了，都笑。

鱼也不是随便买的鱼，是特定的，就是这里的农民养在田里的鲤鱼，这里的人们不把这种鲤鱼叫鲤鱼，而是另给它起了一个非常别致非常好听的名字：禾花鱼。不单区别于河里的鲤鱼，更彰显出田里鲤鱼的美妙。禾花鱼现在已名声在外，成了许多城市酒店、饭馆里的招牌菜，我在南宁、柳州都曾吃到过。

母亲生长于上海，是上海姑娘，她来到了安陲，没将城市的东西教化于安陲，却被安陲教化了。

安陲人听说母亲喜食安陲的酸鱼酸肉，不断地给我们送酸鱼酸肉，有时候都多得没地方装了，人们还是不停地送。他们说：“吴医师爱吃，我们就送。”

我爱吃杨梅，安陲人懂得了，在春夏杨梅熟了的季节，居然是一篓一篓地给我们送来，多得我们撑开肚皮也吃不完，让我们犯了愁。

安陲人就是这么热情，就是这么好客。

针对如此众多的杨梅，可不能糟蹋呀，母亲最后想出了办法，她买来了簸箕，把吃不完的杨梅摊在上面阴成杨梅干。杨梅干可长期储藏，不仅没有糟蹋杨梅，而且想什么时候吃就什么时候吃。此外她加盐做成杨梅干，加糖做成甜杨梅干，又加盐又加糖变成甜甜咸咸的杨梅干。

把杨梅干做好了，母亲装成一袋一袋，然后分送大家。别人送她杨梅，她送别人杨梅干。你来我往，其乐融融。她还将杨梅干寄往上海，请上海的亲人们都尝尝，给我的外祖父和外祖母带去了无比惊喜。我母亲在上海从来是饭来张口，衣来伸手，从来没下过厨，从来不知道怎样做一道菜，现在居然做出了杨梅干。

做杨梅干的这个招法，我想母亲一定是从她小时候吃的那种上海话梅学来的。而今活学活用，用在了制作杨梅干上。安陲人收到了杨梅干，捧而尝之，都感到非常吃惊，都学着做。

最初母亲并不喜欢酸鱼酸肉。她下乡巡诊，安陲人招待她拿出了自制的酸鱼酸肉。母亲咬了一口，浅尝辄止，再也下不去口。人家以为母亲客气，更加热情好客，立即大块地往母亲碗里夹酸鱼酸肉，令母亲哭笑不得。好在有父亲解围，父亲把她碗里的酸鱼酸肉转移到自己碗里，大口吃起来，大肆嚼起来。安陲人明白了，不为难母亲，转身殷勤地迅速将我父亲的饭碗装满了酸鱼酸肉。

后来不知怎么，母亲就渐渐喜欢上了酸鱼酸肉，可是人们还停留在原有的记忆里，没发现母亲"近朱者赤"，口味已然改变了，都不让她吃酸鱼酸肉，没奈何母亲只好自己做起了酸鱼酸肉来解馋。

安陲人知道了，便源源不断把酸鱼酸肉送到我们家。

尽管这样，母亲仍喜欢亲手做好一坛坛酸鱼酸肉，以备不时之需。

我最先也不爱吃酸鱼酸肉。可是母亲喜欢上了呀，结果，我慢慢也喜欢上了。如今久不吃，生活里就会觉得少了些什么。就像久不回安陲，心里就一直挂念。

2023 年 12 月 16 日

苗锦

当我回过头来我才算真正发现了它。

其实，它曾经一直是我们生活的日常物品。

对日常物品的忽视是我们生活的一种常态。

婉婷还小的时候，梁雪花用来背她的那个背带上就绣着苗锦。花纹是苗族那种传统的饰纹，显得沉静而古老，我们看着它，习以为常。

后来我才感觉到它是一个民族的谶语，古老而神秘，以这种方式，在一代一代苗族人间悄然传递。

直到我离开了安陲，离开了大苗山，在远离安陲，远在大苗山几千里之外的安徽马鞍山，我才强烈地怀念起苗锦，才发觉苗锦于我的生活中已然变得空白，而正是这种空白，让我的心灵得以重新审视它，让它奇妙地成为我生命再次出发的起点。于是我决定重返大苗山，重返我的原点，只为了寻找苗锦。

我将这个想法告诉父亲时，没想到父亲居然同意了，并且极表赞成。于是我和父亲立即整装而发，一起回到大苗山，寻找苗锦。

对于这种说走就走的回乡，一路上我都有一种不真实感，像是在做一个梦。那时候我是国企马鞍山市硫酸厂的一名产业工人，每天在机器旁与硫酸打交道，我每天面对的是硫酸，是硫铁矿，是城市工业的气息。现在我要远离它们，回到幼年的大苗山，回到山野，回到乡村，寻找记忆中的苗锦。

我不知道苗锦对我意味着什么，我只是冥冥之中感觉到它在召唤我。

而我更不知道我听到了这种召唤，为什么要响应，为什么会义无反顾地奔赴故乡来寻找它。

没有有力的理由。一切都是朦胧的、不清晰的，甚至是迷蒙的、糊涂的、暧昧的。

一定是这样，很多人生的奔赴并不是因为清楚，可能反而是因为不清楚，不知所以然，反而是因为总是那么混沌。

在路上，父亲有点兴奋，他对苗锦的认识一定比我深刻，他滔滔不绝。

而我却沉默。

我的奔赴并不是想要诉说。其实我感到无话可说，我只是去印证某种东西，而不是仅仅说出它。

在很小的时候，在安陲，苗锦一直是我们的日常物品，它时时刻刻地在生活中以这种或那种方式呈现，或者在背带上，或者在围裙上，或者在许多衣服的饰边上，它无时不在，无处不在，因而令我们熟视无睹。当一种东西深刻地融入融合在我们的生活里，成为我们的生活本身时，它似乎就不存在了。这种被无视，作为生活本身即是一种常态，因而便隐藏着一种悲情。那些最熟稔的，却总是被我们忽视、漠视，甚至遗忘。

我离开安陲后，基本也就离开了苗锦，作为实物，它不再在我生活中出现了。可是它并没有离开我，当物质的苗锦离去时，精神的苗锦却以一种文字和图片的形式继续与我形影不离。这真是非常奇妙的，也是非常奇特的。一些东西，冥冥之中总存在着，不是以这种形式就是以那种形式存在着。物质的远离以及精神的介入，以一种替换的方式置身入我的生活中，置身入我的生命中，让我一直忽视它，又一直不能忽视，一直与我形影相随。

离开安陲后，父亲忽然热爱上了摄影，成了一个摄影家，他投稿的杂志叫《苗锦》，这是县里办的一个刊物。苗锦就以这种精神的方式再次植入我的生活。几乎每期《苗锦》都有父亲发表的作品，就算偶尔没在上面发表作品，他也把新出的《苗锦》一期不落地拿回来，摆放在家里，让我感觉到它的气息。杂志的封面，用了苗锦的饰边图形，我翻开杂志的时候，就像在翻看一幅幅苗锦。关于《苗锦》，父亲和我从来没有交流过，他只是不断地在上面发表作品，而我只是不断地作为它的读者一本本地阅读。里边浸润着的东西，是一种苗锦的文化。主办者不知是有意还是无意地，向读者呈现了这种文化，这种更多来自苗族的文脉。我相信这是一种本能的行为。

小时候在融水文化馆，廖叔叔是文化馆一位专职画家，他来自安陲，他每天都在画画，我总是去看他画画，就像在安陲我总是去看我的发小覃勤画画。但是廖叔叔与覃勤画的画完全不同，覃勤画的是电影《大闹天宫》上的宣传画，没有自己的东西，更没有自己的思想。廖叔叔画的是安陲苗族人的生活，其中也画有苗锦，他努力地描绘着苗族人独特的生活，试图用画笔还原这种生活，并通过对这种生活的还原表达自己对生活的理解。这令我惊讶和膜拜，那时我觉得他前途无量，未来可期，假以时日，一定会成长为一名享誉中国甚至世界的画家。可是，令我迷惑的是，最后他并没有成为有成就的画家，始终默默无闻终老在融水大苗山。他的画竟没能走出大苗山。

还有一批摄影家也令我感到惋惜与迷惑，他们最终也没能走出大苗山。在我的记忆中有贾星文、张大光、吴顺军。他们都是大苗山里土生土长的摄影家，他们都自觉地用镜头直面着大苗山，拍摄着自己的苗族同胞，可是，终其一生，他们的作品几乎连柳州也没能走出。

不管是这些画家还是摄影家，都土生土长，都对大苗山对苗族如此熟稔，都自觉地进行着关于苗族的创作，可是都没能让这些创作走得更远。

倒是柳州的一位叫蒋建雄的摄影家，来到大苗山，用二十年的时间拍摄、记录，出版了一部获得广西艺术最高奖铜鼓奖的书《尧告：一个西部中国苗族村寨的图文纪实》。

如今蒋先生这部大著就摊开在我案头。可是这让我感到遗憾。我认为，蒋先生已经采撷到了精致美妙的食材，本来应该做出一道旷世的佳肴，让读者可以美美地享受饕餮大餐，可是在读者的期待中，最后却端出了一道家常小炒，实在是太遗憾了。但较之于大苗山里的本土艺术家，他端上了一道虽然不出色却是“变现”了的关于大苗山的“菜品”，比那些本土艺术家走得更远。（写到这里我有点不安，自己是不是太苛刻了，甚至有点刻薄了，是不是对蒋先生的心血之作大不敬？）

一个艺术家仅仅拿出属于灵魂的东西是远远不够的，他要把自己的灵魂打造得高贵，打造得无可匹敌。

苗锦在我的生活中，在我的生命里是种什么暗示，是种什么隐喻？到现在我也不知道，一直猜不透，一直无能为力。生活大概就是一个哲理，你的一生都在参悟和解读，甚至终其一生也参悟不透。但是我总感到我受着某种指引，它有时清晰，有时混沌，在远方若隐若现，若有若无。

我从安徽马鞍山毫不犹豫地为了寻找苗锦而奔赴大苗山，完全出自一种本能时，不知道父亲又出自什么。当我们脚踏融水，迫不及待地进入大苗山，当我们行走在大苗山深处，用照相机镜头一幅幅拍摄苗锦、采集苗锦时，我是混沌的，我不知道这么做它的意义在哪里，于我蕴含着怎样的深意，有着什么样的况味。好多时候，我们做着，并不知道原因。

我有些兴奋，而不是因为理解，我不理解我对苗锦的拍摄以及这种用镜头存留的方式意味着什么，在大苗山的深处，我们进入苗族同胞的各种家庭里，面对着琳琅满目的苗锦，只是拿起相机贪婪地不停拍摄，我看到了苗锦的丰盛，也感到了它的博大和精深，可是我没有具备起码的学识，无力解读。最终苗锦作为一种文化只能隐性地存在于我的生命里，存在于我的灵魂里，它对我的影响是暗晦的、不明朗的、无声息的、无处不在的。谁能说得清呢？

我们回到马鞍山，我却有些得意，我建议父亲将拍摄到的这些苗锦图片，在马鞍山办一次摄影展，就叫“广西大苗山苗锦摄影展”。父亲听了，居然赞同，欣然同意了。我们冲洗底片，放大照片，最后在马鞍山工人文化宫举办了这次关于苗锦的专题影展，轰动一时，人们扶老携幼前来观展。这是一次民族文化的呈现，但不是一次心灵的呈现、灵魂的呈现，与心灵和灵魂仍相去甚远。现在回首起来，让我感到遗憾。任何艺术的东西首先都应该是心灵的灵魂的，而那时心灵和灵魂恰恰缺失，没有得到应有的呈现，更没有能与苗锦深度交融。

2024 年 2 月 6 日

芦笙

当一种异质性的东西进入我的生活，特别是进入我心灵的时候，我微微地感到无措和疼痛。当一把芦笙出现在我生活里的时候，正是这样。

熊元管在我的面前吹动着芦笙，他一边吹奏，一边随着节拍跳起踩堂舞，一边拿眼来盯着我。他穿在身上的黑色苗衣，在阳光照射下闪闪发光，光线刺痛了我的眼睛。他头上戴着的头巾高高地耸立着，尽管他的头在摆动，但头巾却纹丝不动。他的眼睛有时挑逗有时炫耀，狡黠地朝我一下一下眨着，然后他笑了起来。芦笙在他的笑声中戛然停止。

世界突然安静了。

张美鲜走过来打扮我。她穿着的是百鸟衣，到处是白色的羽毛，把她装扮得像快要飞起来。她轻盈地走到面前，我感到了她的气息如兰，她白净的脸娇嫩如敷着一层薄粉。苗族的女孩都很好看，她当然更好看。张美鲜帮我穿上苗衣，她赤裸的皮肤触碰到我同样赤裸的皮肤时，我的心怦怦直跳，有点冰凉也有点温暖。然后她在我头上扎起了棕红色的头巾。她说："这个装束是我们苗王的装束，只有接待珍贵的客人时我们才会献出来。"这意味着我是她珍贵的客人了。说完她对我嫣然一笑。我却木然地站在那里，像个木偶任她摆布。我父亲说："好了吗？好了吧！"

然后拿起相机帮我和熊元管加上张美鲜一块照了张相。熊元管在左，张美鲜在右，我被他们簇拥，好像我真的就是苗王了，样子却很呆愣。熊元管却说像，夸我很像。多年后，有一天在相簿上看到了这张照片，心里一动，便投给了一家报刊的旧照片栏目，刊物就把它登出来了。这不仅是个人的记录，也是记录在案的历史的一帧缩影。

熊元管吹罢芦笙，把芦笙递给我说："你吹。"我不知是该拿还是不该拿。犹豫间他不由分说，把我的手抬起，将芦笙放到我手上。"吹！"他催促。熊元管还教我说苗话，他说："你来到了安陲，来到了我们中间，过着我们的生活，不说苗话你怎么过活？"我搅动着舌头，觉得苗话在我嘴里异常别扭，嘴唇翕动着却说不出来。我发现一种语言和另一种语言在舌头间打架，它们互相纠缠，一个不让另一个，最后把我变成了哑巴。张美鲜望着我笑，她似乎知道了我的为难。她说："不说苗话，你一样可以在安陲生活，而且也会生活得很好。"

熊元管笑了。我记起那晚我在他家，他拼命地劝我喝酒，他说："你不喝酒，我们永远也不能成为兄弟。"为了成为他的兄弟，我勉为其难一杯接一杯地喝起。他看见我一杯接一杯、一碗接一碗地喝酒，高兴地搂着我大笑，一边笑一边唱起苗歌。然后他要我也唱，他说："我唱一句，你学一句。""好。"我应承。我学了，但是始终也学不会，太拗口了。这次他并不在意。他并不真的要教我学会唱苗语歌，他只在意这个形式，形式有了一切就好了。那天晚上我喝得酩酊大醉、头痛欲裂，他扶我到床上睡的时候，我以为我这一辈子头痛也不会好了。

作为汉族人我这么来到安陲，进入安陲。我最先做的一件事是脱掉鞋子，把鞋子丢掉到了爪哇国。当然并不是一开始就这样，我也是经历了一番挣扎，一种内心的折磨，一种思想的苦痛，然后我做出了抉择，当我把我从上海穿来的皮凉鞋一把丢进了草丛里，赤起双脚和所有的安陲孩子一样了，我忽然轻松起来，释然了，我大笑，小伙伴们也搂着我一齐大笑。我以为我的父母会不同意，当我回到家，父母看到我的赤脚，令我意外的是他们好像商量好一样一起装作没看见。从此以后，我便二十四小时都打着赤脚了，也不知什么时候过了多久是一年还是两年，不记得了，我才同安陲孩子们一样有鞋子穿了，才又重新穿上鞋子。重新穿上鞋子的这个日子，我并没有记住。记忆总是选择性的，我记住了怎样不穿鞋子，却没记住怎样再次穿上鞋子。安陲在渐变，它改变着外来者，也被外来者改变。

后来我开始渐渐喜欢上了芦笙，当吹起来小芦笙，它那轻盈而高亢的曲调，如一只欢快的山羊在跳来跳去，当吹起来大芦笙，它那深沉而洪亮的曲调，像一种召唤，捶打着心房。拒绝与接受往往是一种过程，不是一道鸿沟。疼痛和愉悦是人命运的两端，可以互相转换。

不出一个月，我就打扮得像苗族人一样，穿着苗衣扎着头巾，我发现我的心也正在成为苗族人。

可是我始终也没有完全学会吹芦笙。

芦笙让我念念不忘。好多次我想在我家里挂上一把芦笙，像许多人家那样，好让它每天陪着我，好让我每天能看见它。可是不知为什么，最后我却没有这样做。

2024 年 2 月 8 日

一灯如豆

当童年需要我们用记忆去回忆的时候，本来美好的童年会感觉格外美好，而本来悲惨的童年，是否会感觉更加悲惨？

城市里已经没有黑夜了，有天晚上散步到文庙，在文庙广场不经意间抬头仰望天空，顿觉吃惊，只见天空明亮而辉煌，让我几乎怀疑我身处的不是夜晚而是白天了。

一阵恍惚之后，我再次确认，才确信这是夜晚。

让我产生这种错觉的原因，是夜空被城市的灯光映照得如同白昼了。

惊魂甫定，我不禁低头沉思：我们渴望中的东西，当它让我们拥有的时候，未必就是我们真正渴望的那种东西了。小时候大人们对我们描绘的未来理想社会就是楼上楼下电灯电话。如今这一切都是现实了，才发觉那光亮如白昼的夜晚，并非真是我们渴望的东西。

很多个夜晚，我在我家住的楼上观看天象，想看到星星，可是，几乎每次都失望。目力所及，看不到星星了。

看不到星星的夜晚，是一种什么夜晚？

有一种惶恐袭上我心头。

而童年的黑夜也并不是都让我欢喜。在安陲的幼年，当我孤独地行走在伸手不见五指的夜路上时，常常还产生恐惧。为了摆脱这种四处生长着的恐惧，我便拼命地奔跑。在行走中，哪怕前方有那么一点微光，也会温暖我的心头，也令我感觉得到依傍感到安慰而觉得不那么恐惧了。

不知道为什么，我曾无数次行走在安陲的黑夜里。有时为了给自己壮胆我便边走边大声歌唱。当发现整个山野都是我的声音，反而让我更加害怕了。于是，我便把歌唱得声音越来越低，低到最后成了无声。我在无声中行走，这时我听到了万物的声音，仿佛是一种严厉的恐吓。大自然大概不欢迎我的擅入，当大自然在酣睡的时候，它也需要拥有自己的美梦，而厌烦甚至憎恶打扰者吧。

黑夜给了我黑色的眼睛，我看到了更加黑的黑色。让我惊恐而绝望。

我极喜欢读古人写的《击壤歌》："日出而作，日入而息。凿井而饮，耕田而食。帝力于我何有哉！"很羡慕古人的这种生活，快活而洒脱。因洒脱而快活，因快活而洒脱。特别是最后一句"帝力于我何有哉！"多么潇洒，多么洒脱啊。自己的日子逍遥自在，无忧无虑，谁还去羡慕帝王的权力呢？

我不仅仰慕古人的这种生活，还身体力行，学而习之。有一段时间，每当暗夜来临，我便遵照古人倡导的"日入而息"，拥衾入睡了。

为此我的父亲觉得我好奇怪啊，怎么别人入夜正是玩耍的好时候，而我却要拥衾入睡呢？

可是父亲感到奇怪归奇怪，却并不干涉我，任我任性而为。

这样过了一阵子，我就不肯干了。我发觉这大好的夜晚时光用来睡觉，是一种浪费。

后来我又读到一个古人写的诗，诗云：“三更灯火五更鸡，正是男儿读书时。”原来古人并不光是“日入而息”啊，我于是呵呵地笑了，连忙从床上一跃而起，捧书而读。更多时候，仍拥衾上床，却并不入睡，而是捧着一本书。从此成为习惯，再也没改变。我读书绝大多数是在床上读的。将睡觉与读书融为一体，做得很妙很好，同时践行了古人的教诲。那种正襟危坐的读书，只有在学校上学时才可以做到。我伯父和我完全不同，他读书一定会一本正经，正襟危坐，读书前还要净手，然后挺直腰杆，恭恭敬敬捧书而读之。让我想起孔子的教导：割不正，不食；席不正，不坐。大约伯父一辈是最后比较遵从古人的一辈，此后我们这一辈便自行其道，爱怎样做就怎样做了。

曾经在网上看到一个帖子，发帖子的网友好奇地问：“古时候没电，那么古人夜晚干什么？”

这个问题一时也让我好奇。但忽然想到我在安陲的生活，便莞尔一笑，不好奇了。

我童年在安陲的生活，也如同古代人的生活，当夜晚来临时，整个村庄便陷入了黑暗。

其实对于我们小孩来说，夜晚比白天更好玩。当黑夜来临，在暗夜的掩护下，我们纷纷从家里走出来，聚集在安陲公社的房子外，玩捉迷藏游戏，玩打仗游戏，玩得天昏地暗。总要等大人们先喊我们回家，然后大声呵斥了，我们才依依不舍相互道别，一步一回头地回家。

一边往回走着，一边回味着这个美好的夜晚，盼望着下一个夜晚赶快到来。

有一阵子，我的小伙伴们都拿自己的墨水瓶做成了一盏煤油灯。我们在灯下读书，写作业。头碰着头，头也几乎挨着灯了，有的真的挨着了，直到灯把头发烧着了，发出焦煳的味道，大家才发觉，然后有意离灯远一些，彼此相视一笑。

这样的夜晚，是一个多么迷人的夜晚啊。

2023 年 12 月 17 日

遭遇蛇

1

蛇来拜访我，把我吓得半死。

那是一个夏夜的傍晚，我家正准备吃饭，母亲在摆饭摆菜。

这时我不经意间一低头，就看见了蛇。

只见它在饭桌脚旁，昂着头，时不时吐一下信子，双眼圆鼓鼓地瞪着我。

最令我害怕的是它的头上居然还长着一撮毛，黑色的毛与红色的毛间杂着，竖立在头顶。这就更吓着我了，让我差点要失声叫起来。但是怕吓着母亲，我强行地把这声惊叫吞进了肚里。

母亲看出了我脸色有异，问："怎么啦？"

我含糊地摇摇头，答："没什么。"

"这孩子！"母亲有点不满地嗔怪我，然后坐下来，我们开始吃饭。

蛇一直在那里盯着我，直到我吃完饭。

最后它大概看出不会有结果，摇摇尾巴就钻出门，悄无声息地离开了。

非常巧，第二天谭老师就教我们一个成语故事：叶公好龙。

说有一个叫叶公的人自称非常喜欢龙，在自己住的屋里任何地方都要画上一条龙，以示喜欢。

龙听闻了，就从天上下来拜访叶公。

哪知叶公见了这条前来拜访自己的真龙，立即被吓瘫在地上，颤巍巍地请求龙赶快离开。

龙非常不解："你不是非常喜欢我吗，今天我来了，正好把晤，怎么又赶我走呢？"

最后龙只好既不理解又很委屈地悻悻离开了。

同学们听到这个故事都哈哈大笑，只有我不敢笑，想起了前来我家拜访我的那条蛇。它是不是也听闻我喜欢蛇而特意前来拜访我，最后也像那条龙一样发现我并不真的喜欢它而无比失望地只好转身离开呢？

我不知道真实情况是不是正是这样。

2

有一天，中午天气炎热，我打算去泗欧河游水。泗欧河在我们卫生所的坡下，我便兴冲冲地往坡下跑，直奔泗欧河。

进入一片竹林的时候，忽然看到一条两头蛇拦住了我的去路，只见它横亘在路中央，把两个头立起来，吐着红红的信子，瞪着我，不让我走。

我停下来观察，看蛇是什么意思，最后我确定蛇拦在路上是有意为之，它的目的就是要拦住我不让我继续走，也就是说不让我去河里游水。

我便小声而谨慎地跟蛇商量，我说："蛇，请让开，让我过去。"

蛇摆了摆身子，意思是不行，你不能过去。

我就这样和蛇对峙着纠缠着。最后我发现蛇大概是不打算让步了，我只好让步，便对蛇说："好好好，你不走，那我走，我回家。"

蛇听到我这么说就把两个头低了伏在地上，意思是相信我说话算数，然后它就摇着两个头摇摇摆摆地离开了。

蛇终于离开了，我看到它离开后在地面上压出了清晰的痕迹，消失在了竹林里。我遵守诺言也就起身回家了。

傍晚传来一个不幸的消息，来公社开三级干部会的暖坪生产队队长，在泗欧河游水时，不幸溺死了。

这种巧合让我不免多想，忍不住悄悄告诉了父亲。

父亲听了，伸出他的手，认真地摸了摸我的额头，说："没发烧啊。"

3

在我们小学周边总是有蛇出没，各种各样的蛇：扁头风、五步蛇、竹叶青、金环蛇、银环蛇、赤链蛇、蟒蛇等。最多的一种蛇叫肥蛇（蜥蜴），又叫四脚蛇。长尺许，肥身小脑，一身红黄。走路喜欢一步三停，遇险也不鼠窜，也许认为自己有安全的脱身之计，便大摇大摆地走起来，旁若无人。

同学们对我说其他蛇都有毒，只有肥蛇无毒。

听说肥蛇没毒，我便生了欺负之心，每当下课，就快速跑到灌木丛中寻它，见而捉之。

由教室出了门便是野地，草木茂盛。

再远处是翠竹松林。

从三年级至五年级，我跟我的老师杨世荣学吹笛，常是在翠竹间倚竹吹奏，笛声悠悠，竹声猎猎，悠扬而清越，如神仙过活，让人神往。

杨老师不爱说话，笛声便是他的心声。

我却饶舌一句一问。

他常不答，抚我头，或微微一笑，或不动声色，令我迷惑。

我是他正宗的入门弟子。

我总是进到竹林里看他倚竹吹笛，有回他便对我说："跟我学吹笛吧。"

我立即点头。

他便收下了我这位弟子，当场送我一支青竹之笛。笛子拇指般粗，长盈一尺。他令我握笛在手，略加指点，便让我鼓气而吹。他也横笛于唇，鼓气吹奏。以如此方式引领我学习吹笛之法。

后来有一天他离开了学校，不知所终。时间过去久了，我也几乎把他忘了。

我把肥蛇捉来把玩。

肥蛇每遇险，或被捉，所使用的脱身之计就是断尾之计。

此计好像不在中国兵法三十六计之列，是三十六计之外的第三十七计。

三十六计都来自大自然，是我们中国古人师从大自然，由大自然中研习得来。但肥蛇的断尾之计，古人大约认为不好、不高明，没学习，便没列入三十六计之尾变成三十七计。

我也觉得肥蛇此计甚是笨拙。每当捉肥蛇时，有时便故意捏它尾巴，看它依我所想如我所料地使用断尾之计，拊掌而笑："断了尾巴，你还是跑不掉。"最可笑的是，断了尾巴的肥蛇以为金蝉脱壳了，并不立即逃走，而是走两步就停住了，鼓着眼睛回头定定地望着我，好像是在示威一样说："你没捉到我。"我再伸出手来轻轻松松便把它捉到了。由于它没尾巴了跑不快，自然每次总被我手到擒来。

4

公社王干事是猎人出身，也是捕蛇高手。他不但是捕蛇高手，也是吹牛好手，讲话满嘴跑火车，吹得叭叭响。

他最经典的吹牛段子是，自诩蛇王，说蛇见他都要绕着走，一时撞上的，见了他就要低头，服服帖帖，匍匐在地。他想捉蛇，蛇都要待在地上，不能动。他这不是捉蛇，而是捡蛇，他只是捡拾蛇。

我们听了他吹牛，都佩服得五体投地，一致请求，请他立即施展身手，在我们眼前表演一下如何将一条蛇“捡起来”，让我们大饱眼福。

听了我们的请求，他便故弄玄虚地说：“不行不行，天机不可泄露……”

我们就笑，觉得在他这张嘴里，还有不能泄露的天机呀。

吹牛归吹牛，王干事着实还是有些本事，而且本事大极了，像我捉肥蛇，这种上不得台面的事他从来不干，他要捉便捉毒蛇，捉大蛇。果然他三番五次将毒蛇和大蛇捉来了。

有一天王干事在捕蛇时，被毒蛇咬伤，最终不治，毒发而死。一个人的命运总是如此，靠山吃山，死于山；靠水吃水，死于水。

5

四月五月夏天未至，大岭的田头田尾青蛙闹腾，这时水田里青蛙的叫声声传十里，入夜，我们在卫生所宿舍里也能听闻青蛙的叫唤，如雷贯耳。

大岭在安陲村外两三里地，那里原来两山夹着一川，后来安陲人挖山平地，在山谷间整出了几亩上好水田，山上流下来的水质清冽，灌溉着水田，水田土地肥沃，每年种下的稻禾从来没令人失望，总是大获丰收。

在四月五月水田灌满了水，却还没栽秧时，每入夜，青蛙们便在这水田里闹腾，呱呱的叫声响震山谷。

一天入夜，我同阿泡、黄家明去大岭捉青蛙。

我拿着手电筒，他俩点着火把。

安陲人把捉青蛙不叫捉青蛙而叫“照猫拐”。“猫拐”是安陲人对青蛙的一种称谓。

在夜里用灯火去照见猫拐捕而捉之，称为“照猫拐”倒也形象。

我们上到大岭，赤脚走在水田里，只见灯光照耀下到处是猫拐，猫拐被灯光照射，就像被光柱定住了，一动不动，我们唾手可得，手到擒来。照猫拐照得那个畅快。

正在酣畅之际，突然听到由远至近的“咯咯咯”声像公鸡在叫唤，阿泡听到了，喊了声“鸡公蛇”，扔了火把和猫拐摸着黑，转身便跑。据说鸡公蛇会追光而至，人逃跑时一定先要灭了灯火。我和黄家明也跟着急忙熄了灯火，转身向山下，慌乱地各自跑去。

我从没真正见过鸡公蛇，对我来说那是一个传说。阿养叔见过，他说鸡公蛇奇毒无比，头上长冠，面如公鸡，它与别的蛇不同，不仅能爬，还能飞，人遇到，极难脱困，而若是被鸡公蛇咬伤，必无救。

这一吓可把我们吓得魂魄四散，拼命地逃跑。

我慌不择路，一下跑进了泗欧河中。好在水并不深，只到腰际。我瑟瑟发抖站在水里，便走不动了，以为被鸡公蛇施了魔法，让我走不脱，接下来就要被它吃掉了。不禁悲从中来，站在水中大哭。哭了一阵，停下来，悄悄放眼望去，看到星光映照，河水泛光，四下静寂，既没有蛇追至，恍惚中似乎也听不到青蛙的鸣叫了，世界是如此安静。我慢慢把心情平复下来，慢慢走出泗欧河，然后湿漉漉地独自走回了家。

第二天阿泡和黄家明见到我，他俩都很惊异，问：“噫，你没有被鸡公蛇吃掉啊？”

2023 年 12 月 23 日

安陲的雪

安陲每年都要下几场大雪，安陲的雪降下后，安陲就变成了冰天雪地、林海雪原。我就在冰天雪地、林海雪原里读《林海雪原》，唱打虎上山：“穿林海，跨雪原，气冲霄汉。抒豪情，寄壮志，面对群山……”

这些唱段都是上海小舅舅教给我的。上海也下雪，也有冰天雪地，可是没有林海雪原。小舅舅只好将就着在冰天雪地里假装面对林海雪原唱：“穿林海，跨雪原……”小舅舅长得没有杨子荣威武，更没有杨子荣豪气，在我眼里，他其实更像上海滩上的瘪三，当然事实上他自然不是瘪三，说他像瘪三只是个形容词。他不仅不是瘪三，还时时总要装得像很有英雄豪气，在家里经常唱，不但他自己唱，还要教我唱。就这样我也学会了唱：“穿林海，跨雪原……”

我把小舅舅教我唱的京戏带到了安陲。在安陲我颐指气使指挥同学们排好队。为了能学唱人人心中仰慕的京戏，同学们立即都更乖地、更听话地排好队伍，昂首挺胸，时刻准备着，只等我教唱，然后在我的引领下，他们便一齐学唱：“穿林海，跨雪原……”

从来也没有人挑战我的权威，他们也挑战不起。除了我，没人会唱京戏。这让我更嘚瑟了。

每次放假了再回上海，我就更吵着嚷着要小舅舅教我唱更多的京戏了。

刚开始小舅舅被我纠缠要他教我唱京戏，有点吃惊，又立即有点高兴，因为最初他要做我老师教我唱京戏的时候，我撇撇嘴满脸不屑，还得他来求我学唱，可是我回了趟安陲情况居然就发生了变化，变成了我求他教我唱了。不过小舅舅一点也不拿腔拿调，一点也不故意摆起架子抬高身价，立即愉快地站起来，挺胸昂首，手一扬就唱了起来……

我一下学会了好多京戏。

这些唱腔美妙的京戏如今唱起来还是好听。

除了唱京戏，当安陲下起第一场雪的时候，总正巧是我们期考的日子，我坐在教室里一边做着试题，一边时不时瞧着窗外下着的纷纷扬扬的大雪，想到考完试了，就放假了，心里那个乐啊，连忙急急匆匆地写，赶忙地做，三下五除二就把试题答完了。然后就走出教室，拿一个板凳，倒过来，坐在上面滑雪。

从教室出来往下看，是坡地，长着一些草，长着一些灌木小树。草大多被雪覆盖了，灌木和小树还露在外边，但都戴上了雪帽子，大概已经冻得瑟瑟发抖，朔风吹来，只见它们不时地在雪地里摇着抖着，模样好可怜啊。它们不像我，冷了，我可以不停地加衣，直把衣服加得成了端午节里包着的粽子，不管雪下得多么大，天气多么寒冷，我的身上都是暖和的。这样还不算，父亲还是怕我冷，临上学时父亲还要我拿上火笼。

在大雪天，安陲的同学人人都拿着火笼上学，刚开始的时候我没有拿，因为我们家没有火笼，安陲人就觉得这不对，觉得我也应该拿上火笼，不然要被冻着，安陲人觉得过意不去。一下就有好几个安陲人给我们家送来了火笼。

我母亲笑盈盈，最初扬着手拒绝了，她说：“不用不用，你看我家罗海穿的衣服足够他去到北冰洋也不会冷了。”

安陲人不懂北冰洋是个什么东西，又跟拿火笼有什么关系。

母亲是打比喻，见安陲人听不懂她就笑了笑，就不打比喻了，给安陲人细数我已经穿了毛衣毛裤，还穿了棉衣棉裤，头上还戴着挡风御寒的皮帽。

安陲人听明白了，安陲人教训起母亲来，说：“吴医生，你不说我们也就不说了，你说了我们就要说说，你这样让罗海穿这么多衣服，”他们连连摇头，“不好不好。小孩爱玩爱跳，一玩一跳就会发热会出汗，你给小孩穿那么多衣服不对。”然后他们转回到他们的主题，把拿在手里的火笼扬一扬，“要拿这个，带上这个，衣服穿少点，好！”

后来父亲和母亲便接受了他们的教诲，在冬天，特别是在冰天雪地里，总不忘叮嘱我带上火笼。

在安陲冬天的时候，人人都带着火笼出门，这成了一道奇特的风景，如果让我在上海的小舅舅看到，不知他会不会咂舌，会不会羡慕。但是他身在上海，从来也没来过安陲，他看不到。

把凳子反过来当雪橇滑雪不是我的发明，不知是哪代学长的发明，老师看在眼里都把这当成理所当然之事，他们常常抱着手笑吟吟地看着我们滑雪，有时候我们的“雪橇”有点难启动，他们还会主动上前帮忙推一把，我们就借着老师的推力，一举就把“雪橇”滑到了坡下。当然有时候其中也会遇到障碍，最大的障碍是那些灌木、小树，它们会挡在路途上挡住我们的去路，弄得我们人仰马翻。我们被弄得人仰马翻后也不介意，站起来，拍拍屁股，继续滑。

当安陲下起雪来的时候，我们自然也像北方的孩子那样堆雪人打雪仗。每年陈松都要堆一个没有嘴巴的丑雪人，用两颗松子做眼睛，用长长的红萝卜做鼻子，他不希望这个雪人有嘴巴说话，然后在雪人身上大书："这是罗海！"以此来羞辱我。

每次我看到了都哈哈大笑，不让他感到羞辱得逞，要让他觉得没趣。

陈松没达到羞辱我的目的，果然就感到没趣了。不过来年陈松总是还要再来，乐此不疲，也不知他是怎么想的。

实际上我和陈松，我们很多时候都是同盟军，只是有时候我们会发生争执，就是针对哪个当盟主的事常要发生争执。我觉得应该我当。陈松觉得我去年当过了，今年应该由他来当。

他倒是很有民主的、自由的思想，要公平，要公正，要轮流坐庄。

可是我不答应，我觉得只有我适合做盟主，因为我会为大家带来更多福利。

大多数小伙伴也认为是这样的，拥戴我继续当盟主。

他们大概想到了我每次从上海回安陲，都给他们带来各种各样的好东西，比如大白兔奶糖呀，比如巧克力呀。我没来安陲的时候，他们还从来不知道巧克力是何物呢，我不但让他们吃上了巧克力，还更让他们增长了见识。

陈松没能当上盟主，就在下雪的时候，堆一个丑雪人泄愤。我不同他计较，我觉得做盟主的人应该比一般人更大度。

开始的时候小伙伴们都无比担心，他们觉得肯定要有一场"火拼"了，谁输谁赢还不见得呢。他们不愿冒这个风险。后来见我坦然处之，一下都欢喜起来，大家便一块握手言欢，包括陈松。我们又成了一个团结友爱、共同向前奋斗的集体。

安陲下雪的时候，一定要进到深山老林里，这时候许多东西都会唾手可得，一点也没有危险，就拿我们最怕的蛇来说，这时候也一动不动蜷在一个洞里。更好的东西是在林里飞的鸟，在山里跑的兽，如果能打到更是无上珍宝，当然现在不能打了。只要能看到也是一饱了眼福。那时候安陲还有熊罴，在远远的元宝山上，它的叫声声传十里。大人听到了，脸上都是喜悦，也不知道是因为什么。

2023 年 12 月 25 日

猫有九条命

传说猫有九条命，每当我们家养的猫遇到险情的时候，看到我很为它担心，静子总会说：“别担心，猫有九条命，没事。”果然，每次猫都有惊无险，逢凶化吉。

在安陲我问我们谭老师：“人又有几条命呢？”

谭老师先是笑而不语，继而拿了一本书在手里，翻开一页让我读。

只见书页上写道：“佛正集诸弟子讲经，有一猫蹲佛座下，屏息静听。弟子有询佛缘故，问此猫是否亦通经典。佛曰：‘猫有灵性，其命有九，人只得其一……’”

我原以为猫既然有九条命，那人当然应该有十条命，人总之要有比猫更多的命。没想到佛会这么说，我一下有点哑然。

谭老师却解道：“佛这么说并不是指人只有一命，而是教导人要珍惜生命。”

听了谭老师如此一解，我顿时释然，想到我的命就不止一条。

第一条命

在母亲生产我的时候，我就几乎差点命丧黄泉。大概我很害怕这个世界，并不情愿来到这个世界，所以我母亲预产期已过，羊水破了，我却迟迟不肯从母亲的子宫里出来。

所有的人等啊等啊，都等不到我出来。难产了，再不出来，我和母亲两条命都将保不住了。

这让医生非常紧张又很为难，她走出产房，对等在产房外的我父亲说："罗医生，难产了，母亲和孩子只能保一个，你决定看保哪个？"

我年轻的父亲头回当父亲，又焦急又喜悦，却没想到会有这迎头一棒。这对他来说是不是一个艰难的抉择？别人在对我转述的时候没有说到。只说到父亲答："保母亲。没有孩子，可以再要。"

医生听了，立即转身进了产房。

最后是这样，我被医生用钳子硬生生从子宫里夹了出来。

医生以为夹出来的定会是一个死婴，没想到我出来后不仅没死，还活蹦乱跳，哇哇大哭。

大人的命保住了，小孩的命也无碍，皆大欢喜。

第二条命

我和同学上山打柴，忽然看到在悬崖上有一朵花非常美丽，我要去摘它。

同学们都劝我不要去摘，太危险。

我不依，非要去摘。

我沿着山崖攀爬过去，攀爬到了花面前，花在风中摇曳，近看这朵花更加妩媚妖娆，并且更有奇香，闻之醉人。我摘了藏在怀中，正要往回走，脚下却突然一滑，整个身子就急速地向山崖滑去。

在急速的下滑过程中，我听到同学们一齐惊呼。

我知道我这么滑下去必死无疑了。我不知道为什么心里却不后悔去摘这朵花。

我也并没有等死，而是本能地展开了自救。

我自救的办法是，下意识地张开两手，在急速滑落中碰到什么就抓什么。

正在这么乱抓中，我的左手竟奇迹般地抓住了沿山崖生长着的一根藤条。我立即又顺势加上右手抓，然后两手紧紧地抓握住藤条。

可是我仍在下滑，一时停不住。藤条在我的手中被扯得哗哗地响。

我知道这是我唯一生还的希望，便死命地抓住不放。

终于，下滑的速度渐渐缓了，终于停住了。

同学们把我救起来的时候，我觉得我已经昏迷了。

我的两只手鲜血淋漓，拇指和食指间被藤条割裂，已见到骨头了，白白的，阴森恐怖，我看到就真的昏了过去。

等我醒来的时候我已经在卫生所了，我的父亲母亲都在我的身旁，母亲不停地流泪，好像是喜极而泣，她想握着我的手，又不能握着我的手，我的两只手都包扎起来了，像个白馒头，她只好握着我的手臂。

我的伤好了，我又捡回了一条命。现在我的虎口处还能看到隐约的伤痕。

那朵花，当然不见了，但好像一直生长在我心里。

第三条命

在安陲，我们家的柴房紧邻着厨房，这是一处我引以为傲的地方。

那时我大约十岁，我砍回的柴堆满了柴房，往往是还没等柴房空，我就又跟着同学们上山去砍柴。

柴一担担砍回来，一点点堆砌在柴房里，一直堆到房顶，十分可观。

其实所有同学家里的柴房，基本和我们家的柴房一样，堆满着柴。

虽然我们谁也没有挑明，可都在暗暗比，看看谁家的柴房堆着最多的柴。我们总是积极地踊跃地上山砍柴不止，然后一担又一担地把柴从山上挑回来。

就算知道晚上要放电影，放学了，我们还是决定先上山砍一担柴，再回来看电影。

砍完柴回来了，电影刚好准备放映。我们便急急忙忙拿上一个大海碗，舀满一海碗饭，放一点菜，就端着海碗，跑到公社球场边看电影边吃饭。

这天母亲烧饭时见厨房里没柴了，喊我去柴房抱柴。

我听闻就去柴房里抱柴，正当我准备低下头去抱柴，这时我的同学胡民族刚好到来，他一把把我从柴旁扯翻了，让我跌了个后仰跤。

我非常生气，大声责问胡民族："民族，你这是干什么？"

胡民族噤着声，指指柴堆要我看。

我一看，惊呆了，只见一条扁头风，昂着头，有一尺高，扁着脖子，正严阵以待等着我呢。

母亲听到我们似乎吵架了，连忙从厨房来到柴房想劝架，她一眼看到这条扁头风，也吓呆了。如果不是胡民族在千钧一发之际伸出手拉扯了我，我必定迎头被这条严阵以待的扁头风咬着了。若被咬着，我基本就没救了。

过后，我们都悄悄退了出来。

扁头风也不声不响离开了柴房。

从此我母亲就待胡民族如她的儿子一样，每有好吃的，就分出一份来，说："去，拿给民族。"

第四条命

我从部队复员后被分配在马鞍山市硫酸厂工作，干捣料工。

捣料工就是每天用铁钎捣动料斗的矿料，让其顺利地下落，落到传输皮带上，由传输皮带送到干燥窑焙干。料斗有五六平方米，四五米深。这个工作虽然比较辛苦，但没直接跟硫酸打交道，看似没有什么危险，不像其他直接与硫酸打交道的岗位，时刻存在着可能被硫酸伤害的危险。

有一次是值大夜班，上到凌晨四五点钟的时候，我去到料斗捣料。一边拿着一根五六米长的长钎捣料，一边打瞌睡，有点迷糊了，不小心全身掉进了料斗里。

这一掉就把我惊醒了。只见我置身料斗中，四周的矿料正快速地向下滑，连带我也向下滑去。

这一惊非同小可，如果滑到底，我就会被卷进传输皮带，便"死翘翘"，没有生还的机会了。这时，我简直觉得已经完全没有希望了，矿料在纷纷往下翻滚，我完全不能借力它们往上爬出料斗，而料斗上又没第二个人，此刻没人救我。如果我呼救，工友从工休间出来，跑上料斗，我早已被卷进传输皮带了。

这是多么绝望的时刻啊。

可是我那会儿头脑里居然并没有害怕，也没有变得空白，只是想着怎么样自救。这么想着这个时间大约也就一秒钟，突然下意识握住了与我一同掉下料斗的铁钎，一下就感到绝处逢生了。

我立即握着铁钎，借着它的力挣扎着向上爬。

爬的时候我真担心还没爬上来，铁钎就插到料斗底了。

若是这样，铁钎迅速就会被卷进出料口，我便失了依靠，同样也没有生还的希望了。

吉人自有天助，还没等铁钎插到斗底，我就成功地爬出了料斗，并顺势连带将铁钎抽了回来。

我安然无恙。发生的这件生死一线的事，事后我没跟任何人说，像往常一样继续与大家说笑，好像刚刚我没经历过一次生死劫难。

之所以会发生这样危险的事故，是因为我们一直在违反操作规程，按规定上料斗捣料必须两人同组，可是我们从来一人干，后来也还是这样，直到我离开了硫酸厂一年后，听说厂里升级了管理制度，才终于杜绝了这种违规操作现象。

第五条命

我在永福的时候突然胃出血了。

我们隔壁就是一家诊所。

这家诊所是一家私人诊所，但医生很有来头，原来是一家公立医院的主任医生。他在当地太有名了，他开的诊所每天都人满为患，患者都是慕名而来，然后医好而去。

那时正当二十世纪九十年代初，但凡有能耐的人好多都脱离了原来的单位，自我创业了。也是在那时，我也离开了原来的单位，来到永福自我创业了。

我来到永福的时候，父亲来看我，发现我们隔壁有家诊所，感到很满意，很放心，说：“有诊所，好。”

我自己创业了，我父母自然担心我的健康，现在父亲发现我身边有一家诊所，医生就在边上，大为放心了。

我病了，起先我并没有告诉父亲，我去到隔壁诊所让诊所的王医生为我看病。他帮我检查了一番说：“没大问题，吃吃药打打针，就好了。”

我从小生长在医院，对医生非常信任。我从来认定一个人不管患大病小病，只要交到医生手上，别的就不用管了，不用操心了，听医生的就行了。

我就抱着这个虔诚态度把自己完全交给王医生。

起先我每天能走着去王医生诊所打针，两天后，病情不仅没控制住反而加重了，我基本走不动路了。这时我姑妈建议我立即转去县医院，我没同意。因为我生长在医院，我知道如果医生碰到自己诊治不了处理不了的病人，立即会让其转院，现在王医生没有让我转院，说明他能治。我听他的。

王医生见我走不动了，让我在他诊所的病床躺着，他继续治疗。可是好像病情更严重了。

我姑妈看情势不对偷偷给我父亲打了电话告诉了情况。

父亲让姑妈立即把我送到县医院诊治。

我刚一进县医院就因失血过多昏过去了。

后来的情况是因为拖延了医治时间，创口太大，血一时止不住，情况非常危险，医生一边大量地给我输血一边紧急抢救。

结果总算好，血终于止住了，我昏迷三天后也终于醒过来了，捡回来了一条命，可是却落下后遗症，我失忆了。

出院后疗养，身体开始慢慢一点点恢复，记忆也随之慢慢一点点恢复。但是到现在也没有完全恢复过来。许多记忆如今仍沉睡在我大脑中的某处，不知哪天才会被唤醒。

出院后，我伯父气愤不过，主张要告王医生。父亲神态却平和，说：“人保住了就行了，其他就算了，不计较了。”

一只猫有九条命，而我到底有几条命？

我想想，回答不出，也不敢回答。

2023 年 12 月 25 日

元旦

有一年元旦，安陲分外冷，雪纷纷扬扬地下起来。

推开门，厚厚的雪几乎挡住了门扉。如果门不是朝里开的话，大约门就打不开了。

门一打开，一堆雪就破碎了，分散地滚进屋里。

我把门打开探出头来的时候，陈松正也把他家的门打开，也在探出他的那颗小脑袋。

我们两颗小脑袋隔着远远的几户门扉，共同探望着外头的世界。

很多年后，当我听到“推开窗向外望，竹篱笆铺满白霜……”的歌声时我就想到了那年安陲的元旦，想到了那天落满白雪的大地，不禁有点黯然神伤。“恬静的街上，显得荒凉，叫我怎不惆怅……”

那天屋旁的柿子树上乌鸦和喜鹊一同叫唤：“哇，哇……”“喳，喳，喳……”乌鸦不动声色地站着，而喜鹊一会儿跳到这根树枝一会儿又跳到那根树枝，尾巴一翘一翘的。它们互相并不搭理，甚至彼此有一点敌视。

我和陈松被它们吸引住了，一同走出来，在树下看它们，乌鸦和喜鹊却不看我们，假装我们不存在，顾自叫唤：“哇，哇……”“喳，喳，喳……”

阿养叔扛着一把铁锹走来，阿养叔问："你们在干吗？"

我们一齐摇摇头说："没干吗。"

阿养叔说："没干吗就好。"他好像挺满意我们百无聊赖，并且给予鼓励。他拍了一下我后脑勺，又拍了拍一下陈松后脑勺，就走了。

阿养叔走了，阿松问我："你说为什么大人老是爱拍小孩后脑勺？"

我没想到陈松会问这个问题。我觉得陈松问这个问题问得很聪明，很有深度。

我想回答他，可是我想了想，发觉回答不出，只好干瞪眼。

陈松见我回答不出有些得意。他说："我晓得，因为被大人拍过的小孩后脑勺就会特别聪明。"

我听了，觉得陈松说得很对。

后来我和陈松经常竞相请求大人们拍拍我们的后脑勺。

开始的时候大人们总是愉快地满足我们的请求，后来见我们的这种请求有点无休无止，耍赖皮了，就厌烦了，有些大人便不肯配合了。

大雪封山一般发生在元旦的前后，母亲和梁雪花在讨论大雪封山的事了。

我感到很奇怪：大雪封山就封呗，还需要讨论吗？

只见母亲和梁雪花都是满腹心事的样子，甚至还带着点忧郁，她们看着远处的山，远一点的山是杨岭，再远一点的山是元宝山，可是元宝山看不见。

元宝山，我爬上去过，那个高啊，高入云端，站在山顶，云在身边飘过来又飘过去，可以伸出手来捕捉云，也可以伸出手来抚摸云。我将云捧在手心给父亲看，我没想到云会是这个样子的。父亲就笑。我更没想到云可以在身边这么飘来飘去，还让我把它捧在手心里。

后来我把这件事告诉了陈松，陈松不信，陈松说："你是编故事吧。"我也不由有点疑惑了，只好说："信不信由你。"

元宝山上住着的人叫作元宝人，他们在云里大碗喝酒，可是并没有大口吃肉，他们没有肉，只能大碗喝酒。他们把酒倒了满满的一碗拿给我说："喝起。"我感到害怕。我没想到酒可以这么喝。我父亲平常在家里喝酒拿的是小酒杯，还一小口一小口抿，抿一小口吃一块猪头肉，啧啧有声，要抿许多口才会把一小杯酒喝干。元宝人可不兴这么喝酒，他们把酒用碗满满地斟上，然后说喝起，说完就一口把满满一碗酒咕咚咕咚灌进了喉咙。父亲见我为难，用眼神示意我不要为难，他已经拿起了酒碗，喝起了，并且也像元宝人那样大口地干了起来。见父亲那样，我只好也假装毫不犹豫，拿起一碗满满的酒像喝水一样，大口地干了。我咕咚咕咚地灌着自己，元宝人见了高兴地大笑。"好兄弟。"他们说。喝完酒我就觉得天旋地转头痛欲裂，后来发生的事我就什么都不知道了，连我怎么下的元宝山也不知道了。

每年安陲大雪封山的时候，人人都待在家里。只有阿养叔不待在家里，有时他会扛着一把铁锹上山去挖开冰冻的泥土，在泥土的深处会有一种虫，他用这种虫给他的老母亲治病。有时他会扛上猎枪进山打猪。他总是选择大雪封山的这天进山打猎，他说这时人走不了了，野兽也难以行走，不用开枪都可以抓住它们。阿养叔是一个能干而英俊的男人，也是我们崇拜的对象。

元旦这天，我一般和陈松一块放鞭炮。在元旦之前的好多天，供销社就已进了红红的鞭炮，摆在货架上，货架顿时充满了节日即将到来的喜气。

我们每天都跑去看，吵着闹着要大人们为我们买，可是不知为什么所有的大人都说急什么，还没到元旦哪。

我总觉得挺奇怪，难道放鞭炮一定得等到元旦吗？我记得我在上海，我和小舅舅总是想放鞭炮了就放，随时可以买，随时可以放。

没办法我们只得等待。

还是陈松聪明，陈松等得不耐烦了，他偷偷地把他家里的牙膏挤没了，拿牙膏皮去收购站卖。

一支牙膏皮可以卖得一分钱。一分钱不够买鞭炮，他就动员我也去把家里的牙膏挤出来，拿牙膏皮去卖。

我觉得这是个好主意。

但是得了两分钱还是不够买鞭炮。

这没有难倒陈松，他立即动员更多小伙伴去挤家里的牙膏，拿牙膏皮去卖。

这样一来，果然就凑够钱了，可以买一挂鞭炮了。

我们一起拿着钱跑到供销社，你拿出一分我拿出一分。

供销社的叔叔收了我们的钱，很爽快地就把鞭炮交到了我们手上。

一挂鞭炮上有一百颗，我们把鞭炮一颗颗地平分了，每个人口袋里都装了鞭炮，顿时安陲的村庄不时响起砰砰的鞭炮声。大人们都感到很奇怪，听到了，彼此摇着头，不明白这是怎么回事。

到了傍晚，我和陈松吃惊地发现，柿子树上的乌鸦和喜鹊竟然都还没飞走，看来它俩是较上劲了，还在一声连一声地叫唤着。这次它们改变了策略，它们彼此不再你一声我一声地叫唤，而是等待对方叫唤时抢着叫唤，试图将自己的声音压住并盖过对方的声音，似乎想让世界再也听不到对方的声音。

我和陈松发现了，彼此对视了一下，然后忍不住哈哈大笑。

2023 年 12 月 28 日

刀枪入库　马放南山

1975年春天来临的时候，阿养叔把他的鸟铳吊上了屋梁，藏入屋顶，就此“金盆洗手”。从此，对于阿养叔个人而言，一个时代结束了。而对于安陲来说，与其说是一个时代结束，更不如说是另一个时代开始了。狩猎的时代和保护自然生态的时代在这一年，在安陲完成了交替。如今安陲再也没有猎人，再也听不到射击鸟兽的枪声了。

1970年我们来到安陲时，安陲男人的标准装备是柴刀、鸟铳和一只猎狗。腰间束着一把柴刀，肩上背着一把鸟铳，脚下跟着一只时刻准备捕猎的猎狗。

那时候阿养叔几乎每天都上山打猪，地上跑的野猪、野兔，天上飞的锦鸡、斑鸠，洞里钻着的竹鼠、蛇，无一不成为他的捕猎对象。

我的同学，男同学们无一不是天生的猎人，张子雄手巧到甚至做了一把鸟铳送我。安陲人真正使用的鸟铳都是长鸟铳，长度一般在一米二到一米五之间，而张子雄大概是从看打仗的电影里得到灵感，受到启发，他改进了长鸟铳，做出了一把手枪式的短鸟铳送给我，他也为自己做了一把。

我从小就手拙，不会做很多东西，大家玩的滑轮车、弹弓，我统统不会做，都是同学送我，我才有这些东西玩。

同学们的手巧我已领教，而张子雄手巧到居然能做出一把手枪式的鸟铳，真是让我佩服得顶礼膜拜了。他开始做鸟铳的时候，我还有点不信他能做成，我觉得连大人也不容易做成，更何况张子雄这个小孩子了。

那时在安陲供销社，打猎的用具，如各种大小长短不一的鸟铳、火药、铁砂，以及修理鸟铳的配件，可谓应有尽有。我进到供销社的时候，看到这些打猎用的商品时，感觉仿佛来到了异域，我完全没想到政府会向安陲提供这些东西。不管我是在上海，还是在融水，从来没有一家商店、一家供销社会卖这种东西，这些是安陲供销社所特卖的。不时有村民进来，买下火药、铁砂。而且在这里还可以以物易物，比如用一张兔皮换一袋火药，用一袋羽毛换一袋铁砂。对于我们小孩来说，这种交易方式是多么美妙啊，我和张子雄常四下里搜寻废铜烂铁拿去供销社交易。

张子雄又锯又刨，我像见证奇迹一样见证了他怎样把一些不成形的东西慢慢变成形了，最后装配成一把神奇的短铳。

短铳做好了，我们拿着短铳到学校背后的竹林里试枪。朝枪筒里塞进火药和铁砂，打开扳机，对着一根竹子开枪，砰的一声，枪响弹发，眼前的竹子被打出无数个小弹洞。我们手中的短铳着实厉害，让我无比欢喜。从此我挎着这把短铳，耀武扬威地行走在安陲的街上。

张子雄见了我就笑，知道我这是虚张声势。

我的确只是虚张声势，张子雄送我这把短铳，我每天挎在腰间，却从来没主动拔出来打过。我害怕开枪，枪一响，一团烟火冒出来，没吓着别人，首先吓着自己。但是我不能跟别人说，不能让别人知道。

我挎着枪耀武扬威地走在安陲的街上，人们见了我朝我点头致意问好，我便挺挺胸脯，把别在腰间的枪托突显出来，希望别人看到。

可令人遗憾的是，他们好像没看到，或者他们看到了，也假装没看到。

偶尔张子雄会拉我上山去打鸟，我很不情愿，老实说我对打猎没什么兴趣。

上了山，我们埋伏在一处草丛中，看到鸟飞起来了，张子雄朝鸟轰地就开了一枪。

鸟一下便掉到了地上，而被打散的羽毛还在天上纷纷扬扬，可是鸟还在试图调整飞翔姿态，努力飞到天上去……

张子雄拉着我跑到鸟被打落的地方。这只鸟满身是血，已失去了生命，却仍有体温，身子是软软的、温温的。

不再有猎人的安陲从表面看去，好像也没有任何改变，直到许多年后变化才显现出来。那时候人们根本没有意识到是一个时代的结束和另一个时代的到来。时代的变更和交替也可以那么不动声色，似乎毫无声息。

许多年后我读着蕾切尔·卡逊的《寂静的春天》，我发觉我特别喜欢这个书名。

2023 年 12 月 29 日

侵入者

刚来的时候，我们遭到了安陲小孩们的集体抵御。

从县城下放到安陲卫生所一共是三家人，我们一家，陈松一家，还有陈伟雄一家。陈伟雄应该算是半个家，他的母亲带着他来到了安陲，嫁给了安陲卫生所寥所长，但是陈伟雄天然地就成了我们的同壕战友，和我们一块并肩战斗。

我们受到了安陲小孩的抵抗，不知大人们境况是否一样。在我模糊的记忆里，好像完全不一样，他们作为支边医生，一开始就受到了安陲村民的热烈欢迎。可奇怪的是，我们这些小孩却全体遭到了安陲小孩集体的敌对。他们不仅把我们包围起来，不让我们走出卫生所半步，还一次次发起“冲锋”，攻击我们，试图最终“攻占”我们仅有的落脚之地——卫生所，“驱逐”我们。我们只有三个人，而他们人数众多，起码有二三十人。但我们退无可退，只能奋起“保卫领地”。

我们都很气愤安陲小孩对我们的围攻，这围攻从我们一到来就开始了。

我已经不记得了最初的冲突，但能想到一定是我们这些小孩在某些方面激怒了安陲的小孩们。可以想见到我们从城里来到农村，带着傲慢，看不起人，我们甚至嘲笑、讥讽安陲的小孩们，我们目中无人，鄙视他们，诸如此类。

这令安陲小孩们的自尊心受到极大伤害，我们凭什么如此地“羞辱”他们？他们自然奋起“反抗”。

“战争”就这么爆发了。

开始的时候我们毫无招架之力。他们人多势众，大多还年纪长过我们，人长得比我们大一圈。他们以完胜的姿势把我们追打得丢盔弃甲、狼狈不堪。

最初好多时候我们只好躲在卫生所里不敢出来了。

好在他们也只以卫生所为界，并没有冲进卫生所。他们见我们躲进卫生所了，就在卫生所周围巡视、蹲守、游弋，不让我们自由出入。但是他们见我们的父母却总是笑盈盈地露出谦逊的容颜，甚至还带着点羞赧。

我们待在卫生所不出来，而安陲的小孩们却在卫生所外游荡，这让我们的父母们感到很奇怪，我的母亲看在眼里就感到困惑了，问我：“不出去玩？”我就羞涩地朝母亲笑笑，既装作若无其事，又装作根本不想出去玩的样子对母亲摇摇头，说：“不出去。”我母亲大概是个粗心人，就不把这事放在心上了。

我们不能总是被困在卫生所里，于是我们三人商量出了对策，决定不像前面那样各自为战，而是进行“集团式冲击”，就是三个人一块形成犄角之势，抱团同他们对战。我们就这样冲出卫生所，冲到安陲街上。他们放我们出来，让我们冲到一个坡面卫生所的大人们看不见了时，开始“包围”我们，对我们展开“围剿”。我们三人形成犄角之势，他们一时攻不破我们，让我们一下尝到了甜头，发现当我们如此抱团时，我们竟能够以这样的阵形同他们对峙了，而以前我们各自为战时，一下子就被他们打败了。

不仅如此，当我们以犄角之势与他们对峙，展开“持续战”时，我们很快发现他们与我们的战争是“有限战争”，也就是说他们打架是有规矩的，以不真正伤人为限。而我们开始时为了自保，可顾不得这么多，能下多狠的手就下多狠的手，最先因为是“单兵作战”形不成战斗力，对他们造不成伤害，现在当我们组成阵形，可以与他们对峙了，我们的能力就可以对他们造成伤害了，我们与他们打架肉搏，毫无顾忌，为了自保也顾忌不了那么多，能怎么来便怎么来，能使上多大劲便使上多大劲，能出什么招就用什么招。他们竟一时手足无措了，后来便溃败了。我们居然能取得胜利了，见他们败退而去，我们兴奋地拥抱庆贺。接下来的战斗，因为我们开始赢取了空间，能够施展出个人绝招了，一次我突然拔出裤上捆着的皮带朝他们挥舞甩打起来，这一招更不得了，他们见了，纷纷地惊慌躲避，陈松、陈伟雄见了，也抽出皮带甩打起来，我们大获全胜。安陲的孩子们没有皮带，就算有皮带他们也不会掏出来，像我们一样肆无忌惮地如此使用。从此，双方的战争成了“胶着战”“拉锯战”“持久战”，双方互有胜负。他们凭着人多势众，围着我们，我们凭着无底线的战法与他们对峙、相持。

可是，尽管我们并不落下风，可也不占上风，结果，也不知怎么的，我们就慢慢地、渐渐地和解了，最终完全和解，双方再也不分彼此，互相成了交心的好朋友、好兄弟。

侵入者最后被接纳了。

2024 年 1 月 8 日

打平伙

有一回在门诊上班时，梁雪花对母亲说："今天我们来打平伙。"

"打平伙？"

母亲不懂"打平伙"是什么意思。梁雪花就笑了，解释说："就是几家人各拿出一道菜来，凑一块吃饭，就叫打平伙。"

母亲听明白了，觉得这么做挺有趣，便欣然同意。

下班后，母亲就忙开了，她去供销社买来了五花肉，在沸水中氽，然后捞出来切成块。她要做一道正宗的上海菜：浓油赤酱的红烧肉，贡献给打平伙。

在上海，外祖父在邮政局上班，外祖母做家庭主妇，操持家中事务。所以母亲在上海从小到大都是衣来伸手，饭来张口，从没下过厨，直到离开上海。可是她天生能做上海菜，来到安陲后很快就上手了，做出了一道道美味的上海菜来。

孔子在《论语·季氏》上曾这样说过："生而知之者，上也；学而知之者，次也；困而学之，又其次也；困而不学，民斯为下矣。"他是承认有生而知之的人的，但他自己不是，他自己是学而知之者。

在做上海菜这方面，我母亲大概就是孔子说的"生而知之"的那一类人了吧。

我小时候在上海生活过几年，如今虽然远离上海了，但因为母亲，我每天仍能吃上上海菜。而父亲是两广人，父亲也是烧菜的一把好手，能做出非常美味的两广菜。我家便能同时做出两广菜和上海菜来。在这两个菜系的冲突和交融中，我欣然地一下吃着两广菜，一下吃着上海菜，都感到入口甘美，都吃得津津有味。这一定也影响了我的性格和对人生的态度。

晚上开饭的时候，梁雪花端来了烧田鲤；陈松的母亲是玉林人，端来了客家白切猪脚；王炳文是四川人，端来了麻婆豆腐……这一次的打平伙齐聚了各地名菜，琳琅满目，让在一旁看着的我们这些小孩子乐得直拍手叫好。这让梁雪花很得意，因为这主意是她出的。这也让所有人都很得意，因为大家都是参与者，都很快活。

在安陲购物，是很困难的，特别是购买食品，在购买食品中最困难的是购买猪肉，可是我母亲和梁雪花她们在购买猪肉上从来没碰到困难，供销社的人见了她们总是笑脸相迎。供销社的人早把好猪肉留着给她们了。那时候购买任何东西几乎都要凭票，可是有少数人却打破了这样的供求关系，在某些时候，针对某些东西，一些人可以想买多少就能买上多少。在安陲我从来不愁吃不愁穿，这算不算是一种不好的现象呢？

自此以后，母亲知道了有一种生活叫打平伙，不久她就建议："今天打平伙吧。"

打平伙的快乐，不仅是生活本身赋予的快乐，而且也是人们自身寻觅到的快乐。

2024 年 1 月 10 日

在安陲唱上海童谣

落雨啦，

打烊啦，

小八腊子开会了，

大头娃娃跳舞了……

在安陲，我一声一声地唱着在上海学来的童谣，歌声里藏着我的忧愁，藏着我的忧伤，也藏着我的怀念。

当一个人曾有过与别人不一样的生活时，是一种悲哀、不幸，还是一种欢快、幸事呢？

我无法判断。

为了唱歌，我独自徘徊在泗欧河畔，走在乱石林立的沙滩上，昂起头对天而歌：“落雨啦，打烊啦，小八腊子开会了，大头娃娃跳舞了……”

这本来是首欢快的童谣。在上海，每当下雨时，我们小孩就欢快地跑出屋去，让自己淋着雨，在雨中欢快地大声歌唱。

大人们在屋里望着雨中的我们，颔首微笑。

在上海，下雨了，到雨里，淋雨，唱起这首童谣，是迎接雨的一种仪式、一种心愿。这种心愿一旦达成，我们小孩便无所顾及地引吭高歌。这也是对雨的颂歌。

可是在安陲，对我来说，这首童谣成了一首怀念之歌、感伤之歌、寂寞之歌、落寞之歌。歌里面藏着过去的生活，带着过去的味道。它又成为一首回首之歌、回味之歌，忧郁而喑哑。

在雨中，我时而仰天高歌，高歌一曲向天笑，时而低头吟唱，低眉信口喃喃吟，不知今夕何夕，也不知身处何处。

只有我一个人在独唱，再无人能与我一同和歌，我也不需要和歌。

而安陲人以惊讶的眼神，看着在雨中用上海话独自歌唱的我，他们以为我在向天念神秘的祈祷语，就像他们集体向苍天跳起的芒篙舞。

语言阻隔，加之思维的迥异，让彼时的我独立于安陲之外，然后，又让此时的我独立于上海之外。

放假了，回到上海，悦丽嬢嬢突发奇想，她要我用广西桂柳话给她们念语文课文。

在安陲几年，我已经是安陲人了，能够讲一口流利的桂柳话了。然而我听了悦丽嬢嬢的要求后，本能地不肯答应。

悦丽嬢嬢找来了我的母亲，让她向我施压。

母亲只好协商式地带着点请求，让我就用桂柳话念一段课文给大家听听，就算是逗一个乐子吧。

我沉吟了一下，不想拂了母亲，令她难堪，只好捧着课本，打开一篇，高声读起来。

正当我用桂柳话，抑扬顿挫念念有词琅琅而读时，悦丽嬢嬢听着听着，忽然放声大笑起来。她实在憋不住了，尽管她一开始就下足力气憋着不笑，可是这个时候已憋到了极限，再也憋不住了，只好放声大笑起来，她笑得浑身乱颤，笑得倚着床打起滚来。

我顿时感觉被羞辱了，甩下课本，又羞又恼地跑到了门外。

回到安陲，我不知道如何对待自己，我既不是土生土长的安陲人，如今也不是上海人了，我不知道我是哪里的人。

我踯躅在泗欧河畔的沙滩上，乱踢着碎石，只好反反复复、无休无止地唱着我在上海学来的这首童谣。

我不但是唱给我自己听，也是唱给上天听。

2024 年 1 月 17 日

在电影的镜像里展开的少年生活

从一开始，电影中的那些人就抬着铜像一直走一直走，永远也走不完，走着走着，电影就放完了。

小吉觉得莫名其妙便问我："电影里演的是什么？"

我不答，故作深沉的样子。其实我也同他一样，对这部电影感到莫名其妙，完全看不懂，根本答不出，但我不愿让他知道我同样看不懂。

这是阿尔巴尼亚电影《第八个是铜像》。

那时候，大家虽然看不懂外国电影，但仍饶有兴趣地看。

放映电影《原形毕露》时我看懂了，放映员张满哥却看不懂。那时的外国电影，人们大都看不懂，放映员放映的时候，除了放电影，还有个责任和义务，就是作讲解，电影一边放映，放映员还要拿着话筒一边作讲解，帮助人们理解电影剧情。

张满哥看不懂《原形毕露》但是我看得懂，我便一边看一边讲给张满歌听。张满歌听了我的讲解，再转述给观众。后来他觉得这既吃力又笨拙，于是把话筒递给我说："干脆你直接讲解给大家听就行了。"我一下羞涩起来，不敢讲解了，最后连向张满哥讲解也不敢了。他不晓得我居然这么怯场，早知道他就不这么要求我了，现在，我连对他都不敢讲了。这让张满哥很后悔。

那时候流行过一个关于电影的段子，总结了那时放的电影：

苏联电影老是那一套，阿尔巴尼亚电影莫名其妙，越南电影飞机大炮，朝鲜电影又哭又笑，罗马尼亚电影搂搂抱抱……我们听到了哈哈笑，觉得既有趣又现实，总结得太到位了。

还有人更有才，居然把那会儿经常放映的电影名字串起来，编成一个故事，我们看到了疯狂地互相传抄：

我叫《小铃铛》，家住《槐树庄》，左邻《白毛女》，右邻《李双双》，屋前《分水岭》，屋后《沙家浜》，东望《龙须沟》，西看《汾水长流》。

我出生在《革命家庭》，爸爸是《县委书记》，妈妈是《党的女儿》，哥哥是《铁道卫士》，姐姐是《赵一曼》，弟弟是《小兵张嘎》，妹妹是《女飞行员》。

《今天我休息》，正在思考《家庭问题》，突然来了《七十二家房客》，他们都是《冰山上的来客》，据说丢了《秘密图纸》，让我《跟踪追击》。

我带上《鸡毛信》和《神秘的旅伴》，《快马加鞭》以《一日千里》的速度追了《七天七夜》，冒着《暴风骤雨》，穿过《上甘岭》和《青松岭》的《边寨烽火》，走过《风雪大别山》《寂静的山林》和《林海雪原》。渡过《金沙江畔》和《金银滩》的《岸边激浪》，《逆风千里》，《飞越天险》，途经《万水千山》，来到《箭杆河边》，听到了《红石钟声》和《古刹钟声》，遇见了《我们村里的年轻人》《大李、小李和老李》。

我们分别加入《延安游击队》《平原游击队》《独立大队》《回民之队》《洪湖赤卫队》《铁道游击队》和《红色娘子军》等革命队伍中。

先后参加了《和平保卫战》《地道战》《地雷战》《南征

北战》和《黑山狙击战》，曾经《智取华山》和《奇袭》《无名岛》。

在《沙漠里的战斗》和《湖上的斗争》中，经历了《雾海夜航》和《渡江探险》，终于在《激战前夜》布下《天罗地网》《斩断魔爪》，《冲破黎明前的黑暗》，迎来了《江山多娇》。

《为了和平》，《人民的战士》《董存瑞》《英雄坦克手》《狼牙山五壮士》《吕梁英雄》《暴风雨中的雄鹰》《海上神鹰》和《地下尖兵》等战友都表现出了《英雄虎胆》，《他们在战斗》中谱写了壮丽的《英雄诗篇》和《青春之歌》。

在《葡萄熟了的时候》，《太阳照亮红石沟》，我和《患难之交》的《三个战友》《胜利重逢》于《战斗的山村》。

我们在战斗中结下了《永恒的友谊》，使我们永远《心连心》，继续迈着《青春的脚步》《乘风破浪》《高歌猛进》，续写《战火中的青春》和《生命交响曲》。

请您《千万不能忘记》，我一直在《战斗里成长》，我《以革命的名义》将我们《年轻的一代》在《大风浪里的小故事》《渡江侦察记》和《红灯记》讲述于您。

我一边抄着，一边心里佩服至极。

那时候我们都喜欢抄，同学们曾传抄了一部叫《梅花党》的手抄本，后来又抄了部叫《第二次握手》的手抄本。这两部手抄本几乎每个同学都抄了。《第二次握手》有几十万字，是本大部头。部分同学还抄了《刘三姐》，我是其中一个，用的是方格作文簿。那一年，一切都在解冻，不但《第二次握手》在传抄，《刘三姐》也可以传抄了，“什么有嘴不讲话，什么无嘴闹喳喳，什么有脚不走路，什么无脚走千家……”充满了智慧和趣味。《刘三姐》出自广西，就在我们身边，对于我们来说特别亲近，特别亲切，甚至还有同学偷偷在传抄《少女之心》。

我们看电影，有一阵子还喜欢从银幕背面看，看背面。只见一切都是反的，右手变成了左手，右脸变成了左脸，往左走的人变成了往右走的人。我们看得津津有味，乐呵呵。本来一部乏味的电影，这样一看也变得有趣了。那是一种全新的视角。从一种平常没有的角度看世界，我们看到了世界的镜像，看到了另一种路途也是可以走通的路途，看到了生活的多种可能性。但是，除了小孩这么看电影，没有一个大人这么看电影。他们认为这么看不正经。他们始终规规矩矩地坐着，循规蹈矩地看电影。

那时的生活中电影尤其珍贵，每个月安陲只放一次电影，有时连一次也没有。每次放映的时候都是万人空巷，家家倾巢出动，简直像过盛大节日一样。很多天前我们听说某天放映队会来安陲放电影了，我们便开始天天议论起来，猜测起来，那是部什么电影呢。有人说是《地雷战》，有人反驳说是《地道战》。反驳的理由是，上次才放过，不可能这么快又放。坚持的人说正因为才放过，大家爱看所以重放。各说各的理，谁也说服不了谁。然后就希望放映队快些到来，以证明自己说的正确。

放映队到来的那一天我们几乎不上课了，老师已经无法约束我们了。放映队一般是在下午到来，好在它是在下午到来，使我们上午还能正常上课。下午当放映队挑着大箱小柜来到公社的时候，消息在第一时间就传到了学校，甚至放映队还在路上，快到公社的时候，消息就传遍了我们学校。我们立即从学校的山上飞奔着跑向山下的公社。有的独自跑，有的是成群结队跑。成群结队跑的时候很多人在奔跑的途中被小伙伴绊倒了，但是没有人计较，更不会有人生气，爬起来继续跑。老师只好对教室里剩下的几位特别听话的女同学草草宣布："下午统统改自习课。"

我们一口气跑到公社，我们要从头到尾看放映队是怎么到来的，是怎么在公社楼的走廊里放下担子的，是怎样解开行李的，是怎样把发电机抬到公社楼后面的饭堂里安置的。我们又要看放映员是怎样从饭堂的发电机上拉电线到准备放电影的公社球场的，是怎样试发电机的，看他拉动发电机的拉绳时，我们都手痒痒。有时放映员会特别体贴我们，关爱我们，竟然允许我们代他拉动发电机的拉绳。他教我们按住一个地方，然后使劲拉。当我们拉响发电机时，我们像完成了一件惊天动地的英雄事迹而昂首挺胸，面露喜色，接受没机会拉动发电机的小伙伴们全体行的注目礼。

接下来是抢占地盘的时间，尽管说是“抢”，尽管是在那个年代，其实里面还是充满着“潜规则”。在即将放电影的球场上，原先是空荡荡的，这时会像变魔术一般，眨眼间便摆满了凳子。凳子有各种各样的凳子，有公社的书记、秘书、科长们的凳子，有普通机关干部、职工、临时工的凳子，有安陲的村民们的凳子，最爱来蹭看电影的人，他们没有凳子，他们的坐凳是几块石头或者砖头，甚至没有坐凳，只配站着看，就像鲁迅在《孔乙己》里描写的那些穿着短衫只能站着吃饭的人。不管是机关干部的孩子还是村民的孩子，大家乱哄哄吵吵闹闹挤挤挨挨地坐成一团。一般是在银幕前，这一块地盘我们小孩子们真正要“抢”了，小孩与小孩之间按照先来后到的顺序坐。抢占地盘的时候，好多人来不及去家里搬凳子，便拿一块红碎砖做记号，在地上画下自己需要的地盘大小，还有的放几块石头当记号，这些统统都算数，都得到认可，大家见了，立即默认有主了，后到者不会再争抢这处地盘。

电影将放映时是一个激动人心的时刻，特别是放映八一电影制片厂出品的电影时，那画面首先总会出现闪闪的“八一”两字的红星，然后还有那固定的音乐，人们看到了，听到了，立即会发出一片欢呼声。有时我们还走在看电影的路上，还来不及赶上看开头，远远地听到这固定的音乐声时，心情都会无比激动、澎湃，心里会升起固定的欢快又焦急的情绪，直到今天，只要听到这些音乐，仍不免会在心头升起那模式化的情绪，那是一些奇特的、快乐的，甚至是幸福的情绪。

所有的电影，比如《地雷战》，比如《地道战》，放映队总是放了一次又一次，我们知道那个年代很少有新片，新拍的片跟不上需求，但是那时候我们都是一些特别奇怪的人，尽管《地雷战》《地道战》我们看了一次又一次，可是我们总是百看不厌，总是看得津津有味，总是像第一次看一样那般投入。但是又肯定不同于第一次看。我们看着这些电影，像与老朋友相会，比如在看《地道战》时，当民兵队队长高传宝说“打一枪换一个地方”时，他还没说出口，我们的嘴巴已经先等在那里了，当这个我们期待的场景到来时，我们异口同声与高传宝齐说“打一枪换一个地方”，然后快乐而得意地大笑。那时的我们真奇怪呀，我们怎么会把一部电影饶有趣味地看了一遍又一遍呢。

2024年2月3日

相册里没有小学毕业集体照

小学快毕业了，我暗暗地有点兴奋，感觉自己快要长成大人了。

我长成大人会是一个什么样的大人呢？

这让我有点好奇。

可是我想不出来。我不知道我长成大人的模样是一副什么模样。有时我特意去照镜子，想通过看看自己现在的模样，想象我将来长大了的模样。不过我有点失望，我感觉就算照着镜子，看着镜子里的自己，我还是想象不出，或者说我有点不敢想象我将来长成大人会是个什么模样。

安陲小学孤悬在半山中，被层林所遮掩，茂林修竹，曲径通幽。这不是现代人读书的好去处。在今天，现代人读书最好的地方还是繁华都市，那里资源丰裕。但是如果要去一个修身静心的好地方，养浩然之气，那么安陲小学可是一个好地方。山林为伴，鸟兽相依，天地相随，心地自然会变得纯洁、纯粹。

我本来是会在上海读书的，出生后我一直寄养在上海外祖父家，直到上学的年龄了，我还寄养在上海外祖父家。我该在哪里接受学校教育，成为父母拿不定主意的问题。我母亲希望我仍在上海，至少在上海完成中小学教育。我父亲很犹豫，在上海读书我无疑能享受到极好的教育资源。可是中学毕业了呢？依照当时的户籍管理制度我仍得回到安陲，不可能有其他选择，不像现在，一个人在成长的路途，可以有很多种选择。谁能想到后来中国会发生如此翻天覆地的变化呢？当时看不到一点希望，人的生存被死死地捆牢在户籍所在地，动弹不得。与其十几岁后回安陲，还不如从小就生活在安陲。父亲极担心我若是十几岁后才回到安陲，我已长大，会很难适应安陲的山村生活，这将对我的未来造成诸多困难。结果经过几番犹豫后，父亲在我该上学的年龄把我从上海接到了安陲。

去安陲小学上学的那天，母亲把她的一个挎包拿来作为我的书包，黄颜色的挎包上印着红色的毛主席头像和“为人民服务”的字。父亲亲自把我送到小学，将我交到张明鸿校长手上。张明鸿国字脸，阳光而英俊，当时他只有十八岁，刚高中毕业，回到安陲，办起了安陲小学。他接过了我，把一本《语文》和一本《算术》发给我。我把它们爱惜地装进了书包，拿回家后还请母亲将这两本课本用报纸做书皮包好。

同学当中我最小，是六岁，张明凡最大，是十八岁。我们一同在一间教室里上课读书。张明鸿很快办成了复式班，一二三年级，三个年级组成一个班。张明鸿上罢三年级的课，再上二年级的课，上罢二年级的课又上一年级的课。三个年级组成的复式班，学生有大有小，只有三十来个。后来学生队伍迅速壮大，建成了完小，一二三四五，五个年级全都有了，可是一个学校却分在了两个地方，一二三年级在山上，四五年级在山下，老师仍只有张明鸿一个，他忙得团团转，上罢山上的课，赶着去上山下的课。张明鸿很聪明，分身有术，很快有了主意，他让三年级的大哥哥作为他的替身教我们。

我就是在这样的教育环境下完成了我的小学学业。

前面已经毕业了两个班，到我们毕业时，张明鸿原先的意思也就跟像前面一样，给我们发一张毕业状就行了，可是我们不同意，要求发带有本人照片的毕业证。

张明鸿听了从善如流，接纳了。可是安陲没有照相馆，要照毕业证相，得走二三十里山路，翻过牛栏山，去到融安县的县城所在地长安镇的照相馆照。

张明鸿一点也没犹豫，在一天早上，天蒙蒙亮，便带着我们出发了。

一群孩子远离熟悉的环境，踏上了几十里时有蛇虫出没的陌生山路去照相，张明鸿也敢让我们这么走，放在今天没有一个老师有这么大的胆子了。

那天是个晴朗的天，阳光灿烂，初秋的山野鸟语花香，路边不时有累累山果。我们一边走一边玩一边摘果解饥，到了长安镇已是夕阳西下，傍晚来临。我们一帮人站在长安镇立新街和建设街的十字路口，东张西望，充满好奇。不知张明鸿怎么跟照相馆接洽的，居然有人领着我们，把我们全体安排到县府大礼堂免费住宿，但吃饭得自己解决，出了大礼堂，往东走，不足百米便是立新饭店，我们一群人拥进去，就把饭店挤满了。同学们都买一碗白米饭加一个炒素菜，连饭带菜是五分钱。

照相馆在和平街，第二天起来我们再往东走，我们找到了这家照相馆，我们鱼贯而入，交钱照相。

照相的师傅叫张老三，戴着一副眼镜，通过镜框上端瞪着我们，有股匠人气。

十多年后的 1993 年我不仅成了张老三的同行，而且竟也在长安镇开起了一家照相馆。

当我们成为同行时，张老三伸出手来，用力拍着我，哈哈大笑起来。他仍戴着那副眼镜，还是喜欢从镜框上面拿眼瞪人。他的弟弟张炳光没有成为他的同事，而是进了水利局，但受哥哥影响也喜好摄影，成了一名摄影家，先是加入了柳州市摄影家协会，后加入了广西摄影家协会。而我既是一位照相馆从业者，也是一位摄影爱好者，成了他们二者的集合体。谁能料到这世事竟是如此变迁呢。

同学们照完了各自的毕业照后，都依依不舍，不肯就此离去，都想一块照张小学毕业集体照。摄影师张老三看出来了，立即撺掇我们。可是我们都大眼瞪小眼，没说话，后来周美常忽然痛哭起来，周美常一哭，好多女同学也跟着都哭哭啼啼起来。张老三这才终于明白，我们虽然都想照集体相，可是大多同学没钱照啊。这让张老三手足无措，不知该怎么办。最终没有照成集体照。

多年后，当我也在长安镇开起了照相馆，跟张老三碰面聊起这件往事。张老三突然责怪我说："当时你们为什么不求我？如果开口求我免费帮你们照，我就会为你们照了。"

2024 年 2 月 12 日

卫生所小史

最初的安陲卫生所只有三家人，就是我们一家、陈松一家、陈伟雄一家。

最初的安陲卫生所只有一栋大木屋。在大木屋里分隔着许多小房间，三家人各住一间，剩下的便拿来做门诊、药房和注射室等。我们入住进来，最先闻到的是木屋散发出来的腐朽气味，看到的是木屋到处破败的痕迹。屋顶是漏的，地板是破的。这间木屋无疑在我们入住前是一间荒废的房子，我们来了，分配给我们，建起了安陲卫生所。

就是这间木屋，给我留下了对下雨的痛苦记忆，后来每当下雨就会令我不觉陷入忧郁的情绪里出不来。那时外面下大雨，屋里就下小雨。下大雨时，满屋子到处是滴滴答答的漏雨声，母亲和父亲慌乱地把家里所有能盛水的器皿拿出来，床上桌上到处承接滴漏下来的雨水。如果夜里下大雨，我们就只能坐待天明。读中学时，我们家已经回到了融水县城，我在融水中学读书，教我们物理课的龙老师经常越俎代庖摇头晃脑地教我们语文，有一回上罢物理课，他又给我们上起语文课来了，这次教我们一个对偶句，说的是：屋漏偏逢连夜雨，船迟又遇打头风。我听到了，不禁立即联想到了我们在安陲最初住宿时遭遇下雨的狼狈景象。老鼠横行倒没有太影响生活，就算我母亲来自上海这座大城市，好像对老鼠也无所畏惧。大概是因为她作为医生见多不怪了。

卫生所的木屋如此破败，可是木屋周边的景致却非常好，周围是一片杉林和竹林，呈现出树木参天、茂林修竹、曲径通幽的美景。在晴好的天气，我常徜徉在这里，听鸟语闻花香看蓝天，蓝天上的白云从茂林修竹的头顶悠悠飘过，远处学校的钟声回响在山谷里，让我有一种古人“惟闻钟磬声”般的心绪。这时，安陲的生活无疑是一种田园般的生活：旷达、静谧、恬淡、与世无争。

不久卫生所的规模迅速扩大，先后来了黄培山一家、王文浩一家、梁雪花一家，还有莫荣英一家，以及由天津来的曾医生等。莫荣英老公最初是位军人，在部队里当连长，他探亲的时候我见到他，穿着绿军装，戴着绿军帽，样子文质彬彬。不是我想象中的军人模样，令我失望。后来他转业来到了安陲，当上了安陲供销社主任，脱下军装后，更没有军人相了。

卫生所的人多起来了，廖所长让父亲建起了一栋连排宿舍，屋顶上盖的是黑瓦，不再是木皮，从此住在屋里再无漏雨之虑了。有一年下了一场冰雹，大的有我的小拳头大，砸得屋顶乒乒乓乓乱响，砸得我的心一跳一跳地慌乱，我暗想，屋顶肯定要被冰雹砸坏了，从此又要过上屋内漏雨的可怕生活了。没想到冰雹过后，居然片瓦无损，不知应该算奇迹，还是应该称赞黑瓦烧制得好，质量过硬。

再后来，卫生所又建起了一栋住院部楼，内设走廊，这样，卫生所就更像一所医院了。很多同学都喜欢到卫生所来玩，张子专来的时候，进了住院部，在走廊里乱逛，一边逛一边大口吸吮着住院部里到处散发出来的消毒水气味，很享受的样子。我母亲见了，就笑着对张子专说：“你长大了，应该来医院当医生。”张子专听了，歪着头笑。可惜张子专小学毕业后，因家穷，无法负担上学费用了，只好回家参加劳动挣工分，因此辍学了。他和我分别的时候抱着我痛哭，他还想读书，但人的命由不得自己。

在住院部和门诊部之间是块空地，原先晴天时尘土飞扬，雨天时泥泞不堪。黄培山就向廖所长反映，建议铺上水泥。廖所长听了，叹口气，说："哪有钱哪！"一天王文浩带领我们，砍了杉木锯成一节一节的做成夯具，小孩就做小夯具，大人就做大夯具，然后在空地上铺上三合土，用这些夯具来夯。廖所长、黄培山以及卫生所的其他人都纷纷跑来夯地，大家一边夯一边快乐地聊着天，大概是看到了解决问题的希望，果然不几天就把这块空地夯得结结实实、平平整整。从此这块空地晴天时尘土不飞扬了，雨天时也不泥泞了。

阿泡他爸见了，啧啧有声说好一块晒坪，便打起了这块空地的主意，果然他把谷子挑来，铺满了空地，在上面晒起了谷子。

他把谷子这么一铺，让大家没法好好走路了。王文浩见了有些生气，他说："阿泡爸，你把公社球场占了就算了，现在又来占卫生所啊。"阿泡爸笑嘻嘻的，一边笑一边从衣袋里掏出了一盒事先准备好的经济烟，抽出一根，很恭敬地递给王文浩。王文浩平常就不吸烟，见阿泡爸向他敬烟，自然拒绝了，但也就不再说话，算是默许了。一根敬烟效果显著，作用巨大，一下子就缓和了人际关系。阿泡爸真机灵。后来安陲村上的人纷纷来这里晒谷子，卫生所的人渐渐习以为常了。

那会儿我有时不孤独有时又很孤独。

我不孤独是因为有太多玩伴了，光是卫生所就有陈松、陈伟雄，还有梁雪花的女儿婉婷等；在学校里玩伴就更多了，公社覃秘书的儿子覃勤、三盘的张子安和张子专、安陲村里的阿泡和贾建生等。

孤独是自找的，我常一个人，自己跟自己玩，跟花木草虫玩。也许人是需要孤独的，是需要时不时只与自己相处。记得住进卫生所的连排宿舍后，我发现在墙脚总有一种神奇古怪的虫子在那里建像咒符一样的窝，状如漏斗，非常神秘。这种虫模样长得非常怪异，并且永远倒着走路，我们叫它地牯牛。后来长大了我才知道这种地牯牛学名“蚁狮”，它有个很特别的习性就是没有肛门，不会排泄，真是神奇无比啊。阿泡说：“你不能轻易去找到它，要念‘咒语’。”他便教我念“咒语”。学会后，我总是选择一个人的时候，蹲在墙脚下，一边念动阿泡教的咒语，一边伸出食指来旋地牯牛的漏斗窝。念着念着，果然地牯牛现出了真身，无法遁形，令我惊喜。而这种喜悦是自己的，不能向外人说，更不能与外人分享。我沉浸在自己孤独的世界里，莫名欢喜。现在我还记得那句神秘的咒语：“低低龙，高高龙，妈妈叫你出来晒日头。”也不知是什么意思，就像我唱的上海童谣。它陪伴着我的孤独，让我在孤独中走向更深的孤独。而这是能让我喜悦的，有着暗自的欢喜，平静而平淡。

卫生所除了外地来的人员，廖所长也招募来了两位本地青年农民，一个叫廖国强，一个叫杨树理，培养他们当赤脚医生。廖国强是苗族人，杨树理是侗族人。刚开始他们来到卫生所，羞答答的样子，像林黛玉进贾府，路也不敢多走半步，话也不敢多说半句，生怕做错了事，说错了话。他们甚至常常向廖所长表示他们做不了赤脚医生。我也认为他们不适合做赤脚医生，他俩基本属于“半文盲”。廖所长却不这样认为，廖所长对他俩说：“说你们行你们就行，好好学就是了。”他们在卫生所从打杂开始。卫生所的杂活，他们俩都抢着干，扫地、抹桌、倒痰盂。但是碰到让他们认药、学药理，顿时都畏畏缩缩，瞬间变得谦逊无比，互相推让“你来你来”，我们见了都笑。廖所长见了也笑，然后鼓励他们慢慢来。后来他们终于慢慢领悟了，近朱者赤，沉浸在其中总会有收获，他们开始有点像医生起来。我母亲让他们坐诊，他们学着母亲的样子穿上白大褂胸前挂起听诊器，但是在与病人问诊交流时，就露出外行的原形，一下就让病人看出来了。他们露出尴尬的笑，手足无措。病人见他们这种又笨拙又可爱的样子，也笑起来，就不计较他们了。后来又过若干年，廖国强和杨树理果真都出师成了真正的医生，接了前辈们的班，后来，外地人员纷纷离开安睡卫生所，他们便自然而然成了卫生所的顶梁柱，最后，一个当了卫生所所长，一个当了卫生所副所长，还把卫生所发展扩大，升格成了卫生院。

卫生所虽然规模扩大了，却始终没能解决缺医少药的状况。廖所长不愧是中医出身，百草便是百药，他发动卫生所的职工，包括他们的家属，上山采草药。大家成群结队拎着小药锄背着小背篓，上山挖药采药，顺便也采摘沿途见着的野果。那天陈松的母亲采摘来了许多野芭蕉，令陈松欢喜不已，吃得口滑，一个接着一个，没料想，第二天便秘了，陈松难受得哇哇叫，王文浩让他在一处野地，脱下裤子，然后用一根棍子帮他挖大便，一边挖一边教训他："还贪嘴不？"他一边痛苦地哇啦哇啦叫唤，一边连忙应承："再不敢了。"我们在远远的地方望着，掩嘴笑。

那时安睡是山野之地，到处是毒虫恶兽，我们刚来安睡时，传闻时有熊罴在元宝山出没，它的嗥叫声传数里，令人闻之悚然。那时伤害人们最多的是毒蛇，什么扁头风呀、五步蛇呀、竹叶青呀，它们为数众多，到处出没，就是我们的居家周围都不乏这些毒蛇的踪迹。最要命的是安睡人流传一个说法：被蛇咬伤了，一定要赶快把咬伤人的蛇打死，不然它就会把人的魂魄带走。所以在安睡，人们若被蛇咬伤了，第一时间不是救治，而是打蛇。如此一来，便延误了救治，有些伤者因此而命丧黄泉。为了减少悲剧的发生，卫生所开展大规模的科普宣传活动，像上山采药一样，卫生所不分老幼，不分职工还是家属，人人都是宣讲员，既组织学习班，也分散宣传。我在那时不几天就练就了好口才，张口就能进行宣讲，我、陈松，还有陈伟雄，我们乐此不疲，不但在学校讲，还在家里讲。我们组织起安陲村上的小朋友们排队来到我们家，让他们规规矩矩地听着，然后我们轮番在他们面前宣讲。安陲村的小朋友们也认认真真地听着，记下了救治要点，此后被蛇咬伤致死的悲剧几乎就不再发生了。

廖所长见发动大伙采药初见成效，便雄心勃勃起来，又在卫生所建制药车间。他把住院部的一部分房子隔离开来，拿来做工场，首先是熬制酒精，一举成功了，又制中成药，也成功了……一个有事业心、雄心勃勃的人，一定就是一个有作为的人。可惜的是廖所长并没有得到进一步升迁，一生官至安陲卫生所所长而止。

2024 年 2 月 16 日

大碗喝酒

在安陲不喝酒的男人不算好汉，男人们在一块，第一件事便是喝酒。

他们一喝就是六七小时，一喝就从黄昏直喝到凌晨甚至黎明。

我总不习惯这种豪饮。我在安陲几乎把什么都学会了，就是没能学会大碗喝酒，或者说不愿学会大碗喝酒。当黄昏来临，男人们围坐在桌子前，拿大碗酒开怀畅饮时，我微笑着把自己的角色定位为“酒保”。久而久之，大家也就接受和默认了我的这个的定位。他们管自喝酒，我管自倒酒。他们喝了一碗又一碗，我倒了一碗又一碗。

我一直想努力成为一名真正的安陲人，但因为不能也不愿大碗喝酒，所以我成为不了真正的安陲人，因此我和安陲人始终有疏离，始终隔膜着。

覃秘书和我父亲一样是来到安陲的支边干部，他却因为能大碗喝酒很快与安陲人打成了一片。他进家入户，举起酒碗来，便豪爽地大口干了，从不拒绝。还学会了唱安陲的酒歌，和安陲人一块攀肩搭背互相搂着，一边大碗喝酒，一边大声歌唱，大喊“呀——呜，呀——呜”。

有一回一位同学在半醺中攀着我肩膀说：“你什么都好，就是不喝酒不好。”然后又说：“你不跟我喝酒，我们便永远成不了兄弟。”他拿起一碗酒递给我，然后举起自己的酒碗，望着我说：“喝起。”这次我没有犹豫也没有拒绝，爽快地把酒碗拿在手里，举起，一干而尽。“这才是兄弟！”他哈哈大笑，满意地掉头去敬别人了。以后他果真把我当成了好兄弟，处处维护着我，在酒桌上甚至帮我挡酒，当别人举碗要我喝酒时，他会伸手一拦：“他不能喝酒。我替他干了。”一仰脖子一碗酒就下了肚。我心想：这不是不给我机会，让我跟别人成为兄弟吗？有时候人做事，做着做着就做向了反面。

我不喜欢喝酒，不喜欢酒场上的斗酒，更不喜欢在酒桌上强迫人喝酒。可是不仅在安陲，在很多地方的酒桌上都一样，相互斗酒，强迫人喝酒，尽是这套。手里拿着的一碗酒，不是一碗酒，而是一碗智慧。端着酒的人都露着狡黠的笑容，掂量着对手，双双暗较着劲，以让对方喝醉为本事、为乐事。事后成为笑谈，津津乐道，可以说上多年。

在安陲，人们把收获来的大多数米酿了酒，那时我觉得非常不应该，也非常不理解。对这种把大量粮食酿了酒的行为，直替安陲人心痛，感到可惜。穷乡僻壤的安陲，田地极少，一块块巴掌大的稻田，分布在一座座山上，产量低，一般一亩田地也就能收二三百斤稻谷。粮食是如此稀缺，如此珍贵，人们还没完全解决温饱，却把收获来的粮食拿来酿了酒。

那时我一直不理解，后来有点理解了。安陲是高寒地区，气候寒湿，正像安陲人打油茶成为日常生活中的一部分一样，喝酒也成为日常生活中的一部分，这都是有原因的，都是成百上千年积累下来的生活经验，以此驱寒祛湿，强身健体。从这方面来说，安陲人的斗酒，确实源自一种人生智慧了。

当安陲人端起酒碗来大碗喝酒时，我总微微笑着，内心充满了矛盾与焦虑、忐忑与难安：这一碗酒，该不该喝呢？

2024 年 3 月 18 日

垒砖窑

我和阿泡、陈松还有陈伟雄上山砍柴。走出村庄后，路过一个砖窑。砖窑的窑主朝我们招手，我们走上前，他问：“愿意为我垒窑吗？”

你望望我，我望望你，我们有点犹豫。

窑主说：“干完活给每人一块钱。”

听到可以得到一块钱，我们立即一齐把砍柴刀从腰间取下来，放在窑门前，在窨门前排成队，面向窑主，听候窑主调遣。

窑主看着我们，微笑着，满意地点点头。他的麻子脸，每条皱纹的凹陷处都发出着暗光，闪闪发亮，马脸长长的，但是，面容和善。这是个奇怪而神秘的人，他为什么请我们垒窑？我们不过是些十一二岁的孩子。

可是我们顾不得想那么多。我们想到的是干完活将有一块钱的报酬。这是多么诱人的报酬啊。一颗糖一分钱，就是说拿着这一块钱，我们每人可以买到足足一百颗糖呢。

窑主安排我们，两人搬砖，两人垒窑，他一边指导我们一边也跟着一块干。

搬砖没有任何技术含量，只要出力就行了。垒窑需要点小技巧，但是一学就会。

窑并不大，是个单孔窑，进到里面还散发着微微的热气，无疑是前一窑烧出的余温。

窑主教我们一排一排把泥砖稍微隔点空间按顺序放，放满一排再垒一排，像搭积木。

我们都感到很有趣，这不就是在玩搭积木的游戏吗？但是我们都很认真，很小心，很负责地垒。窑主时不时帮我们调整一下。

砖越垒越高，当快垒到窑顶时，活就干完了。

干完活了，我们突然有点担心，担心窑主说话不算数，不给我们钱。如果他不给我们钱，我们觉得我们也没有办法，心里便惴惴不安起来。我们再次你望望我，我望望你，但是都无话可说。

走到窑口，窑主已笑盈盈地站在那里等我们，见我们从窑里出来，立即解开上衣口袋的纽扣，从口袋里捏出一沓钱来，将一块钱抽出一张递给我们其中一个人，再抽出一张递给我们其中另一个人，直到我们四个人每个人都拿到了钱。

我们像做梦一般，痴痴地把钱接在手上，一时还反应不过来。

“还站着干吗？”窑主说，“还不赶快回家。”

这时我们才大梦初醒，把钱赶紧装好，将柴刀重新扎在腰间，反身往家里走了。

这时夕阳已经下山，大地昏暗，走着走着，我们都停了下来，兴奋地掏出钱在余晖下看。钱在暗光里昏暗而不清，这不影响我们欣赏，我们左看右看，看了正面又看背面，不停用手摩挲着，最后我们互相把钱拿出来比新旧。钱和钱都是一块钱，唯一能比的就是新旧了。我们兴趣盎然地比着手里一块钱的新旧。

第二天我们像约好了一般，一齐装着去砍柴的样子走过砖窑，我们每人都在期望并且等待窑主的出现，我们每人都在期望并且等待窑主再次对我们说："愿意为我垒窑吗？"

我们走过砖窑的时候，果然看见了窑主，窑主也看见了我们。可遗憾的是，他连望也不望向我们一眼，眼神陌生而漠然，仿佛从没见过我们，仿佛昨天我们没有帮过他的忙。

这让我们好失望啊。我们一边磨磨蹭蹭从他身边走过，一边做好他发出邀请时我们立即做出反应的准备。可是我们走过了他身边，走出很远了，我们看到窑主也没有抬起眼睛看我们一次，在他眼里我们似乎根本不存在，更不用说像昨天一样邀请我们了。

这让我们既恋恋不舍，又无可奈何。这天我们砍的柴都很敷衍，草草了事。以后接连几天我们都如期而至，但窑主再也没喊过我们一声，对我们始终形同陌路。对于这件事我们也就假装忘记了，好像一切从来就没有在我们的人生中发生过。

2024 年 3 月 18 日

喧闹

河水在发出声音，鸟在发出声音，草拔节也在发出声音。

万物生，一切都不安静。

像人与人，在絮语。

当我看到万物生长的时候，我感到了我的孤独。我只好在泗欧河畔上踌躇或者奔跑。

水草生长，长上河岸。花朵开花，开放在两岸。

所有的声音，那么喧闹，却让我感到寂静。

寂静，来自我的内心。

当我是少年时，当我在安陲时，一切的声音美妙而又残忍。

“四月是最残忍的一个月，荒地上/长着丁香，把回忆和欲望/掺和在一起，又让春雨/催促那些迟钝的根芽……”

这些诗句开放在异国他乡，开放在那个叫艾略特的诗人的稿纸上。它们有点黯淡，有些凄凉。夜色正浓，万物在生长着。我读着，假装忧伤。

诗其实是喧闹的，诗人其实也是喧闹的。我认识的那些诗人，他们在喋喋不休。我奇怪，为什么他们总是不能安静，如同万物在生长？我听到了窗外那些树木拔节的声音，以及屋内诗人们的声音。

安陲很小，我却想把它写成一部大书。

这让我惊讶、迟疑、犹豫。

想放下，却又心有不甘。

我想让自己有雄心壮志。

在这一刻，从安陲出发。

我想把安陲带到很远很远，带到极远的极地。

然而，安陲，依然在那里，岿然不动。

写作的人总是狂妄，总是自以为是，总是想改变着什么。

也许改变什么了，也许也没改变什么。

有一天安陲人会惊异。他们已经不认识我了。他们迷惑，他们质疑，他们甚至有点不知所措。他们拿起写着他们的书读着，却不知道写的是他们。

我在风中倾听万物的声音。

它们潮湿、腥秽，带着甜味。

2023 年 12 月 30 日

寂静

没有什么能让万物变得寂静，就像没有什么能让诗人沉默一样。

在安陲，我喜欢看阿详叔，他英俊且挺拔。

一个农民，他年轻的时候也是好看的。但是想到他年老的时候，甚至只是想到他未老而先衰伛偻的样子、无神的样子，我心里就有一种痛，黯然神伤。

> 我已经老了。有一天，在一处公共场所的大厅里，有一个男人向我走来，他主动介绍自己，他对我说："我认识你，我永远记得你。那时候，你还很年轻，人人都说你美，现在，我是特为来告诉你，对我来说，我觉得现在你比年轻的时候更美，那时你是年轻女人，与你那时的面貌相比，我更爱你现在备受摧残的面容。"

这是多么美丽的一段文字，被杜拉斯写在《情人》的开头。也许是真的，更可能是假的。

所有写出来的话，如果你相信它是真的，那么它往往就是假的。

阿详叔没读过书。他身上散发着一种纯粹，一种没读过书的人的纯粹，干脆而洁净，像雨后的晴空。他的笑像太阳一样，灿烂而温暖。我常常缠在他身边，像跟尾狗一样地跟着他，像他身边的那条猎狗一样地跟着他。当他扛着猎枪走向深山的时候，有一种英雄气概的光照着他。

我难以明白有一些人身上总是自带光芒，闪闪发光。我很想向这样的人学习，让我也能带上光芒闪闪发光。

那时候安陲是寂静的，能够包容的东西总是寂静的，只有寂静才会包容才可能包容。在山里，它包容着树林生长的声音，包容着流水的声音，更包容着人的心声。

如果我不是生长在安陲，那么我内心将不会体验到这些东西，如果我不生长在安陲，那么我内心将不会体悟到这些东西。那种寂静是安陲的寂静，离开安陲就不存在了。

那时我甚至有点害怕寂静，它的安静让我害怕，它的淡然让我害怕，它的不动声色更让我害怕。我喜欢跟那些喜怒形于色的人在一起，跟这些人在一起，他们的一切都写在脸上，一撇一捺，清清楚楚，明明白白。

而不动声色既让我害怕也让我倾慕，尤其那寂静中的不动声色。

2023 年 12 月 30 日

一个地方再荒蛮也会透进几缕文明的微光

在二十世纪七十年代，安陲还是一个刀耕火种的地方。冬天的时候，人们会把山地丛生的杂草点上火烧了，来年开春时撒上玉米粒，或者种上木薯。秋天的时候，人们就可以收获了。

我最喜欢吃刚收获的木薯。把木薯从地里挖出来，挑到泗欧河洗净拿回家里，直接放进火塘里煨，煨熟，取出来，掰开，木薯香喷喷的、甜滋滋的，味道好极了。还有一种方法是放锅里蒸煮，味道一样好极了。我极喜欢这种吃法。但这种吃法不是日常的吃法。

日常的吃法是，把木薯从地里挖出来后，挑到河里浸泡数天，捞起来，晒干，打成粉，储藏。这些粉才是真正日常的食粮，要吃的时候，舀在碗里或者盆里，用水像和面一样和好，然后放热锅里煎熟。

我第一次吃的时候，是由父亲携着去一位老农家问诊，问完诊，老农又高兴又感激，为了表达感谢，说做加白糖的木薯粑作为午餐招待我们。那个年代白糖是安陲最珍贵的食物，只有招待贵客才舍得拿出来。

加白糖的木薯粑煎好了，老农为我和父亲每人盛了一碗。

我把碗学着父亲那样捧在手里，然后拿起一块木薯粑在嘴里咬了一口。

一股难闻的怪味一下冲进了我的鼻腔里，令我差点要吐出来，难以下咽，便不打算吃了，想把碗放下。父亲一边大口吃着木薯饭，假装味道好极了的样子，一边焦急地朝我摇头，示意我不可不吃。我勉强吃了几口，实在咽不下，终于还是把碗放下了。事后受到了父亲严厉批评。默默接受着父亲的训斥，我也深感不妥，深感惭愧。可是我觉得我没有办法我只能这样。我还是太娇生惯养了，没受过苦，吃不得苦。

那时候我好奇怪，不明白为什么不把木薯直接煨或蒸煮，味道那么美，一旦经过了浸泡加工，做成粑粑，味道就变了呢？我更不明白的是，为什么安陲人一定要把木薯加工后才能作为日常的食粮？我好奇而不解地去问我的安陲同学，他们听了一愣，然后全都哧哧地笑，望着我，不回答，好像无法给我答案。很久以后我才知道，原来木薯含着一种毒素，流水浸泡去毒后，才可以安全食用。

就是在这种环境、这样的生存状态下，有一天我居然从同学手里拿到了一本华罗庚写的书，名叫《统筹法话本》。在安陲怎么可以有这么好的书？简直难以置信！

我捧在手上急忙如饥似渴地翻读起来。我一边读着，一边感到心头被一股现代的文明之光熠熠照亮。《统筹法话本》是一本叫人用现代理念多快好省地做事的书。我还记得书里打了一个比方，比如你要喝茶，次序是洗壶、打水、烧水。等水烧开了，然后洗茶具、拿茶叶等，运用统筹法，不必依这个次序，而是利用烧水这个间隙，统筹地把其他事统统做完，起到提高效率节省时间的效果。这令我无比惊喜。我想到我的母亲做事总是循规蹈矩、按部就班，现在好了，我们可以学习统筹法，用统筹法来做事情。我立即兴奋地把书拿给母亲看，母亲捧着书一时竟也看而不舍。

从此我经常生了异心，要找书读书。果然找到了一本《鲁滨孙漂流记》。我如饥似渴地捧读着，让这些文明之光照亮我。

2023 年 12 月 8 日

第四章 在安陲，对一首古诗词的演绎

枯藤老树昏鸦，小桥流水人家，古道西风瘦马。

夕阳西下，断肠人在天涯。

——【元】马致远《天净沙·秋思》

枯藤

枯藤长在安陲的山上。山叫元宝山，藤叫鸡血藤、白藤、紫藤、青藤、黄藤、钩藤、铁藤、榼藤、扁藤，还有一种藤叫断肠藤。听到断肠藤时，我不禁心中一凛，一惊。廖国强却盈盈地笑，满不在乎。我母亲曾正告我，不可随便触碰断肠藤。

我的同学李云去扯来曼陀罗藤，做成药。他神秘地对我说：“这就是蒙汗药。”他递给我，道：“哪位同学不听话，你给他下蒙汗药。”

说得我又兴奋又渴望。眼前立刻浮现了梁山好汉们使出的惯用伎俩，见计得成，在一旁高叫：“倒也！倒也！”中计的人在蒙汗药的药力催促下，顿时一头栽倒。

我想象罢，兀自嘿嘿地笑。李云觉得奇怪，问：“笑什么？”我答：“没笑什么。”我掩饰着想不让自己笑，却笑得更灿烂了。

但是我不敢用这蒙汗药，尽管有好多同学都不听我话。那时我当学习委员，督促陈松交作业。陈松拿白眼瞅了我一下，不搭理我，扭头就走了。我恨得牙痒痒。我望着蒙汗药，想象着陈松被我药倒的模样，心里一下子得意起来，无比满足，也就不愿计较陈松的傲慢了。人有本事就会变得宽容，越有本事的人越宽容。我要做这种有本事的人。

秋去了，冬来了，大地枯萎，在安陲漫山遍野都有枯藤。卫生所廖所长让我们去采摘这枯藤，我们背着背篓，在山上把枯藤抱进背篓里，装了满满一背篓，背下山，在卫生所用切药刀切成一小节一小节，有的还放进碾槽碾，放进冲筒捣，卫生所里一下子弥漫开中药的味道。张子专进来说好臭好臭，我和陈松却都说好香好香。

我们张老师说古时的文人见不得枯藤，见了会悲伤。我们都感到好奇怪。一齐问："老师，为什么悲伤呀？"张老师神秘地抿嘴笑笑，不答。这个问题到现在我还记得，到现在也还想再问问。

2024 年 3 月 7 日

老树

安陲的村口有一棵老树，有人说老树老得肯定已经忘记自己有多老了，大家都传说老树已经有一千年的树龄，是一棵与村庄一同长大的老树。

只见老树高大地立在村口的路旁，看它的时候需要仰视。

它的树洞和枝干上总是被人们挂满了朝拜的红布、红纸，树根上摆满了供品、香烛。

安陲的许多人，遇到疑惑之事，遇到灾祸之事，都会来到老树前跪拜祈祷，求老树解惑或保平安。

不知他们的疑惑得到了解答，或是求得了平安吗？东汉时，也即两千多年前，出了一个文学家、大学问家，名叫班固，他依据自己的学识写了一部大书，叫作《白虎通义》。在这部大书里，班固写道："龟千岁而灵，蓍百年而神，以其长久，故能辨吉凶。"意思是说一种动物，一种植物，因生命长久，就能够知道吉凶。所以安陲人来这棵千年老树前祈问，是有根源的。

我小时候，不会做作业了，也来请教老树。

那时我读到一本连环画，这本连环画里讲的是一个年纪同我相仿的名叫阿廖沙的小孩，他家养了一只鸡。有一天，他母亲要杀这只鸡，阿廖沙见了，跑过去把鸡给救了。被阿廖沙救下的这只鸡在晚上开口对阿廖沙说："我要报答你。说吧，你有什么心愿。”阿廖沙想了想，起了心愿，说：“我要从此门门功课都是满分。”鸡答应了。阿廖沙过去功课一直不好，但果然从此变了样，逢考必满分，一下成了优秀学生，成了同学学习的榜样。

我也暗暗想象，这棵老树是不是也像阿廖沙家里的那只鸡一样，有着神奇的本事。

我越看越像。因此只要不会做作业了，我就带上作业本跑到老树前，虔诚地祈祷：“老树，快快赋予我智慧，让我从此作业会做，考试及格。”

我献给老树的供品，是我最喜欢吃的，由上海带来的大白兔奶糖。

有一回我把奶糖贡献给老树后，第二天发现奶糖不见了，我以为是被老树吃了。我一阵惊喜，高兴得浑身都颤抖了。这下好了，老树收下了我的礼物，从此肯帮我了。

那天考试，我果然就考及格了。

我把这个秘密兴奋地告诉了阿泡。阿泡听了有点不敢相信，问：“这是真的吗？”

我们一起跑去看老树怎样吃我的奶糖。

我们跑到老树前时，却看到陈松正在吃着我贡献给老树的奶糖。

阿泡见状哈哈大笑。

我很生气，责问陈松：“你怎么这么不要脸，吃我供给老树的糖。”

陈松说：“我替老树吃了，以后我辅导你学习，让你考试及格。”

我听了，有点犹豫。

阿泡立即觉得这是个很划算的交易，求不求得动老树是个问题，求陈松却很现实。

那时陈松在我们班上学习第一，比我这个学习委员可强多了，我不明白的是为什么老师让我当学习委员，而不是让陈松当。

在阿泡的撮合下我答应了陈松。然后我们一齐双手合十朝向老树，对老树说：“老树，对不起了。”

说罢，一阵风起来，我们好像看到老树弯下了腰，把头点了点。

2024 年 3 月 8 日

昏鸦

屋外的柿树上不但有喜鹊在叫，还有乌鸦在叫，特别在黄昏，乌鸦一声声地“哇哇”乱叫。

父亲并不忌讳乌鸦叫，他看着乌鸦微微地笑，似乎很享受乌鸦在鸣叫。一个缺少乡土传承的人，显得天不怕地不怕。

而阿养叔就不一样了，他听到了乌鸦叫，心中惶恐不安，他说：“乌鸦当头过，非灾即是祸。”他想把乌鸦撵走。

父亲正色道：“阿养，你什么都好，就是这点不好。”

阿养叔听了，挠着头，尴尬地笑了，也就不撵乌鸦了。

乌鸦仍站在柿树上一声声地叫着，阿养叔不安地一会儿看看乌鸦，一会儿看看父亲。

在安陲，不仅乌鸦叫能引起人们的不安，而且猫头鹰也会引起人们的不安。当一只猫头鹰在白天出现的时候，安陲的四下就不平静了，流动着很多不安的猜想。

我的父亲和母亲大概因为不是真正的安陲人，完全没受影响，他们劝慰周围的人，说大家是因为迷信才产生恐慌，所以不迷信就不恐慌了。

这时，阿旺爷的孙子病了，他说：“这不是迷信，不然我的孙子不会病。”阿养叔毕竟受过高中教育，他劝阿旺爷赶快把孙子抱到卫生所治疗，阿旺爷不肯，他自己在孙子的房间里一边向四周用手指弹洒清水，一边念古老的咒语驱魔。几天后，孙子的病果然“魔驱病除”。

父亲知道了，说：“哪是魔被驱了，这得的是普通发烧感冒而已，不吃药大概一个礼拜会自愈。”阿养叔信了。阿旺爷不信。

昏鸦叫着叫着，黑夜就来临了。太阳一点点钻进山里，晚霞也一点点消失了，安陲越来越安静了，最后变得悄无声息。

而那只乌鸦，大概还在不同人的心里，发出不同的叫声。

2024 年 3 月 8 日

小桥

小桥在泗欧河上，由一根杉木铺成，也就是说小桥其实是一座独木桥。它连通了卫生所和初中部。要上学了，我背起书包，说一句："妈，我去上学了。"我母亲总会担心我，立即跟出来朝我奔跑的背影叮嘱："走大桥，不要走小桥。"我装作没听见，一阵风地去了。我猜想，我母亲的眼神，肯定有点惆怅，又有点失落，呆呆地立在风中，盯着我背影，直到看不到我。

我和陈松在卫生所大门前会合，一块去上学。要过桥的时候我问陈松："走小桥还是大桥？"我知道陈松肯定说，走小桥。他果然就这么回答了。我们便蹦蹦跳跳朝小桥走去。在路上碰到了阿泡，阿泡也正在向小桥走去。大家合兵一处，乱说着话，走上小桥。

几乎所有的同学上学下学都爱走小桥，不太爱走大桥。大桥是座风雨桥，很气派地建在泗欧河下游不远处，两桥能够相望。风雨桥能遮风，能避雨，还设有坐凳，人走累了可以在坐凳上休息。可不知为什么我们都爱走小桥。我们走在小桥上，一边走，一边张开双臂保持身体平衡。因此走在小桥上的时候，都像一只只可爱又笨拙的小企鹅。

张老师也劝我们别走小桥，见我们不听劝，经常在上学放学的时候，就站在小桥头扶着我们过桥。过了桥，踩在河岸上，我们都会回过头来，与张老师告别。张老师朝我们挥手，说："别贪玩了，赶快回家。"

她不这么说，我们还不准备玩，她这么一说倒提醒了我们，我们立即合计接下来去哪里玩，怎么玩。有时候就是这样，劝说一件事，往往会令其走向反面。

过小桥的时候，鱼也欢喜，它们经常在桥的两边，跳啊跳啊欢迎我们。可是我们对鱼并不友好，礼拜天的时候我常常和阿泡拿着鱼竿，在小桥边钓鱼。泗欧河的鱼都是一些还没经世事、天真烂漫的鱼，它们见了鱼饵从不警惕，没想过这是鱼饵，是来引诱它们上钩的。它们总是毫不犹豫就一口吞下了鱼饵。偶尔阿泡也会同我讨论我们这样钓鱼究竟好与不好，鱼是那么真诚和纯粹，毫无心机，我们却动着杀机暗害它们。这个问题确实令我们一时深陷困惑和迷茫。有一阵子，我们只好不钓鱼了。不钓鱼的时候，阿泡带着我上山去打鸟。在山上百鸟和鸣，并且百鸟朝凤。我们就是那只"凤"，许多的鸟围着我们飞啊飞。我们抬起头来张望，到处都是美丽的鸟，它们信任地望着我们，欢乐地飞翔着。阿泡连忙把弹弓拿出来，拉满了弓，最后又放下来了。我们忽然都感到很沮丧，我们发现，不论我们做什么，想满足什么欲望，首先都是一种伤害，伤害了别人，最后肯定也伤害了自己。

在那些日子我和阿泡神情都很惶惑，惶惶如丧家之犬。我们隐约地发现或者感觉到我们的眼睛或者大脑正在张开或者打开，看到了一些令我们心灵陷入困境的东西。

在夏季，洪水来了，小桥被洪水冲走了。这是年复一年要经历的事情。洪水过后，人们在原来的地方，又放上一根杉木，搭起了一座新的小桥。

2024 年 3 月 8 日

流水

在泗欧河，阿泡满眼迷茫，他问我们：“你们说，这水会流到哪里去呢？”

对于这个问题，我觉得我能回答，并且应该由我来回答。我告诉大家：“这些流水一定流啊流啊，流进了黄浦江。”

大家听了都觉得不能理解，便问：“为什么会流进黄浦江呢？”

他们都听我说起过黄浦江，都知道了那是流经大上海的一条大江。对于黄浦江的大，我曾经夸张地给他们形容过：“大得你站在江这边，望不到江那边。所以所有的水，最后都会流进黄浦江。”

他们听了，都露出惊讶的神色，接着眼神里都带着崇拜之情，不仅是崇拜黄浦江，连带也崇拜起从上海来到安陲的我了。

我要的就是这个效果，我渴望别人都高看我，让我有种高高在上的感觉，这种感觉真好。现在，果然如愿了。我很得意，得意得不禁趾高气扬。小伙伴们见了，都认为我应该并且有资格趾高气扬。

但是泗欧河的流水真的会流到黄浦江吗？其实我内心并不确定。

父亲带我从安陲出来，要去上海，先是沿着泗欧河，下到泗维河，出了泗维河，又来到贝江边的融水县城，这座县城是我出生的地方。我看到了泗欧河的河水还真是流到了县城。然后我们离开县城，来到了柳州，流经柳州的那条江叫柳江，它的源头之一便是贝江。泗欧河这条小河的流水，流啊流，已经流到了柳州这座城市了，并且变成了一条大河。我喜滋滋地想着，它再流，不就流到黄浦江了嘛。

先这么想着就令我激动。在从柳州去上海的火车上，我看到柳江时隐时现跟随着我们，我扭头问我爸："这条江是不是就像这列火车一样，会一直流到黄浦江？"

我爸听了笑着对我说："不是，柳江流向广东，从广东就流进大海了。"

我听了，一阵失落。

在上海，我站在黄浦江边，看着黄浦江的流水，有点迷茫，有点惆怅。

回到安陲我并没有把我知道的秘密，告诉小伙伴们，我仍旧希望他们都以为，泗欧河的流水日夜不息地流向黄浦江。

2024 年 3 月 9 日

人家

人家只有一处，在背山的地方。我走到它跟前的时候，炊烟正袅袅升起。

在安陲，你走进深山里，总是能时不时见到这样独特的一户人家，往往都建在背山的半山腰，依山傍水，自在极了。

它们是迷人的，也是迷离的。

人是群居动物，集合在一起居住才有意思。

可是这样的人家远离别人，自成一体。

我走进这户人家，主人让我坐下，端来一碗热腾腾的油茶请我喝。

我端着碗一边喝，一边忍不住问：“叔叔，你们家怎么不跟别家挨一块呢？”

主人听了就笑，他说：“我家并不孤独呢，你看前面那座山上，不有别的人家吗？”

是的，前边的山，隐隐约约地，在云雾缭绕处，又浮现出另一处人家。

我告别主人往前走，走过一个坳，翻过一座山，就到了那户人家。

那时候我总是喜欢独自行走。我母亲对于我这种行为，总是充满了担心，她怕我走着走着就走丢了。她劝我不要乱走，要走也不许走出村庄。

可是我认为不走出村庄那叫走吗。最主要的是，未知的远方总是诱惑着我，令我向往。

不上学的时候，我就早早地出门，朝未知的地方走去。

我父亲并不阻拦，他写了一张纸条放在我口袋里，纸条上大约写着这么几个字：这是卫生所罗医生的儿子，见到的乡亲请把他送回卫生所。

我读着，觉得我父亲做得很对，我那么喜欢行走，而在行走中又总是迷了路。有了这张纸条，我的心就有了依靠，变得安定了。这张纸条，在后来，果然不止一次派上了用场。

我揣着纸条，到处行走，我想走向千家万户，我想走进住在深山老林里的人家。

后来读到杜牧的诗《山行》时，我可是太喜欢了。“远上寒山石径斜，白云生处有人家。停车坐爱枫林晚，霜叶红于二月花。”特别是这句“白云生处有人家”，在安陲深山里正是这样呢。

诗歌，特别是古人的诗歌，不仅仅有想象，也有很多纯粹的白描写实。“床前明月光，疑是地上霜”“清明时节雨纷纷，路上行人欲断魂”，随手拈来，都是白描和写实。原来很多时候白描与写实，老老实实地描摹，正是诗歌绝技，用好了，是那么动人。

安陲的白云生处，人家，就这么一家一户孤独地藏在深山中，我的同学张子思的家也正是这样的人家。有一天他邀请我去他家玩。说走就走，我就跟他去了。

独门独户的人家显得那么神秘，我来到张子思的家，他的家也在一座山的半山腰上，站在他家门口，能听到自然的风声，听到鸟鸣兽叫，就是不见人踪。

我有点心旷神怡，我渴望我也有这样一个家，只与自然为伴，与鸟兽为伍。

后来我们被调回县城了，县医院廖田湘医生的家也单独地建在深山老林里，但是由于他当了医生，一家人都搬到了县城，山里的住屋便废弃了，他不止一次半真半假对我说："要不，你去那里住?!"我听了，想象到能住在那里，心下便无比激动。我父亲听到了却说："别逗他了，他还要读书呢。"一下熄灭了我的心愿。

可是这个心愿如星星之火并没有完全熄灭，时不时地就会在我脑海里浮现，让我心心念念。

2024 年 3 月 9 日

古道

安陲的古道何止有一千年，它们围着安陲绕来绕去，也不知绕了多长。小小的窄窄的，弯弯曲曲，像蛇一样盘旋。安陲人崇拜蛇是有道理的。在安陲，道路、河流，还有许多东西，都像蛇。而蛇本身也给了安陲人灵气，甚至灵魂。蛇的阴柔、冷静都影响了安陲人的性格，成为安陲人的一种精神指向。

我常一个人走在安陲的古道上，踯躅，无措。它们的悠长和幽深让我既充满了怀想，更充满了迷茫。

安陲的古道是寂寞的。你在这样的古道上行走，走上一天，也许也不会碰到一个行人。

安陲的古道是荒凉的。它们长满了杂草、灌木，你一边走一边得撩开它们。两旁的树木总是拂着你的手与脸，牵扯起你的衣裳，甚至拉坏了你的衣裳，给你留下伤痕。不知这是一种留恋还是一种阻拦。前途不晓，道路漫漫。

我和张子专去他在三盘的家的时候，走的就是这样的古道。我一边走一边徜徉，而张子专却迈开大步，从容而行。人和人总是不同的。走在这条古道上的两人也是多么不同啊。

走在安陲古道上的人是不知名的，因此也是没有历史的。我走在潇贺古道的时候，看见到处写满了历史，看得清来路，也猜想得出去路，就想这是一条多么令人羡慕的古道啊。

安陲古道却如此默默无闻，它的存在和消失，既没有人留意，更没有人关心。

2024 年 3 月 9 日

西风

西风吹拂而过，把安陲的树叶渐渐吹成了金黄。

落叶满地的时候，我在树下走着，用脚撩起落叶，一阵西风又把它们吹向了远方。

阿泡家的狗跑来，追逐着落叶嬉戏。它一边蹦蹦跳跳地玩着落叶，一边时不时抬头看我。

每回到阿泡家，阿泡家的狗都跑来兴奋地围着我转。在我们小伙伴中，只有我会带着阿泡家的狗四处走，别的小伙伴都不理睬它，不仅不理睬它，还有点讨厌它黏人的样子。而我却很宠爱它的黏人。我觉得被它黏着是一种很幸福的事情。有时我带着阿泡家的狗跑啊跑啊，跑上了山，又转回身跑下了山。它摇头摆尾地追逐我，跑上跑下。一回到家，便趴窝了。只见它趴在地上，大口大口地喘气，气都喘不匀了。我看见，就笑。它还太小了。但是只要我一起身，它立即就起来，随时准备着再次随我奔跑。

阿泡的母亲说："你那么喜欢狗狗，送一只狗狗给你养吧。"我就笑笑，摇了摇头，拒绝了。

我们家里养了鸡和鸭，还养了小白兔，可我母亲不喜欢养狗，不让我养。

我觉得狗是世界上最可爱的动物，不明白为什么我母亲不喜欢养。我多次央求我母亲：“我家也养只狗吧。”可是她听了总是坚决地摇头，一点也不容商量。

“好吧，”我赌气地说，“等我长大了，我自己养。”

我妈听了，笑眯眯的，似乎是说“那你快快长大呀”。

我忽然感觉到，长大是那么遥远的事情，我等啊盼啊，可总是等不来盼不来。我不知道什么时候才长大，不知道什么时候才能够自主生活，不知道什么时候才能自己做主养一只狗。可是人现在觉得时间怎么过得是那样快呀，一晃眼又过了一年。儿时和成年，我们对时间的观念和感觉为什么竟是如此不同呢？

西风刮起来的时候，陈松会悄悄走来敲我的窗棂，见我望过来，说：“起风了，走，看风去。”

我便打开门，猛地一阵西风刮来，把落叶也刮进了家，在堂屋里打旋儿。如果这时阿泡家的狗在这里它一定会兴奋地起身追逐，这会儿该多么有趣啊。

在我们的幼年，我们所能拥有的无非就是山川河流花草树木，以及四季吹拂而过的风。那时我们都羡慕城市，向往城市。而城市在我们的概念里也仅仅是像融水县城那样的一座城。我们家是从融水县城调过来的，我父母无时无刻不盼望着能再回到城里去。这让我不明白，但我知道这种选择应该是对的。至于为什么是对的我就回答不了了。

我一直觉得在安陲很好，比在城市更好。至于为什么在安陲比在城市更好，又说不出原因来。童年大概只会做出选择，却无法说清道理。

那时小伙伴们都认为作为山里的孩子什么都没有，只好和山川草木玩，只好和风玩。风吹起来了，不管东风还是西风都会让我们兴奋。我们追逐着风，成了追风少年。没想到我们拥有的东西其实是那么广袤，那么无穷无尽，城市的车水马龙也不及我们拥有的万分之一。到现在我觉得一个人的少年时光不是在山村里度过，不仅是一种遗憾，更是一种缺失，他们失掉了与自然亲近的机会。一个人一生中没有经历过与自然的交融，没有让心灵装下自然的磬音，那是一种多么大的缺憾啊。不过，一切都无法逆转了。人注定失去自然。也许当人人都失去后，也就算不得失去了。

西风先是从村庄的树梢上刮过，把树吹得呜呜地叫。然后又卷地而来，从地底忽然钻进了我们裤管。西风吹得哗啦哗啦响，在响声中，似乎要将我们抬起了，我们的裤管灌满了西风，我们变得无比轻盈。在西风的吹荡下变得无比轻盈的我们，不禁拔脚跑了起来，御风而行。不仅拔脚跑了起来，还在西风中快乐地叫唤，停不下来。我们本来是想去看风的，没想到，现在我们却成了一阵风，从村头“刮”向了村尾。

西风吹动的时候，张老师在课堂里，神情庄重地教我们雪莱的《西风颂》：

哦，狂野的西风，秋之生命的气息，
你无形，但枯死的落叶被你横扫
犹如精魂飞遁远离法师长吟……

我们都暗慕张老师，她又美丽又有才。她不仅教我们《西风颂》，还教我们《赶快上山吧，勇士们》。她希望我们不仅能耽于儿女情长，更能成为骁勇善战的勇士。

黄家明写了一首情诗偷偷放进了周美常的书包里，周美常发现了，不仅不接受，还愤怒地把它公之于众，狠狠地羞辱黄家明。张老师知道了，批评周美常：“不能这样伤害一个爱着你的人。”然后又拿起黄家明写的情诗读了，说：“很有才。”摸了摸黄家明的小脑袋又说：“不过用错了地方。”

但是我不是很喜欢西风，因为当西风吹来的时候，大地便开始萧瑟了。

2024 年 3 月 9 日

瘦马

这匹马是瘦马，除了骨头，就剩了一层皮。它走在山路上，驮着盐巴和粮食。

安陲人养马，一者为了劳动和生产，二者为了斗马。

廖国强家的瘦马曾赢得过“王”的称号，我见着廖国强家骨瘦如柴的瘦马，有点不信它居然能称王称霸。

许多年后读《鹿鼎记》。第三十八回写到韦小宝养的是大宛良马，高大英俊，威风凛凛，而吴应熊养的却是云南矮马，就是安陲的这种小瘦马，身材矮小，骨瘦如柴，十分不起眼，让韦小宝很瞧不起。他却不知道这种小瘦马虽骨瘦如柴，比起行走的脚力来，远非大宛良马能比。差点让吴应熊骑着这小瘦马，逃之夭夭了。

廖国强很得意他的瘦马，说：“就是瘦，就是为王。”

在安陲十六坡会的斗马场，我父亲胸口上挂着相机，专门追踪拍摄廖国强家的这匹瘦马。

这是一匹全身净黑的瘦马，没一根杂毛，廖国强给它起名“黑瘦”，他牵着黑瘦走进斗马场，自信地、信任地拍拍黑瘦的颈项，黑瘦立即便明白了，前蹄高高立起，大声怒吼。既是向主人表决心，也是为了给对手震慑。对方是一匹如雪练般白的瘦马，也昂起头来，嘶吼一声，给予回怼。仇人相见，分外眼红。好一场厮杀拉开了帷幕。

双方主人把缰绳松脱了，两匹瘦马如脱兔般朝对方冲来，缠斗，撕咬，追逐与被追逐……

父亲不停地按下快门。后来他拍摄的这组黑与白的斗马图登在了《大众摄影》杂志上，还拿了一个奖。后来政府根据他的斗马图，请雕塑家雕塑了一尊名为《斗马》的铜像，放置在柳州最繁华的街心，每个人见了都啧啧称赞。由此安陲的苗族斗马名传四方，名传到了海外，许多外国人纷纷跑来，来看安陲的斗马。直到今天，斗马规模更大，场面更激烈，来的海外客人更多。这一场场的瘦马相斗，不仅是展现了民族精神，更促使了当地与世界的交汇交融，安陲用自己独特方式，从闭塞走向开放。

我见瘦马，又欢喜又忧伤。我不喜欢争斗，我总想着什么时候能没有了斗马，不仅没有了斗马，而且没有了更多的相斗。廖国强却戏谑我，他觉得我缺少血性。

2024 年 3 月 7 日

夕阳西下

夕阳西下时的安陲是很美丽的，在村边的田畴上农民挥动着鞭子，赶动着牛，犁完最后一垄地，鞭子在余晖中甩动，像一条蛇朝着太阳钻去。农民的吆喝声空旷而幽深，在山坳里转来转去。而水田里的水映照着余晖，光辉灿烂，把人的眼睛也照得花了。

这时候看村庄，炊烟袅袅，在无风的时候直上天庭，似乎在向天庭传达着人间的烟火消息。风起的时候，风把炊烟吹散了，笼罩在屋顶的上空，先是缭绕不去，然后渐渐散去。一切是那么平和恬静。

这时我的小伙伴覃勤会从家里取出画架，支起来，一边看眼前的风景，一边一笔一画地画画。他的眼睛清澈而明亮，他的神情自信而执着。

在覃勤面前，我总有一种自卑，他的人生，目标明确，一直向前。不像我总是浑浑噩噩，无所事事，不明所以，不知所终。

覃勤的爸爸覃秘书，曾经不止一次亮起眼神，对我充满期望，鼓励我："要不，你跟覃勤一块学画画？"

不知为什么，我总是摇摇头，没答应。

这让覃秘书很失望，无比黯然地沉默了。

我曾因此不止一次问自己，我是不是真的应该学画画？最后我总是懒得不敢做出回答。小时候我对自己对世界都有太多的疑问了，有些我无法回答，有些却是不愿回答，不愿给出答案。

我希望我的父亲，或者我的母亲，对我有所要求，比如他们也要求我学会画画，或者学会什么。可是，奇怪的是，他们从来也没有对我提出过任何要求。他们像放养一样，放任我自由生长。好长时间我都认为，这是不对的。不管是覃勤的父亲，还是陈松的父亲，都要求他们的儿子能有所学。这使我困惑，继而也暗自高兴，没有约束，是多么自由自在。

夕阳西下的时候，我的任务就是召唤我们家的鸡回家。

早晨我把鸡笼门打开，鸡飞奔着向野地跑去，向山林跑去。

它们这一跑，就再也不见踪影。

有时我悄悄到山林里去看它们，只见它们有的在晒太阳，有的在刨地，有的咯咯地在聊着天。它们对我的到来熟视无睹。我只好悄悄地又退回去了。鸡有鸡的世界，就像人有人的世界一样。

当夕阳西下的时候它们必须回来了，但是它们还是贪恋它们的世界，不肯立即回家。

陈松对于他家的鸡，采取的办法就是在夕阳西下时，满山去寻找它们，驱撵它们，试图通过这种方式让它们回家。

可是鸡们并不乐意听他招呼，并且咯咯地大声抗议，满山乱跑，让陈松没有办法，生出烦恼。

我见了就嘲笑陈松。

陈松看到我嘲笑他，便非常恼怒，他说："你有本事，你来使给我看看。"

我便带着陈松回到我家，我从屋里取出一只搪瓷碗，手中握着一双筷，用筷子把搪瓷碗乒乒乓乓地敲响起来。

这时见证奇迹的时刻到了。在响声中，只见我家的鸡闻声而动，有的奔跑着，有的甚至飞翔着，争先恐后，像士兵听到将军的号令，纷纷到来，昂首挺胸，列队站在我面前。

这让陈松看得目瞪口呆。回到家他也学习我的招法，可始终也没学会。

2024 年 3 月 10 日

断肠人在天涯

我想象着自己的出走，是一件很有意思的事，它吸引着我们，令我们产生无穷的幻望。

那天我和李云，还有陈松一块坐地商量，筹划着一个出走计划。

李云天赋异禀，会武术，会医术，尤其会治跌打损伤。

安陲是苗族人聚居地，他们从千里外的中原，不停迁徙，最终来到安陲，在安陲定居。他们走过万水千山，历经险难，凭借的不仅是勇气和智慧，还有身手不凡的拳脚功夫以及高超的医术。

李云作为苗族人秉承了所有这些技术。在拳脚功夫上正像《水浒传》里的好汉，三五人近他不得，常常在月白之夜我们围成圈，请出李云，让他一展身手。只见他用一根棒，画出一个圈，便在这圈里舞动起棍棒。棍棒起处，虎虎生威，风也透不过，水也泼不进，真是一条好汉。他赢得了我们不停的喝彩声和钦佩的眼神。

李云平常不声不响，在班里几乎完全没有存在感，他天生就是一个隐士。可是我和陈松不让他做隐士，我们要他同我们一块浪迹天涯。我们的计划是一边游走，一边贩卖我们制作的跌打损伤药，以此谋得出走的路费。

李云听了我和陈松的计划，笑笑，居然答应了。

我们便忙活开来，上山采药材，熬制膏药。膏药制成了，李云说："这种药有病治病，没病健身。"我和陈松连忙先将膏药试贴在我们的肚脐眼上，果然感觉清凉提神。一时神清目秀，气力倍增。

我们先在江门街上摆摊，要赚取第一笔出走的路费。李云身上扎着一条棕色腰带，头上包裹着棕色头巾，穿着短身的武打衣裤，抱拳收腹，不停吆喝。只见他吆喝时，腹中横肌起伏，声如洪钟，好一个精壮之人。我和陈松在一旁看了，暗暗喝彩。一时许多人都围上来，可惜看的多，买的少。尽管如此，我们还是卖出了一些膏药。可是不久就有人去卫生所报告了。首先来的是陈松的母亲，只见她东张西望，寻觅而来。陈松和我见了，风似的三卷两卷就把地上的东西收了起来，我们急忙地望风而逃。逃到没人处，三人一齐拍着胸脯连念阿弥陀佛。

陈松说："安陲是待不得了，我们得往泗维河走，出了泗维河，就到了长安镇，那里汇通三江，被人誉为'小柳州'，大有可为。"

"好。"我和李云一齐赞道。

可是我们的想法比不上大人们的行动，我们很快就被陈松的父亲捉住了，他把我们赶进卫生所一间黑屋里，关禁闭，不准我们出来。我们在黑屋里大眼瞪小眼，一时就泄了气。最终要像断肠人在天涯那样浪迹，彻底成了我们睡觉时的一个梦。

我们重获自由后，谁也没提这件事。它成了我们的隐痛，每次想起时，我们就仿佛看到我们曾经的一个梦想，像气球一样，还没吹大起来，便嘭的一声破碎了。

2024 年 3 月 1 日—10 日

第五章 在安陲，光阴中流连的虫儿们

老油蚂蚱

夏收和秋收，田里不仅长着成熟了的稻子，也长着老油蚂蚱，开镰收稻，同时也收获着老油蚂蚱。

蚂蚱有很多种，个头最大的我们叫它蹬倒山，个头不大不小的我们叫它老油蚂蚱。

蹬倒山长得凶猛彪悍，脚上生着倒刺，捉它的时候它双足一蹬，要挣扎着逃跑，我捉它时手指常被扎伤，伤处又痛又胀，极难受，捉时得分外小心。

老油蚂蚱对人没有伤害，就算被它的双足蹬着也无碍，成为我们小孩捕捉的首选对象。金黄的稻浪拂过田野，老油蚂蚱就藏在这稻浪中，一动不动。这时，黄澄澄的稻子，不仅没有保护绿色的老油蚂蚱，反而“出卖”了它，把它给明晃晃地露出来了。这大概是它没有想到的，它还以为自己仍与稻禾融为一体，人们依然难以发现它呢。我去捉它时，只见它眼睛亮亮地瞪着我，明明看见我挨近它了，却始终一动不动，以为我不会发现它，被我轻易地手到擒来。它太自信自己的保护色了。自信有时也是一种有害的东西。

捕捉老油蚂蚱，安陲人专门用一个篾竹笼装它。

篾竹笼有菱形的，有葫芦形的。

菱形的篾竹笼是拳头般大小，小巧而玲珑，显得十分精致，但所容不多。安陲人拿它来装蚂蚱多是用来把玩。

真正实用的篾竹笼是葫芦笼，小的有行军水壶那么大，大的大如现今的电饭锅。用时背起或扎在腰间。盖子一律装着倒篾，令捉到的蚂蚱不能逃出。对于这种装置我总是充满好奇。蚂蚱入笼，我常拿起笼子，看笼子里的蚂蚱，怎样一次一次徒劳地试图逃出笼子。每看着都要生出怜悯之心，想放了它们。有一次我真的放了，其余时候还是不舍得放的。

把老油蚂蚱捉回来交给梁雪花，梁雪花便会为我和婉婷做油炸老油蚂蚱。

油炸老油蚂蚱味道好极了，香脆甜嫩，但我母亲一直拒食。

2024 年 3 月 2 日

蚂蚁

最接近我的昆虫是蚂蚁。蚂蚁，无处不在。我在上海的时候，我们家的天井就有蚂蚁出入。天井全是用青石板铺就的，可是却在石板与石板间长出了小草，在小草根下又出入着蚂蚁。我常蹲在小草旁看蚂蚁出入，一看就是一整天。我的表哥卡卡见状很好奇，问我看什么呢。我说看蚂蚁。我以为他听说了也会立即蹲下来同我一块看蚂蚁。不料他听了，却微笑着走开了。我很失望。但失望只是一闪念，很快我又专注地看蚂蚁了。

在安陲蚂蚁比上海更多，也更大。上海天井里长着的蚂蚁，很小很细，个头不到半粒米大，安陲的蚂蚁最小的也大过半粒米。安陲最常见的蚂蚁有两种，一种棕色，一种黑色，在我家的门口都有。

像在上海一样，蚂蚁们都在草根下出入，每次看它们，都是忙忙碌碌的样子，真不知道它们在忙着什么。

当一个人身负着使命才会忙。而蚂蚁这么忙，是身负着使命吗？那又是怎样的使命呢？

为了破坏它们忙碌的秩序，我常扯一根狗尾巴草来，把草茎插进蚂蚁窝里，打乱它们忙碌的秩序。

把草茎插进蚂蚁窝后，我看到了蚂蚁们的愤怒，它们纷纷张嘴咬住我伸进窝里的草茎，奋起反击。当我把草茎提出来时，它们没有一个放开嘴，仍紧紧地咬着草茎，激愤的样子显得很可笑，而它们又是一往无前，誓死捍卫的模样。

最有趣的是看蚂蚁排着长队来来往往。它们的队形整齐而有序，不慌不忙，依次而行，次第而动，从稍远处看像一根绳子，近了看才看清绳子是蚂蚁组成的队伍。

这支像绳子一样的蚂蚁队伍，处处显示出强大的团队精神。

我在看到蚂蚁排着队行进时，总会想一些办法破坏它们行进的队形。比如用一块石头，或者土块拦在它们队形中间。它们被我用东西挡住了，一时慌乱地散了，四处找不着北，但是很快就适应了新环境，迅速恢复了原有的有序队形，或者绕过石头，或者翻越土块，继续若无其事，依序而进。人大概常潜藏着一颗捣乱的心，一颗搞恶作剧的心，甚至一颗作恶的心。

我最喜欢看的是蚂蚁搬食物。

它们搬动的食物，小的如一个饭粒，甚至不如一个饭粒大。搬着这些小食物时，它们把食物咬夹在头顶，然后昂着头，雄赳赳地一路把食物带回家。它们咬着这些食物走路的样子，有一种得意劲。

它们搬动大食物时，采取合力搬动。这些食物大得甚至有它们的个头几十倍大，可是它们合起力来，依然把对它们来说像一座山一般高大的食物搬动了。在它们搬动这些食物时，我仿佛听到它们喊起劳动的号子，然后在号子声的带动下，一齐用力，山一般大的食物便奇迹般地被缓缓移动了。看它们迈着整齐的步伐，有的在前，有的在后，有的朝前走，有的倒着走，一块朝着既定的方向走着，令人叹为观止。我们人类一定从蚂蚁的合力中得到了启发和学着了本事。当我看着埃及的金字塔时，不能不产生这样的联想：在天然的万物中，蕴藏着无数智慧，哪怕我们学了一点点就改变了世界。

我常常把饭粒甚至一块骨头放在蚂蚁必经的路上，等待它们来搬食。只见先是一只蚂蚁发现了，接着很快一群蚂蚁便蜂拥而来。父亲和母亲看见我这样做，总是微微一笑。

2024 年 3 月 2 日

蜘蛛

在自然界里，有着喧闹，也有着安静而静谧。蜘蛛的世界大概就是安静而静谧的世界。

卫生所在元宵节的时候有一个猜谜语的活动，那次出的一个谜语是：小小诸葛亮，独坐中军帐，摆下八卦阵，专捉飞来将。我立即就猜中了，正得意地想把谜语取下来去领奖，不料陈松眼疾手快，捷足先登，把谜语撕走了。王炳文见了有点幸灾乐祸，望着我眼睛生光，呵呵地笑。为了不使他太得意，我便假装不生气，也望着他的眼睛回以呵呵地笑，一边又不舍得，拿眼睛的余光盯着陈松偷看。我看到陈松领到了一颗水果糖，立即掰开来塞进了嘴里。他那种把糖含在嘴里甜蜜的模样令我妒忌。我母亲也看到了，她说："咱不生气，家里有大白兔奶糖。"我想生气地回怼母亲："家里的糖和这里的糖是一样的糖吗？"我看着母亲不愿我生气的讨好样子，就忍住不说了。

读高三的时候，我的同学卢高迷上了摄影，他拍出的第一幅摄影作品是一张蜘蛛的照片。只见照片上蜘蛛坐着中军帐，它编织的网滴着闪闪发光的水滴，以有规则好看的菱形布满了画面，一副严阵以待的模样。他不仅拍出了这张照片，还把它发表在了杂志《黄金时代》的封底上，编辑老师还请他写了篇创作记。这不但在我们班里轰动，在全校也轰动了。见他那嘚瑟样，我心里一时也充满了妒忌和不服气。卢高的摄影是跟我学的，可是，我没有拍出任何成绩，他却出手便一鸣惊人。我父亲知道了，批评我小气量。他说："你应该比他拍得更好，发表在更专业的地方，比如摄影报刊上。"我没想到卢高会选择拍摄蜘蛛，而且还登上了杂志。我怎么就没想到要拍蜘蛛呢？

我一点也不喜欢蜘蛛，不喜欢它的模样，更不喜欢它四处结网。可是我竟然养起了蜘蛛。我去卫生所药房拿了好多空盒子，然后四处捕捉蜘蛛，把捉到的蜘蛛装在盒子里喂养。少年的时候我总是做一些匪夷所思的事情。

陈松见我养蜘蛛，也去药房里拿了盒子来，学着我养蜘蛛。我觉得挺好笑。那时候我干什么陈松就跟着我干什么。我们便竟养起蜘蛛来。

我们把蜘蛛养在盒子里拿来打架。方法是在一个土坑里倒入水，在水中插上棍子，再将各自的蜘蛛取一只出来，放在棍子上。两只蜘蛛狭路相逢，互相挥舞着大刀便争斗起来，好一番厮杀。时不时它们还要下到水里磨一会儿大刀。

我们瞧得津津有味，谁的蜘蛛赢了，都拍掌大笑。

蜘蛛的争斗是残忍的，最后总是其中一个被彻底封杀，缠绕在蜘蛛丝里。当我们看到胜负已定，胜出的蜘蛛把斗败的蜘蛛用丝网团团捆住，又心生黯然。

2024 年 3 月 3 日

蜜蜂

不知因为什么，父亲竟开始养起了蜜蜂。

在安陲春天来临的时候，只要有花开的地方，就会有蜜蜂。蜜蜂在花丛中飞呀飞，姿态优美，神情执着。我母亲说它们在采花蜜呢。

父亲做了一个蜜蜂箱，又做了一个蜜蜂箱，总共做了两个蜜蜂箱，然后把它们挂在住院部背风的墙上，他要筑巢引凤，要把蜜蜂引来，在他的蜂箱里安家。

我和陈松对此充满了期待，我们只要有空就守着蜂箱，等待着蜜蜂来蜂箱里安家。

可是蜜蜂迎着阳光在蜂箱前盘旋一会儿，又飞走了，始终没有一只蜜蜂停留下来。让我们一次次抱着希望，却一次次落空了。

王炳文对我父亲说："罗医生，这样守株待兔不行。"

父亲点头同意。然后他就带上我们去山里找蜜蜂。

蹚过泗欧河，爬上对面的山，我们发现了一窝蜜蜂聚集在一棵矮矮的树枝上，伸手可触。

父亲把自己用纱布蒙起来，戴上手套，慢慢走上前，伸出手，用手轻轻拨开蜜蜂。一会儿，就找到了他要寻找的目标：蜜蜂窝里的蜂王。

父亲用一只盒子把蜂王装起来，拿在手里。

我们见大功告成，转身一溜烟地先跑回家了。

父亲慢慢地走着，蜜蜂们漫天飞舞，紧追不舍。他来到了蜂箱前，把蜂王放进了蜂箱。一切似乎都还没来得及安顿好，只见一只又一只蜜蜂已经纷纷钻进了蜂箱，蜂拥着把蜂王团团守护住了。

父亲依样画葫芦，又在另一只蜂箱里安顿下一窝蜜蜂。两窝蜜蜂在两个蜂箱里热热闹闹，忙忙碌碌。

我和陈松每天看着它们飞舞，心里乐开了花。

有一天父亲把蜂箱打开了，取下了一只蜂架，不知什么时候上面筑满了蜂巢，蜂巢里装满了蜂蜜。

父亲取了蜂蜜来，我以为这下父亲会犒赏我和陈松呢。却没有，他用瓶子装了，调配成药，拿来治疗病人。

王炳文看到我们眼巴巴渴望的样子，望着我们笑，用手指蘸了一下蜂蜜递给我们，我们伸出手指刮着他的手指，让自己的手指沾满了蜂蜜，然后放进嘴里搅动舌头慢慢舔食。一种水果味道的甜蜜，一下沁入了我们的心田。

2024 年 3 月 3 日

萤火虫

在安陲的夏夜，除了天上的星星，就数萤火虫最能吸引我们了。

我们抬头看星星，星星在遥远的地方，挨不到，摸不着。

我们抬头看萤火虫，萤火虫在我们头顶上飞来飞去，伸手可触。

可是，我有点不敢捉萤火虫，我觉得萤火虫是带着神性的，它提着灯，在黑夜里飞来不是无缘由的，它带着使命，是来指引我们呢。

可是陈松没有太多的想法，他毫不犹豫地把萤火虫捉起，装在玻璃瓶里玩。

我便也捉萤火虫，像陈松一样，把捉到的萤火虫装在玻璃瓶里。

我把萤火虫捉进瓶子后，拿回家，爬上床，在床上关好蚊帐，然后把萤火虫从瓶子里放出来，让它们在蚊帐里漫天飞舞。蚊帐里的世界一下变得十分神奇，萤火虫明灭着身上的光，一闪一闪的，在蚊帐里飞来飞去，像繁星闪烁。我躺下来，看蚊帐里的“星星”，就这样让它伴随着我进入了梦乡。

王炳文见我们捉萤火虫，很赞赏，说：“你们这么做就对了。”

我们不明白他为什么说我们做对了。然后他告诉我们一个故事，说古时候有个叫车胤的人，家里很穷，没有钱买油点灯读书，于是就把萤火虫捉来，用来照明读书。

我和陈松听王炳文说完这个故事，都张口结舌，不敢相信，觉得不可思议，小小的萤火虫发出的点点光亮真能照亮书本吗？

王炳文见我们听得一时痴痴的样子，很是得意，又告诉我们另一个关于读书的故事，他说还是在古时候，有个叫江泌的人，也是因为家穷买不起灯油，白天做工，夜晚就拿着书爬上屋顶借着皎洁的月光读书。

听完王炳文的故事，我和陈松回到家，便把装着萤火虫的瓶子放在桌上，拿出书来，想像车胤那样也让萤火虫照着书本让我们能“囊萤照读”。

可是很失望，我们没有达到目的。萤火虫的光并没有能把书本里的文字照亮到可以阅读的程度。

不过王炳文说的“映月读书”的方法倒是不错，在皎洁的月夜，我们把书拿来，坐在晒坪上借着月光看时，果然看清了被月光映亮的书本里的字。虽然读得有些吃力，我们却无比兴奋地在月光下借着月光读起书来。

后来我们映月读书的事被张老师知道了，她把我们叫来问：“听说你们在‘映月读书’？”

我们听了，好高兴啊，以为这下张老师要表扬我们了。

张老师却皱着眉头说：“以后不要这样了，会把眼睛读坏的。”

一下让我们好失望。我们悻悻地离开了张老师，从此也就真的不再映月读书了。

梁雪花也加入了捉萤火虫的队伍，她带领我们——我、婉婷、陈松，还有陈伟雄，把萤火虫捉来，晾晒成干，做成中药。她说这才是上天把萤火虫降临给我们的用意。

2024 年 3 月 3 日

蝴蝶飞呀飞

别人都喜读《红楼梦》，我却不大喜欢。

然而却很喜欢读《水浒传》。从五六岁开始，到现在，也不知读了有多少遍了。如今，时不时还拿出来把读。

我只在中学时从头到尾读过一遍《红楼梦》，然后再没通读过第二遍。很多次拿起《红楼梦》强迫自己读下去，却不知为什么，总是读不了几页，便放下不读了。

读《三国演义》也一样。稍微好点，读过两遍。

俗话说：少不看水浒，老不看三国。不管何时我却只喜欢读《水浒传》。尽管现在对《水浒传》里人物的看法有了大改变，但还是喜欢读。

读《红楼梦》最记得的是妙玉说饮茶。

在第四十一回里，妙玉请黛玉、宝钗、宝玉喝茶，道："一杯为品，二杯即是解渴的蠢物，三杯便是饮牛饮骡了。"我读了，笑。依照妙玉的这个妙说，在饮茶上，我不但是蠢物，更是牛和骡了。但是，并不想改变，依旧牛饮骡饮。有时候不在意别人怎么说，反而是好的，活得自在洒脱。当然有时候不在意别人的说辞，不学习不改变，是一种没有教养的表现，更是一种不思进取的表现。

《红楼梦》里还有一个场景极有趣，便是宝钗扑蝶。

宝钗出门，本来想去黛玉那里，可是来到黛玉门前，恰巧见宝玉前脚进去了，便停下来想了一想，想到黛玉那个小心眼儿，自己如此跟着宝玉先后脚进去，不知道黛玉会有怎样的猜疑呢。觉得索然，便不进去了。转身往回走，路上看到两只玉色蝴蝶，团扇般大，一上一下地在路边翩飞，引得她一下来了情致，从袖里掏出团扇，照着蝴蝶扑去。她自然没有扑到蝴蝶。蝴蝶见她扑来，一扇翅膀又往前飞去了。如此一个美少女，一路追扑着蝴蝶，“香汗淋漓，娇喘细细”，写得非常有趣。

山村的小孩，不管是女孩还是男孩大约都有捕蝶、扑蝶的经历。我在安陲，也常捕蝶。

好多时候，人们做着一件事，并不是有明确目的的，而是为了别的事。比如消闲。闲得无聊，便做点事打发。在十八世纪的西方，贵妇们都热衷读书，她们读书不是为了获取读书的快乐，更不是为了获得知识，只是为了消闲打发时间。这让我有点惊讶，后来也就释然了。

时间，不管是用来珍惜，还是用来打发，都是生活的一种方式，没有对错好坏之分。

多年前我伯父对我很失望，他失望的原因是，认为我没有理想，没有追求，弄得我很惭愧。后来我想没有理想没有追求就不可以吗？这么一想不知为什么，我忽然感到坦然了。以后见伯父，我再生不出羞愧。再后来，有一次读到罗素的一句话：“须知参差多态，乃是幸福之本源。”我就更不感到羞愧了。你要容许别人和你的不同，参差多态乃幸福本源。各自持守人生的理念，正是这个世界能赋予我们幸福的缘由。

我在安陲捕扑蝴蝶，捕扑的其实并不是蝴蝶，而是自己的寂寞。宝钗扑蝶，扑的是童心，我那时已经过早地没有童心了。

2024 年 2 月 26 日

蜻蜓

在我的印象里，昆虫的世界往往是一个喧闹的世界，知了、蟋蟀、蝈蝈、纺织娘，在白天和黑夜，叫声此起彼伏。我母亲最烦的是知了的叫声，“知了……知了……”叫声无比响亮，母亲便对我正色说：“长大了你千万别学知了的聒噪。”我恭立着答：“是。”

大概是母亲的教诲让我铭记着，处事为人，总是怕自己太聒噪。有时话讲到一半，觉得话多了，便忽然打住，噎着，不说了。让别人着急，催我“说呀，把话说完啊，别憋着”。我就一笑，兴致没了，就不说了。更有甚者，还让别人误会，认为我说话是说一半留一半，不爽快。他哪知道是我想到了我母亲的教诲。我也只好无奈地笑笑。想起李密庵的《半半歌》，其中有句“半中岁月尽幽闲，半里乾坤宽展”。顿时感到索然，不想说了。但是我也不愿让人误会，失去朋友，便尽量用真诚的微笑去解除这份尴尬。很多时候我认为我有隐士思想，常想找一个荒郊野岭去生活。可是又知道找不到，就算真能找到，其实我知道我也并不会去。这隐士思想也就是这么一说罢了。看到自己内心的矛盾，我便自笑。

我每次见着蜻蜓的时候，总被它们吸引。它们吸引我的地方是它们的无声和沉默。它们在草丛中飞翔，在繁花间飞翔，却无声无息。

我在幼年见着无声飞翔着的蜻蜓，常忍不住追随而去。它们飞到哪里，我便跟随到哪里。它们停下，我也停下。

我看着它们，比如看一只停在一朵荷花上的蜻蜓。只见它静静地这么停着，风吹来，把荷花晃动了，把它也晃动了，它仍若无其事，不动声色地继续停在荷花上。

最有意思的是，它发现我在端详它，它也会好奇地歪起头端详我。它身子不动，头一会儿歪向那边，一会儿歪向这边，用明亮的眼眸看我，盯着我。它看我做什么？它把我看作什么呢？我不知道，猜不透。

一个无声的世界，大概是一个自在的世界，无拘无束的世界，肯定是一个自成一体的世界，它们不必为外面的纷扰，也不为外面的纷扰而打扰。因为无声，它们形成了各自静谧的天地，它们在这天片地里飞翔，生存，生活，冷眼旁观喧嚣的事物。

母亲见我看蜻蜓的时候，觉得奇怪，问我：“在看什么呢？”

我不愿告诉她，便答：“没看什么。”

“这孩子。”母亲笑嗔，不再理睬我。

我很怕她继续理睬我，我很怕她深入我的世界，特别是很怕她看穿我的世界。

蜻蜓大概也是这样吧。它大概也不愿意别人去理睬它，不愿意别人去深入了解它，更不愿意别人看穿它。

一个事物和另一个事物，一个人和另一个人，有时分别在不同的维度，处于不同的维度，互相独立着，存在着。

2024 年 2 月 27 日

马蜂窝

昨天捅了一个马蜂窝，马蜂窝被捅后，一群马蜂愤怒地朝我飞来，追着我蜇。

我抬眼瞅见了它们被我惹毛的样子：眼睛发红，双目圆睁，怒发冲冠。

我“啊呀”地叫了一声，迅速丢下棍子便逃了。

万幸万幸，我有从娘胎里带出来的“飞毛腿”，我跑得比马蜂飞的还快，没被蜇着。

逃到了安全地带，我一边拍着胸脯庆幸，一边远远地看着马蜂。只见它们像没头的苍蝇嗡嗡地叫着，既无措于被我捅坏的马蜂窝，又无奈于来不及惩罚我，而不甘心地在四处寻找我。它们奇怪我怎么一下就没了踪影了呢？

其实我并不是没有了踪影，而是我正躲在不远处，看着它们呢。是它们目光太短浅了，光会围着自己一亩三分地转，这才看不见我。

我不禁偷笑了。

突然想到一个问题：人，为什么喜欢捅马蜂窝呢？

小时候在安陲，陈松在柚林中发现了一个马蜂窝，他也像我昨天一样，毫不迟疑，拿起一根棍子，便朝马蜂窝捅去。

结果，他没我运气好。马蜂嗡嗡地追向他，并把他追上了，将他蜇得到处是肿包，眼睛都睁不开了。

他呆呆地站立着，哭得喊爹叫娘。

他的哭喊声惊动了卫生所的人，大家纷纷从卫生所跑出来，尤其是陈松的母亲陈阿姨，她听到了儿子的哭叫，急切的心让她不用寻找，只凭着本能，只凭着第六感觉，比我们任何人都快，迅速跑到了事发现场。

只见现场马蜂们还在嗡嗡地追着陈松蜇呢。为了保家卫国而变得无比激愤的马蜂们，围着陈松，奋不顾身地一波一波发起了对陈松的攻击。陈松身上所有裸露的地方如丘壑纵横，满目疮痍，让人不忍目睹。

陈阿姨把陈松救回来了，又心疼，又生气，她说："马蜂窝是你捅的啊！"一边帮陈松涂抹药物，一边斥责地问陈松："下次还捅不捅马蜂窝了？"

陈松哭声未停，一边抽泣着，一边连答："不敢了，不敢了。"

对于这个回答陈阿姨似乎很满意。

但是不久后，阿松在柚林中又发现了一个马蜂窝，他并没有记得自己的承诺，或者记着但并不打算遵守诺言，立即又拿起一根棍子，朝马蜂窝捅去。

结果，故事重演，他再一次被马蜂们蜇得"丘壑纵横"，惨不忍睹，站在原地，大声哭泣。

马克·吐温说"历史不会重演"，他说的不对，在陈松身上，我们看到，历史正在重演。

大家都很可怜陈松，怒其不争哀其不幸，纷纷上去劝慰。

可是不单是陈松，不久陈伟雄发现了马蜂窝，他也没忍住，拿着棍子把马蜂窝捅了。结果自然可想而知。

我在网上，把"捅马蜂窝"这个词在网页上搜了一下。关于捅马蜂窝，一下搜到了数十万条结果，其中很多是回忆自己捅马蜂窝被蜇，但还要一捅再捅，死不悔改的人生故事。

人真是一种奇怪的动物。明知犯险，却为什么偏偏还喜欢捅马蜂窝呢？

2024 年 3 月 1 日

蚊子

蚊子无处不在，我以为，有人类的地方，就有蚊子。

后来我发现这个结论是错的。我在上海的时候，就没发现上海有蚊子，在上海，一年四季，床上从来不用挂蚊帐，简直不记得蚊帐是什么样子。不像在安陲，你敢不挂蚊帐试试。

我在安陲，常常幻想，什么时候安陲也像上海那样，一年四季都不用挂蚊帐，就好了。

在安陲，每当夏季来临，蚊子就在你耳根旁嗡嗡叫，打扰你的清净。

不仅是打扰了人的清净，更让人不得安生，你坐下来读书，还没读上一页，蚊子就在腿上、手上狠狠地叮咬你，让你坐不住，跳起来，先是到处抓挠，继而四处拍打，恨不得把所有的蚊子都置之于死地而后快。可是蚊子嗡嗡嗡飞来又飞去，打不尽灭不绝，令你无可奈何。

我父亲就拿蚊香来为我点上，蚊香点起来了，立马见效，蚊子果然就少了，几乎没有了，但是并没杜绝，不时还会有个别蚊子冒死突破蚊烟的重重防卫，冲进来狠狠地叮咬我一口。这一口不仅痒而且痛，又痒又痛，更加难受。

父亲看见了，并不怜悯，反而呵呵地笑，说：“这是蚊子王。”他的笑好像是在说，我能有幸被蚊子王咬上一口，是我的荣幸，应该欢喜才对。我却有点气不过，嘴巴嘟嘟地生闷气。

我很生气，父亲却不再理我，我便拿被这个蚊子王咬起的肿包跑去找母亲。

母亲看见了，露出很可怜我的样子，说用唾沫涂涂就不痒不痛了。

一边说着一边伸出手指蘸了点唾沫，朝我的肿包涂去。

一阵清凉，好像立即就减轻了痒痛。

父亲见了，在一旁说风凉话："别信你妈的。"然后说，"要真正止痒止痛用这个，这个才是科学。"

我抬头见他拿着一瓶东西在手上晃。

看清了，原来是一小瓶碘酊。我立即把它抢过来，打开，用棉签蘸了，涂在我的肿包上。果然药到肿消，真正不痒不痛了。从此碘酊成为我的常备药。

一次，母亲去上海，回来对我露出神秘的微笑，样子像蒙娜丽莎。

我看她笑逐颜开，便又好奇地望着她想：去一趟上海，有什么好神秘的。我每到学校放假了，都要回上海，对去上海早就习以为常了。

母亲神秘并且面带得意地问我："猜猜这次我从上海给你带回了什么？"

我一时就愣了，觉得有什么好猜的，"无非是大白兔奶糖、巧克力，这些都是我非常喜欢的吃食，妈妈每次都会给我带回来，有必要猜吗？"可是为了讨母亲欢心我还是说了。

"还有，还有。"母亲听了，笑盈盈地说，"你再猜，你再猜。"

这下，我不高兴了，不猜了。

母亲无奈只好把包袱抖开，从包里向我亮出了一瓶东西。

这瓶东西我从来没见过，连忙拿到手上看，只见瓶子上写着“上海驱蚊油”。母亲喜滋滋地把瓶盖旋开来，将瓶子倒着，滴出几滴驱蚊油滴在手心，然后抚在我裸露的手臂上、脚踝上。

这些驱蚊油抹在我身上后，发出一阵清凉的香气，扑进鼻孔，非常好闻，而被涂到的地方，散发着清凉气息，很舒坦。

“这下好了，再也不会被蚊子咬了。”

“有这么神奇？”我有点不信。

但是药效立即就得到了验证，果然我再没遭受蚊子袭击，能安心坐下来读书了。

母亲拿着上海驱蚊油向廖所长推荐，建议我们卫生所也进一些上海驱蚊油，作为处方开给病人防蚊避蚊。

我以为廖所长会不同意，没料到廖所长竟满口答应了。

很快卫生所里多了一种叫上海驱蚊油的药。人们听说了，纷纷前来卫生所要求开这种药，以避蚊和防蚊，一时洛阳纸贵，甚至要托关系走后门才能在卫生所开到这个驱蚊油。这让母亲非常得意，觉得自己给安陲人立了一功。

但是好景不长，不久县卫生局下来检查，查到了上海驱蚊油，下达整改通知，整改通知认为上海驱蚊油不是药品，下架，取消处方。

母亲以及廖所长都感到很遗憾，但得执行。从此，安陲没了上海驱蚊油。

我被蚊子叮咬了，对蚊子自然很生气，有时索性不看书了，一心一意对付蚊子，眼睛全神贯注，像探照灯一样探照蚊子，发现蚊子飞在空中时，伸出双掌噼噼啪啪一顿乱拍，一会儿就拍得手掌上蚊尸累累。有时故意不拍，让飞着的蚊子绕着自己嗡嗡飞，然后趁它停在身上腿上叮咬时，才看准机会，一个巴掌拍下去。为了保证能一拍一个准地拍到蚊子，当蚊子停下来时，先不急着出手，而是牺牲自己，特意让蚊子差不多吸饱我的血时，才下手，这时吸饱了血的蚊子，挺着一个又大又重的肚子，几乎飞不起来了。我一个巴掌拍下去，稳、准、狠，掌掌结实，绝不落空。蚊子都去见了阎王爷。但是手沾了许多血，我看着想：这些都是我的血啊。

陈松与我对蚊子的处理则完全不同，他不是拍蚊子，而是捉蚊子。把蚊子捉到了，笑嘻嘻地将蚊子的六条腿扯断，然后把没了腿的蚊子放在桌子上示众，欣赏它们的挣扎，让它们活活饿死。

母亲见了不忍，劝陈松别这样做。

陈松对我说："吴阿姨太慈悲了。"

然后他振振有词地对母亲念了一段雷锋语录："对待同志要像春天般的温暖，对待工作要像夏天一样的火热，对待个人主义要像秋风扫落叶一样，对待敌人要像严冬一样残酷无情。"

我母亲听了一时说不出话。

2024 年 3 月 1 日

知了

因为聒噪而讨人喜欢的昆虫是知了。

在安陲的夏天，我躺在我家客厅的竹床上，前后门敞开着，穿堂风一阵一阵吹拂过来，凉凉爽爽，好一个安谧世界。这时门外来了知了，在枇杷树上“知了，知了，知了”地叫，蝉噪林愈静，鸟鸣山更幽。这是一种享受。

陈松走来，朝我招手。我起来，走出门问他：“干吗去？”他指指枇杷树答：“捉知了。”

我点点头。

我们在枇杷树上寻找知了。觅声寻去，一下就发现了知了。它正贴在树背上，一声声地叫。我手脚并用，爬上树去。陈松在下面等着看。

但还没等我爬到，知了“嗤”地就飞走了。

我只好爬下树来。不过我和陈松都没有失望。抓不着知了是意料中的，抓着了知了是意外之喜。

我们站在枇杷树下碰了头，继续朝有知了叫声的树林走去。

那时候的安陲到处都是蝉叫、蛙鸣，不像现在来自自然的声音越来越稀少，越来越难听到。

在另一棵枇杷树上，我们又见到了知了。这次这只知了没有待在高高的树枝上，而是在粗粗的主干上。我们背着它走上前去，然后伸出手来一捂。

遗憾的是，没捂到，它还是抢先一步，展翅飞走了。

这让我俩内心稍微有一点点失落，感到有些可惜，眼看就要捉到，就差那么一点点。

事情就是差在这毫厘之间。

我们迅速地调整情绪，继续寻找知了。

走着，陈松说：“要不我们先做一根粘竿。”

我答：“好。”

在山林里找，很快找到了粘树，把它的树枝折断，剥皮，把皮捣烂，粘在竹竿上。一根粘竿就做好了。粘毕有三米来长，我们拿着粘竿，在树林里朝知了叫声走去。

到处是知了的叫声，没走几步就又看到了一只知了，在树枝上一递一声地鸣叫着。

我们走近前去伸出粘竿靠近它。

知了看见了粘竿，非但没觉察出这是危险，还视若无睹，依然一递一声地叫着。

我们把粘竿伸近它，一粘。

一粘一个准，把知了粘着了。

我们将知了从粘竿取下来，放进竹笼。

回到家，将知了拿出来把玩。

知了是一个黑褐色的家伙，长着硬壳，有一双透明而修长的翅膀。它被我们捉住了，样子仍然很安详，眼睛亮亮地望着我们，似乎很迷惑我们为什么要捉它。

我们把它放在手心，东看西看，希望它在我们手上像它在树上一样，发出响亮的鸣叫声。

可是知了望着我们却不发出任何声响了。

无奈我们把它放回了笼子，开始闲谈起来。

正闲聊着，突然，笼子里的知了叫起来了。

它以这种方式打断我们的聊天，抢去了我们的话头而鸣叫不休。这不仅没有让我们生气，反而令我们惊喜，我们一齐停住嘴，不说话了，看着它，静静地听它的奏鸣："知了，知了……"

母亲走来，皱皱眉，似乎有些厌烦，但是终究没有说话。我和陈松互相望着，又看看正在使劲鸣叫着的知了，相视而笑。

2024 年 3 月 1 日

蟋蟀

养蟋蟀是为了满足我们的争斗之心。

我们把蟋蟀捉住了，放进竹筒里养着，上学的时候放在书包里，课余时间拿出来，在泥地上挖一个坑，将各自的蟋蟀捉出，一齐放入坑里。

两只蟋蟀在坑里相见，分外眼红，摇着翅膀，发出恫吓对方的刺耳鸣叫，奋不顾身，竞斗起来。

小伙伴们围成一圈，饶有兴趣地观看，不管谁赢，都拍手叫好，他们看得兴奋、过瘾。

争斗之心是人类的本能和本性，源自生存，进而演化成要满足占有和贪婪的欲望。战争、杀戮由此而起。而人类彼此的战争停止下来，争斗之心并未熄灭，转移为操纵各种生物的竞斗：以此宣泄和取乐。斗马、斗牛、斗鸡、斗蟋蟀等，相继诞生，人类乐此不疲。

北京人用来斗蟋蟀的蟋蟀，呈褐色，小而精灵，斗性凶悍。安陲的蟋蟀不是那种蟋蟀，品种完全不一样，呈枣红色，大而硕壮，但痴、笨，动作不够灵巧。它们生长的地方也不一样，北京那种褐色蟋蟀，一般生长在草丛乱石、荒野的砖缝等等地方，而安陲的枣红色蟋蟀生长于木薯地里。

夏天，入夜之后，陈松在家里匆匆吃好饭了，做游手好闲状，出门，逛到我家门前。在窗下，他以口哨作暗号叫我出来。

我听到了，若是正在吃饭，便急忙地扒两口，做个样子，算是把饭吃过了，放下碗，就跑出去与陈松会合。

这时陈松、陈伟雄、阿泡等都已焦急地等着了，他们手里提着水桶，还预备好了装蟋蟀的匣子。我们趁着黑夜，在夜色的掩护下，悄悄来到白天侦察好的一块木薯地里，躬身钻进去。

木薯地里的木薯树，一排排整齐地长着，地里沟是沟，坎是坎，蟋蟀就生长在这些沟坎之间。它们在木薯树下挖洞，藏身，生活，成长。

这时，抬头看天，夏夜的天，月朗星稀。低头看地，木薯树上的叶子，在星月的照耀下，泛起一层幽幽青光，令人有些害怕。

我们先是伏在木薯地里倾听，便听到蟋蟀们在木薯地里此起彼伏地鸣叫着。

起身，弓着腰，寻声悄悄过去。

一只蟋蟀的叫声越来越近了。

忽然，叫声戛然而止。

蟋蟀发现了异样，知道了我们的动静，便迅速止住了鸣叫。

我们也没有失措，早已了解了蟋蟀的习性，知道它一定仍待在洞口，一声不响地静待我们找不到它踪迹而离去的脚步。

我们把手电筒打开，东照西照，就近在周边找寻。

陈松发现了那只静待着的蟋蟀，拿手电筒照着它。只见它在亮晃晃的灯光照射下没逃跑，更没躲进洞里，还静静地看着我们。

我们一起跟着陈松挨近蟋蟀。

蟋蟀看我们走近了，这才一个转身迅速钻进了洞里。

我们并不挖土掘地，阿泡和陈伟雄立即下到河里，用桶把水提来，对着蟋蟀的洞口用水灌而淹之。

《孙子兵法》云“以水佐攻者强”。我们都用上了《孙子兵法》。

果真强，不一会儿这只蟋蟀就忍受不住水淹，爬出了洞口，浮于水面。当我们伸出手去捉它时，它一动也不动，举手投降，乖乖地让我们捉住了。

把捉到的蟋蟀装进匣子里，如此如法炮制，一而再，再而三，我们捉到了很多蟋蟀，满载而归。

我们将蟋蟀养在家里，在月冷星稀的夜晚，屋外月光的清辉照射进来，照耀在装着蟋蟀的匣子上，蟋蟀感应到了月光的照射，便在匣子里一声一声清脆地鸣叫起来。这叫声极悦耳，极好听，有一种美妙的感觉。

这时父亲也会和我一块，凑近来听这蟋蟀的鸣叫。

我们父子俩静静地聆听，只听到蟋蟀清脆而响亮的鸣叫，有点像父亲吹奏的笛声。

2024 年 2 月 26 日

青蛙

1

我现在住的小区只有四栋楼，它们围着一个小小的庭院，显得颇为精致。庭院中有亭有阁，曲径相连；有山有水，水里养着鱼，有金色的，有红色的，闲来无事我常买面包来投喂它们；还有树有木，有花有草。但山却是假山，水是自来水，由水泵抽来，然后让它从假山上涓涓地流来，水声淙淙。

小区物业经理大概也是一个有情致的人，他做了一张小区植物图谱，上面标出了从一月到十二月，小区里种植的各种植物的相关信息，每个月份在什么地方什么样的植物结着什么样的果实，邀请业主前来共同采摘，共享果实。

看着小区里生长着的植物，我很想写一部《小区植物志》，有天便拿着笔记本，带着相机，去做实地调查。边看边记边拍摄，不出半小时，居然已经拍摄了几十种植物。这还只是小区一角生长着的植物，数量竟如此之多，让我暗暗惊讶。于是，我就更欢喜这小区的庭院了。

平日在屋里读书困了，便下楼来，信步在这庭院中走一走，坐一坐。看看这假山，看看这流水，听听流水的声音。春天看迎春花开放，秋天看果树结果，别有一番情趣。

我安陲的发小来访，见了这些却嗤之以鼻。“假的！假的！”他一路走，一路指着沿途的景致说。

我就笑，连连点头。

最后他不屑地转头望向我，那种眼神，好像我也成假的了。

从某种角度去看城市，城市是一个“造假”的工厂，它仿制着自然制造了各种景观，却不是“自然”。

可是在我们人造的庭院也发生着自然的奇迹，春天来临时，池塘里居然响起了蛙鸣。起先是一两声，然后渐渐成了阵势，临近夏至，能听到蛙声一片，连绵不绝，响彻庭院。青蛙不是谁喂养的，而是自然到来的。我们小区也算是在市中心了，周边人烟稠密，房子一片连着一片，马路纵横，青蛙是从哪里来的呢？又是怎么来到这里的呢？

每天晚上听着蛙鸣，我以为是一件极有意思、极好的事情，这自然之声让人身心霎时便与自然贴近了，融合起来。

可是有业主却并不这样认为，去物业投诉说青蛙叫声太吵了。由于忍受不了青蛙的吵闹，建议填平池塘以消灭青蛙。

他的这个提议最后没有得到更多业主的支持，只得作罢。

从此每次再听小区里连绵的蛙鸣，我就暗暗替这些响亮地鸣叫着的青蛙生出歉意：确实吵到人类了。

青蛙似乎选错了生长的地方。而这种“错误”带来的微光，却忽然让我心头感到一阵亮堂。

2

安陲的青蛙和生长在城市里的青蛙境遇完全不一样。

在安陲，每当春天来临的时候，山色便明亮起来。

起先我不明白这是什么缘故，感到好奇怪，后来突然明白了。只见满山遍野的树和草长出了新绿，新绿映亮了天地。这还不算，更给天地添上光亮的是那些原本干枯黯淡的水田。春天唤醒新绿的时候，农民就下到这些干枯的田地里，开渠灌溉。水到田润，滋润的田畴仿佛得着了新生，渐渐变得油亮起来，变得生机勃勃起来。你能听到泥土吮吸的声音。那些饱了水的，把天地映亮了。

但是春天并不是最明亮的季节，它只是孕育光的季节，它孕育的光要到夏季才真正变得明媚。到那时一切才都那么耀眼，一切才都那么炫目，连我们赤裸的身体都是光彩夺目、熠熠生辉。这时天地的光明到了极致，开始走向秋天的收获。

然而春天毕竟是光亮的。在这光亮中拔节生长的不只是树木花草和被水灌注的田畴，还有从冬眠中醒来的青蛙，每当暗夜来临的时候，它们便在所有的地方敞开嗓子欢声高唱。

虽然青蛙不一定是春天里最美的歌手，但绝对是春天里最高亢激昂、最激情澎湃的歌手。它们在天地间“呱呱呱”或者“昂昂昂”地歌唱，声音那么嘹亮，性格那么奔放。

安陲的青蛙，与我们小区庭院里鸣叫的青蛙又有所不同。它们仿佛具有更辽阔与更高远的情怀，听着它们的歌唱，天地为之而宽广，心胸也不禁为之而敞亮。

在安陲鸣叫的青蛙是不会遭人嫌弃的，阿养叔听到蛙鸣会非常高兴，青蛙鸣叫得越欢，他的心情也就越愉悦。在夜晚的火塘边，阿养叔会静静地倾听，有时会微眯眼睛欣赏，有时会频频点头称赞。我问阿养叔：“阿养叔，你为什么那么喜欢听蛙叫？”他睥睨着我，有点不屑于回答：“你不是真正的农民。”说得我脸一阵红。那时我一心想当农民。

插秧的时候，青蛙和我们一起在田间跳来跳去，似乎是要做我们的小帮手。我常常忍不住停下了手中的活儿去捕捉青蛙。阿养叔见了就会笑，也不阻拦我。那个年代，自然之物是如此众多，捉也捉不完。我以为永远也捉不完。没想到，后来，当人的贪欲心一起，不仅仅是青蛙，所有的自然之物便在人的贪念里渐渐消亡了。

我小时候老师给我们上课，总是自豪地说我们国家地大物博，物产丰厚，教给我们的观念是仿佛我们多么富有，在我们博大的土地上，大自然能供给我们取之不尽用之不竭的财富。不料这一切都是假象，竭泽而渔非妙招，着眼长久乃正道。

2024 年 2 月 28 日

第六章

在安陲，果蔬记

杨梅

安陲每一个季节，每一个月份，都有一个让人盼望的东西。一月盼望元旦，二月盼望春节，三月盼望李树开花，四月盼望清明……进入夏季后，“端午杨梅挂篮头，夏至杨梅满山头”，安陲人最盼望的是吃杨梅。

杨岭上的杨梅树最多。别处的杨梅树长得零零落落，只有杨岭漫山遍野的杨梅树连片生长。放学了，我们背着书包就往杨岭跑，蹚过泗欧河，爬上杨岭。站在连片的杨梅树下，不像站在杉树下，杉树的树间总是长满着各种灌木，让人行走艰难，而杨梅树下几乎寸草不生，一片空旷，想往哪里走就能往哪里走。杨梅树如华盖，互相连接起来，把整个天空都遮蔽住了，行走在连片的杨梅树下，如行走在一间宽敞的大屋里，间或的一丝阳光隐约从叶缝中照射下来，使得杨梅树底并不幽暗。最奇特的是在杨岭，爬上一棵杨梅树后，要想摘另一棵树上的杨梅，可以不用下来了，直接从这棵杨梅树的树枝攀到另一棵杨梅树的树枝上，也就是说当你爬上杨岭上的任一棵杨梅树时，你就等于爬上了杨岭上所有的杨梅树。这种在树上行走的奇特和美妙，后来我在读卡尔维诺《树上的男爵》时再一次体悟到了。

此时的杨岭，每一棵树上都结满了杨梅，每次我都是迅速地就近爬上一棵杨梅树，见了杨梅伸手便摘，然后迫不及待将摘下的杨梅放进嘴里咀嚼。

阿泡总笑我，笑我这种慌不择食的吃法。

阿泡进到杨岭，先站在树下观察，观察哪一棵杨梅树上杨梅长得最多最旺最熟，然后才攀上相中的那棵杨梅树。上了树他还要选择，选那种红得发紫、长得最大的杨梅，再伸手将其摘下。

我总要囫囵地匆匆吃下几颗杨梅后，才定下心来，才有心思开始进行选择。

真正成熟的杨梅红得发黑，看上去并不是“满山红”，而是“满山黑”，一颗颗熟透的杨梅透着乌黑的色泽，圆润饱满，不管如何小心地轻轻拿在手指间，都会被捏破，把手指染得红黑。

父亲常爱说：“樱桃好吃树难栽。”

我听了就想：樱桃会有杨梅好吃吗？

可惜安陲没有樱桃，使我一直得不到答案。

把杨梅摘下来了，拿书包装，拿衣服口袋装，都装得鼓鼓囊囊，才依依不舍地爬下树。

不单我们小孩摘杨梅，大人也摘杨梅。他们摘杨梅可比我们有心和专业多了，去摘杨梅时不慌不忙，整装而发，每个人或者在背上背一只背篓，或者在腰间挎上一只鱼篓，每摘到一颗杨梅就放到背篓或鱼篓里。

好多安陲人把杨梅摘来了，先拿到卫生所，送给他们尊敬和爱戴的医生。别的单位，比如银行、供销社很少能得到这种待遇。有一回我母亲一时找不到装杨梅的东西，顺手拿了一个担水的锑桶来，结果村民竟把杨梅装了满满一锑桶，让我母亲发愁。后来她灵机一动，把它们腌制成杨梅干，在秋冬的时候，再分送给村民，他们都说味道好极了，纷纷学做。现在安陲专门生产杨梅干，且已形成产业，大概始于我母亲腌制的杨梅干吧。

2024 年 5 月 25 日

微笑的李子

李子长在安陲的村庄里，随处可见。杨梅是野生的，要到野外采摘，李子由村民人工种植，一般栽种在各家的屋前屋后。在三月四月李子开花时，安陲的村庄都被这洁白的李子花衬托着，走进村庄里，李子花雪白一片，淡淡的李子花香随风入鼻，若有若无，令人神往，比八月的桂花香更有一番韵味。

李子花凋谢了，落满一地，风起处村庄便到处飘荡着白白的花瓣。陈莉后来热爱上写作，为自己起个笔名：花瓣雨。我问她为什么会起这个笔名。她反问我："记得我们安陲的李子花吗？"我明白了。

一场大雨袭来，雨水把村庄屋顶上的、路面上的李子花瞬间都带走了，李子花那股曾经飘荡在村庄里的淡淡清香，也被这场雨带走了。

大雨带不走的是那些挂在枝头上的果实，它们被这场雨滋润着，一颗一颗挂在树梢上，反而更饱满、更壮实了。走在上学的路上，在李子树下穿行，我常不由得停下脚步，站立树下仰望。陈松也走来，同我一齐仰望。他不单仰望，还伸出手指，用手指点点数数，一颗、两颗、三颗……数得很认真。阿泡家的李子树上挂果特别丰盛，阿泡见陈松在数他家李子树上的李子，嘲笑陈松："你能数得过来吗?!"陈松不睬他，依然一颗一颗认真数。

数着数着，眼就看花了，便从头再数，饶有兴致。

陈松还拉来他母亲，要他母亲一块看李子树上生长着的李子。我也好期待陈松母亲同我们一块欣赏，可是陈松母亲撇撇嘴说有什么好看的，头也不抬，甩着手回屋里了，令我和陈松很受伤。对一颗青涩的果子，为什么大人如此漠然忽视呢？

李子渐渐由青透红了，再过些日子，那些由青透红的李子，会变成乌色，完全成熟。走过阿泡家李子树下时，这些熟透的李子让我垂涎欲滴。阿泡家的李子树与别家的李子树生长环境有些不同，阿泡家的李子树，树干被阿泡父亲利用起来，成为天然柱子，依仗这些柱子，阿泡父亲搭建起晒台，秋收后，在上面晒木薯。那天我走过的时候突然灵机一动，我发现如果我爬上晒台，站在晒台上，那些高高在上的李子瞬间便唾手可得，不禁喜形于色。我毫不犹豫迅速爬上晒台，站在晒台上，那些李子就在离我头顶不足一尺的地方了，我伸出手来，一边摘一边放嘴里啃食，一边捧在手心里和放进衣袋里。熟透的李子乌黑柔软，汁液饱满，一口吃下去甜上心头。正在我吃得忘形时，突然树下一声断喝："给我下来！"像在晴天里响了一个霹雳，吓得我手里的李子纷纷跌落。原来阿泡父亲在树下朝我怒吼。我吓得一下子地从晒台上滚落下来，幸亏阿泡父亲把我接住了，没让我摔着。他把我放下地，我站起来，一溜烟跑走了。

晚上阿泡父亲来到我们家，手上提着一篮李子，阿泡父亲说："晓得罗海爱吃李子，送点刚摘下的李子来。"

我父亲和我母亲有点惊奇，想不过来，问："阿泡爸，你怎么知道？"

阿泡父亲面露神秘的神色，不说话，管自笑。

2024 年 5 月 27 日

要连皮一起吃的金橘

我居然能爬上金橘树。我见阿泡爬上金橘树的时候，也想试着爬上金橘树。树上到处是刺，每一根树枝，每一条枝杈都长满刺。刺有一寸长，尖利、坚硬，似一根一根针。

阿泡爬上去的时候，敏捷灵巧，他避开了所有的刺。我爬上树的时候，没法避开，我有些笨拙，手上、身上，到处被扎。痛，但快乐着。

正是十月的秋天，树上结满了金橘，颗颗金黄。

阿泡在树上腾出手来，摘下一颗金橘，放进了嘴里。我在树上，也摘下一颗金橘，放进了嘴里。随着牙齿的咀嚼和舌头的搅动，金橘的油和金橘的甜一齐在嘴里融化，混合成一种金橘特有的味道。我大口大口地吃起来。

陈莉吃金橘的时候，是把皮掰开，丢掉，只吃金橘的果肉。我也曾试着像她那样吃。那是另一种金橘的味道。试吃过后，我彻底否定了陈莉对金橘的这种吃法，并且不屑与其一致。我认为这不是一种对金橘的正确吃法。金橘的味道，妙就妙在金橘皮上的那一层油，你没尝，就不算吃到真正的金橘。就像吃杨梅，廖所长说吃杨梅一定要连子一块吞食，那才是吃尽了杨梅的味道。

吃罢金橘，我们开始正式采摘金橘。我穿着背心，把背心的下摆扎在裤腰里，就形成了“口袋”。我用这只“口袋”装采摘下来的金橘。阿泡也穿着背心，他同样把下摆扎进裤腰里做成“口袋”装金橘。当把金橘沿着胸脯和肚脐装进这只“口袋”时，金橘摩挲着皮肤下滑，一路清凉，令我感觉很惬意。开始三五颗金橘装进这“口袋”时，背心不显山不露水，装得多了，渐渐显山露水，终于它被装进去的金橘撑得像怀胎十月的大肚孕妇，我们把裤腰扎得更紧了，腆着肚子相视大笑。

摘金橘一般是在那晚上公社要放电影的日子，我们要为当晚看电影准备零食。在安陲，这些零食随季节的变化而不断变化，四、五月是李子，六、七月有枇杷，九、十月便是金橘，当然其间还有芭蕉、冬稔子等。

金橘是早年由公社种在南山上的，成林成片，一望无际，挂果以后就成了我们觊觎的对象。

黄昏的斜阳照着我们，我们腆着肚子满载而归，来到了公社球场。球场上离球篮不远处挂着银幕，电影还没开映，许多小伙伴却都已到场，他们在打闹嬉耍。陈松见了我，向我把手一伸，说：“见者有份。”我立即很大方地把手伸进背心里，掏出一把金橘放在陈松手里。陈松满意地吃起来。覃勤、黄家明纷纷走来“见者有份”地向我和阿泡索要。我们来者不拒，笑眯眯地与他们共享。这是安陲的“江湖规矩”，大概也是许多小孩世界的规矩。一时球场里四处飘散着金橘油腻的味道。张书记闻到了，扇扇鼻子，瞪着眼四处寻找，找到了我，向我招手。我挺着鼓鼓的肚皮来到他面前，他假装没看见，说：“小子，今晚的电影你准备了大白兔奶糖还是巧克力？”我没搭腔，从背心里掏出一把金橘才说：“张书记，今晚吃金橘。”张书记对覃秘书说：“来来，一块分享。”

2024 年 5 月 30 日

冬稔子

冬稔子是在灌木上结的果子。在安陲，许多果实是在树木结的，桃子、李子、枇杷……无一不是。不过，灌木也是木，也是树。陈松却很鄙视灌木，说：“灌木也配称树，有辱树的称号。”黄家明听了，表示赞同。

我本来不认识冬稔树，听他们这么说，非要去见识见识了。

阿泡做向导，他说：“冬稔树最多的地方在西山。”

我们便朝西山走去。

西山其实不能算山，就一土坡，在安陲的西边。我们去时正是夕阳西下的时候，一片金灿灿的阳光覆盖在坡上。夕阳之下，大地所有的事物，被余晖染上了一层光芒。这是十月的秋阳，温暖又令人有点伤感。西山是一个很奇怪的地方，不像其他地方。其他地方除了草丛、灌木，一定长着成片的大树，比如杉木。在西山没长有一棵成材的树，遍地长着的只有灌木和草丛，低矮而散漫。它们生机勃勃，无比茂盛，绿油油地长满了西山。

阿泡引领我们走进这些半人高的灌木丛中，随手就可摘到冬稔子。

冬稔子呈紫黑色，模样憨态可爱，卵状壶形，在安陲没有一颗果子是这种形状。阿泡摘了一颗来送给我说：“你尝尝。”我用两根手指捏着，用牙齿咬一口，甜味便沿着舌尖渗透开来。这是一枚浆果，不仅甜，而且果实里还有许多细细的颗粒，像沙子一样在舌头上滚动着，刺激着味蕾。阿泡、陈松、黄家明纷纷从冬稔树上摘下冬稔子，放进嘴里大口咀嚼。

漫山遍野的冬稔树无声无息，在秋风中轻轻摇动，树叶明亮，像打了一层蜡。我们在冬稔树丛中穿梭，对冬稔树来说，我们是一群不速之客，在我们经过时它们分开，在我们离开时它们又合上，不见去路，也没有来路。站在冬稔树丛里所有的经历都被淹没，不留痕迹。脚下的草丛，刚刚被我们踩过，脚踏上地，它们被踩倒了，脚过之后，杂草它们立即又挺立起来，没有留下任何痕迹。我们也不在意自己有没有留下痕迹，也不在意自然界不动声色地掩埋我们留下的痕迹。我们来过，到过，好像又没来过，没到过。我们手起果落，大口大口咀嚼着大自然的馈赠。过后，似乎什么也没发生。风轻轻摇动着树叶，草轻轻倒扑又立起，一切与我们无关。我们来了，到了，又离去了。回首一下，什么也找不到了。多少光阴就是这样。

离开西山之后，我在梁雪花的家里突然有了新发现，我发现她家有冬稔子。这使我很兴奋，我见了许多冬稔子，便惊喜地伸出手来，指着冬稔子叫："这是冬稔子。"婉婷被我的一惊一乍所惊动，眼睛亮亮地顺着我指的方向望了一眼冬稔子，然后眼神就黯淡了下来，觉得我的一惊一乍索然无趣，她说："这有什么稀奇。"

我感到稀奇的是这些采摘来的冬稔子此刻被梁雪花装在玻璃酒瓶里，被酒浸泡着。梁雪花说："每年我都要做稔子酒。"

为什么过去我从来没发现梁雪花家原来年年都用冬稔子泡酒呢？

2024 年 6 月 2 日

米椎

我站在树下仰望，米椎挂在树上，离地面十余米，高不可及。梁雪花笑我。梁雪花说："你不要望，望了也没用，摘不到。"覃立高接着说："不用摘，捡就可以了。"

梁雪花说摘不到，我可以理解，覃立高说不用摘捡就可以了，我却感到有点奇怪，觉得不好理解。米椎长在那么高的树上，怎么捡呢？

米椎生长在安陲的深山老林里，一棵棵米椎树高耸入云。米椎树长得笔直、高大、挺拔，有英雄气。在南方，被人说得最有英雄气的树大概要算木棉树，而既有英雄气概又俊秀的树我觉得要数米椎树了。木棉树长得有点单调，不像米椎树长得英姿勃发。

在安陲最吸引我的地方就是深山老林，进入深山老林就像迈入幻宫，能迷幻住人。树木、草叶、花朵、果实，泉流、鸟鸣、兽嗥、虫叫……那么缤纷，那么神秘，那么引人入迷、入醉、入痴。那时没有什么比大自然更令少年的我痴迷了，在选择城市和乡村，我总是毫不犹豫用无比渴望的心选择山野。不像现在，我的选择会旋转一百八十度，走向对面，坚定地指向城市，我再也不愿意回到乡村。做农民曾经是我少年时的理想，现在被我看成一个笑话。我想起我少年的这个理想时，觉得又可笑，又悲情。

理想破灭的时候，剩下的只有哀伤。

在十月的秋阳下，我站在米椎树下仰望米椎，它们长得像刺猬，浑身被绒刺严严实实包裹着。覃立高说：“不要着急，等着，你等着，就能捡到了。”

果然在十一月，覃立高带着我再次来到米椎树下时，树下便落满了米椎，有些是开了花的米椎，有些还被绒刺包裹着。这时微微弯下腰捡拾就行。

米椎还没有落下时，我们又盼捡拾板栗，站在板栗树下看，板栗也被绒刺包裹着，同米椎酷似。板栗树就在卫生所边上，我们随时跑去看，不仅如此，板栗树只有几米高，我们实在等不及板栗落下，便拿来竹竿，用力击打，就把板栗打落下来了。落下的板栗并没成熟，我们掰开看到板栗还嫩小不宜生食，令我们又失落又失望。

捡回来的米椎，生火焖炒，不一会儿香喷喷的米椎就出锅了。初冬的安陲到处米椎飘香，人人口袋里随时装盛着米椎，时不时拿出来吃几颗，特别是在放电影的时候，电影的声音和看电影时人们吃米椎的清脆声音响成一片。

探亲时，母亲把安陲的米椎带去上海。上海的孃孃们都不认识这是什么东西，拿在手里摩挲，像摩挲一粒一粒佛珠。三孃孃一边摩挲着，一边假模假样地念起来，引得一家人发笑。那时的城市和乡村彼此陌生，彼此隔膜，谁也难认得谁。想必米椎也不认识上海这样一座城市，如果米椎也会表达情感，它又会表达出什么呢？

2024 年 6 月 2 日

泡

泡长在五月初夏的路边，呈鲜红色，饱满欲滴，小伙伴都喜欢采摘。

在所有的野生果子中，可能泡是一种最容易摘到的野果了。它长在与我们齐腰高的灌木丛里，伸手就可摘食，不像米椎高高在上，也不像冬稔子需要特别去它生长的地方寻觅。

可以这么说，只要长树长草的地方，就有泡。

只要有泡的地方，伸手就可摘到。

我感到很奇怪，在安陲为什么把这种果子单叫一个“泡”字呢？

安陲人多为苗族，为避战祸，祖先从古老的中原迁徙而来，进入安陲后，数百年隐居于此，因此便保留了许多古代的语言。“泡”大概就是古语今存的一种体现。古人爱用单字单词单名来命名和诠释世界，这在现存的古书籍中随处可见。

泡太鲜艳了，我见了不知因何莫名地生出一种畏惧，不太敢采摘。但黄家明和陈松每次见泡，便随走随摘，放嘴里大口嚼食，吃得津津有味。在安陲我常常表现得天不怕地不怕，什么都敢做，总是一马当先，见了泡忽然就胆怯了。让陈松发现后大声嘲笑我来，令我难堪。我曾不止一次暗暗鼓起勇气要改变自己这种对泡的畏怯，可是最后都失败了。也许对一种东西的畏惧是天生的，想改也改不了。

还有一种与泡相似的野果，安陲人叫它蛇泡，为什么叫蛇泡我一点也不明白，长在离地数寸的阴湿晦暗之处，果实只有泡的三分之一大，因此想隐蔽，不愿现身于世，可是因为天生红颜，总是易于被发现，躲也躲不掉。不知是因为它长得低矮和隐蔽还是因为它的名字，我总觉得蛇泡带着蛇妖气，我曾蹲在它面前仔细地凝视它，探究它，我摘了一颗来，拿在手上观察，又掰开果实想看清其中的门道。我发现蛇泡始终平静，无声无息。它不反抗，也没发出疼痛的呻吟。世界的寂静就像我的寂静，有时虽然被伤害了，但还是保持寂静。

不知道什么时候小伙伴中流传将蛇泡采来，放入煤油灯的油里，点灯时，可以省油。一时，每位小伙伴都把蛇泡采来，放进灯油里。我不信，觉得这么做没有道理。看到大家都这么做，便又对自己的判断产生了怀疑。于是，好几次我想问问父亲和母亲，蛇泡果真能省油吗，却又因生性羞涩内向开不了口。后来我终于选择了从众，也悄悄去采来一颗蛇泡把它放进我的灯油里。蛇泡入油无声，安静地待在煤油中。在暗夜，煤油灯点起来后，它在煤油里显得有一点浑浊而暧昧。有一回我看见它好像在发笑，大概是在嘲笑我们人类这些举动。

2024 年 6 月 4 日

被拒食的辣椒

陈莉把一枚生辣椒拿在手里，将辣椒蒂揭掉，朝辣椒肚里放进少许盐，用一根筷子捣出汁，然后微闭眼睛，很享受地一小口一小口吞食，边吃边说味道好极了。她的弟弟陈松也如法炮制。如此，姐弟俩，你一口，我一口，炫耀似的在我面前轮番表演吃生辣椒。

不单是陈莉、陈松姐弟俩这样吃，在安陲许多小朋友都这样吃生辣椒。生辣椒是安陲小孩们日常的一种零食。在上学路上，经常见小伙伴们一边走着路，一边手里拿着一枚辣椒一路吃。

我学会了安陲的很多东西，比如打赤脚，比如吃酸鱼酸肉，可是我始终拒食一枚如此制作出来的生辣椒。

一个人想完全融入一种环境，从一枚辣椒上，我看到了这种想法不可能实现。所以一个外来人就算一辈子待在某个地方，他还是外来人，永远都是外来人。本地人这么认为，外来人自己内心也一定这么认为。他的融入一半是真诚，一半是虚假，甚至是虚伪，是不得已而为之。

这点令我惶惑，也令我微感无奈与痛苦，心生哀寂。

有时我想完全地融入安陲，迫不及待地要让自己成为一个真正的安陲人，有时却又有意识地抵制他们，与他们保持距离，要保持作为一个外来人的内心的某种独立。

我的父亲至少在表面上已完全融入安陲的环境中，他对安陲的一切都来者不拒，甚至主动依附。

而我母亲却有所不同，她保持了许多由上海养成的生活习惯，比如饭前洗手、定期修剪指甲等。

那时从来没有安陲人会修剪指甲。他们从事体力劳动，似乎从来不需要修剪指甲，但是母亲还是让在她接触到的范围内的安陲人开始修剪指甲了。她从来也没有改变安陲的意识，但当她看到由于她的某种习惯而改变了安陲，内心充满欢喜。很多安陲人都学着她的举手投足。刚开始多出于对陌生东西的好奇，后来却是一种下意识的接受，最终养成习惯。

母亲和安陲始终处于一种对峙与融合的关系。而作为医生有些对峙显得尤为明显，尤为突出。有时安陲人劝母亲："吴医生，你应该学会安陲的生活。"我母亲总是微笑着点头同意，却依然我行我素。没办法，安陲人只好反过来将就母亲附和母亲了。

我家的菜地也种着辣椒，绿茵茵的，棵棵向阳。我虽然不喜欢吃辣椒，但喜欢辣椒这种生命存在的方式，它们生机盎然。当辣椒由绿转红的时候，辣椒就成熟了，安陲人把它们摘下来，用绳子串起，一串串地吊在火塘上。这时，辣椒看上去不像是一种饮食倒像是一种装饰。秋天的吊脚楼上，到处是五颜六色的色彩，火红的辣椒、金黄的稻穗、被火塘烟熏得黑褐的腊肉，还有风干在晒楼上的白色木薯片。大地的色彩被安陲人搬回吊脚楼，吊脚楼成了一幅彩色的画。

安陲人喜欢喝酒，也喜欢吃辣椒。安陲人是无酒不欢，安陲人也是无辣不欢，一年四季不会有哪一餐少了辣椒。做法也是多样，做的时候可以晒成辣椒干，可以腌成酸辣椒。吃法更是多种多样，有像陈莉陈松那样吃生辣椒的，有的是做出一种叫"盐水"的调料，蘸着盐水吃。辛辣是安陲人的饮食特色，也是安陲人饮食的底色。这养成了他们豪爽和热情似火的个性。他们热情、开朗、善良，对人从不怀恶意，总是以最大的善意看人、待人，要到后来，才慢慢改变，变得多样化了。如今的安陲人大多还秉持着最初待人的初心，也有安陲人变得谨慎了，变得复杂了。

一枚辣椒融入着安陲人的某种精神与意志，辣椒的某些特性也成为安陲人的性格，表面温和沉静，内心却火热、泼辣。

在安陲，我常望着一枚辣椒陷入犹豫，很多时候我也想像安陲人一样，大碗喝酒，大口吃辣椒，最后，多数时候，却总是难以做到。

2024 年 6 月 9 日

苹果

安陲生长有各种各样的果：柚子、枇杷、金橘……但是没有苹果。

那年冬天外祖父从上海给我们寄来了一箱苹果，苹果又大又红，香甜可口。

母亲收到这箱苹果后，就把苹果一份份分好，让我拿去送给各家各户。

公社武装部张干事吃到了，赞不绝口，他从来也没见过苹果，更没吃过苹果，他一边吃，一边感慨："原来这就叫苹果啊。"

母亲听到了就笑，面有喜色。她告诉张干事："这叫国光苹果，只有北方才能够种植生产，我们南方是没有的。"

张干事听了，一边吃着苹果，一边悄悄把吐出来的苹果种子收进了口袋。

张干事在公社食堂后背的一块空地上种下了苹果种子。

不久种子竟然发芽了，然后慢慢生长起来，渐渐长成了一棵小树，有一米多高。

但是好像就再也长不大了。这让张干事有些失望。

这一年小树却突然开出了花朵，一朵两朵，三朵四朵……虽然稀稀落落，却成了奇迹。这个消息像长了翅膀一样迅速飞遍公社，成为公社的头号新闻，大家都跑来看个稀奇，连张书记也来看了，边看边喜滋滋地对张干事说："小张，把这棵苹果树种好，你种成功了，就是头功一件，我们在全安陲推广种植。"

张干事听了，腰杆子一挺说声："得令！"

张书记哈哈笑，拊着掌走了。他来到卫生所见了母亲，讨好母亲说："吴医生，小张种植成功了苹果，你是头功一件，我们要召开公社大会，表彰你。"

母亲听了微笑着，她说："你不是已经表扬了张干事，说张干事头功一件了吗？"

张书记听了，笑着说："他是种植头功一件，你是送种子头功一件。"

卫生所的人在一旁听到了，全都笑了。

我们这些公社的小孩对那棵开花的苹果树像张干事一样高兴兴奋，也像张干事一样天天守着这棵苹果树看，等待更多奇迹的发生。

我们果然看到了花落果结，看到了一朵朵花骨朵怎样慢慢变成了一枚枚青果，青果毛茸茸的，我们想象着它们像初生的婴儿，然后长大成人。大家互相拍着掌，欢喜连连。

张干事也喜不自禁，不停地向张书记报告苹果树挂果的进展："落花后挂果了，果子有小指般大了。"

张书记听了，频频点头，连说好好好。

但是当果子长到有鸡蛋那么大时，就不再长大了。

张干事不信，他说："天天看，眼睛会看花。"他去拿了把软尺，从此天天量，量了几天，脸色越量越难看，最后心情很难过，很失望，他终于看出来苹果是不会再长大了。

长不大的苹果也不要紧，能长得像他吃到的那颗红国光苹果也行。

可是这也令他失望了，苹果一直只是青绿色，一点也没有发红出来的迹象，眼看就要落果了。

这天他带领我们，来到苹果树下，对我们说："我实在等不及苹果成熟了，你们还能等吗？"

我们一齐答："不能等。"

"那还不开摘！"

我们一拥而上，各人摘了一颗。苹果树上没长着几颗，每人摘了一颗，几乎就把苹果树上的苹果摘完了。

陈松率先咬了一口摘到手里的苹果，皱了皱眉头，然后对张干事说："张叔叔你种苹果很辛苦，功劳很大，这颗苹果你还是留着自己吃吧。"

听到陈松这样说话的时候，我们都感到十分奇怪，然后各自咬了一口手里的苹果后，明白了，手中的苹果，酸酸涩涩，难以下咽啊。我们立即都附和陈松的话"是呀是呀"，学着陈松的样，纷纷非常客气、非常懂事地，把手里拿着的青涩苹果，还到了张干事手上，然后转身走了。

张干事呆呆地捧着手里的青苹果，看着纷纷离去的我们，"哎，哎……"试图挽留我们。

可是我们没有一个人接受挽留，全都坚决地离开了。

听说苹果种植失败了，张书记没有作声，好像什么也没有发生。

这件事情好像也就真的没有发生过一样。

如果你今天去安陲打听，我相信没有一个人会说："是啊，真有过这么一回事啊。"

我希望是我记错了。

真是太遗憾了。

2024 年 1 月 22 日

屋上的南瓜

安陲地无三尺平，父亲在建卫生所连排宿舍的时候，选取的地方只能是一片坡地。

把坡地挖平了，房子才建了起来。

建起来的房子，一面是朝着坡下的泗欧河，一面是靠着挖出来的垂直的土壁，距离房子有七八米远。

房子建好了，住进来后大家发现父亲有一个重大失误：他居然没有建厨房。

然后父亲便拿这个土壁作一面墙，每家加盖起了一间厨房。

连排宿舍是泥砖瓦房，厨房就没有这么奢侈了，用杉木板围建，屋顶用的是木皮。

我们的厨房建设的时候，在一个角遇到了一棵柚子树。唐医生说："砍掉吧。"父亲不同意，说："多好的一棵柚子树啊。"

然后我们建成的厨房就缺了一个角，不仅缺了一个角，还朝天露了一个洞，成了"别有洞天"。放在现在，这是不可想象的。但是那时人人都没觉得有什么怪异。

到十月的时候，柚子树挂果了，柚子长得越来越大，越来越沉重，有几个就从洞天处慢慢悬吊进了我家的厨房。我天天看着，心里暗暗窃喜。我带着我的小伙伴黄家明来看，他也暗暗窃喜。我们就一天天地看，一天天地盼，柚子在我们的盼望中长大了。我不敢去偷摘，就让黄家明去偷摘。黄家明毫不犹豫，踩在凳子上就把一颗柚子摘下来了。我们悄悄在厨房里把这颗柚子“开膛破肚”，然后拿手里大口啃食，味道好极了。这是沙田柚，果肉饱满，汁多味甜。柚子树是卫生所的公产，我怕父亲发现了我们偷摘柚子批评我们占公家便宜，可是父亲并没有发现这个秘密。

出了门拐个弯爬上坡可以直接走到我们厨房的屋顶，它就搭建在坡上，依托着坡体，与坡面融为一体。刚开始我很担心下起雨来，坡里的水会流进厨房，但是从来没有发生过。父亲在坡面上横向挖了一条排水沟，轻而易举就解决这个问题了。我见了，笑自己太蠢了。

母亲见挨着屋顶的土地肥沃，在开春的时候就在这些肥沃的土里撒下了几粒南瓜种，不久南瓜种就长出了小苗，然后就越长越大，茁壮地四处攀爬，攀爬上了厨房的屋面。母亲最初的用意也是这样，想让它们就拿我们厨房的屋面做瓜架。南瓜似乎很善解人意，果然就把我们的厨房屋面拿来做它生长的棚架了。

南瓜花开了，金黄金黄的。梁雪花教我母亲把花骨朵摘下来，连着瓜苗煮汤。

母亲依照着梁雪花的指导做了一碗南瓜花苗汤，父亲和母亲吃了，啧啧称赞，说：“味道好极了，清、甜。”

母亲叫我也尝尝，我尝了一口，就不再尝了，感觉里面有一股南瓜花特别的味道，令我不喜欢。母亲也不再勉强，他们吃得津津有味。

南瓜藤上的花开过后，开始结南瓜了，先是有拇指般大，后来越长越大，长得有两个拳头大时，梁雪花对我母亲说：“吴医生，可以摘下来吃了。”

我母亲听了，不敢相信。她望望梁雪花，又望望那个拳头般大的南瓜，无疑离成熟可还老远呢。

梁雪花就笑着，自己动手去把一个南瓜摘下来，然后亲自在我们家的厨房下厨，把南瓜剖开，切成条，下油锅放酸炒，炒好了，装碟，捧手上对母亲说："你尝尝。"母亲尝了一口，面露惊喜。以前她在上海吃到的南瓜都是金黄的成熟大南瓜，同是南瓜，来安陲，梁雪花让她尝到了另一种南瓜的味道。母亲连忙招呼我，让我也尝尝，我用筷子搛了一块南瓜，放进嘴里咀嚼，酸甜可口，有着一种植物还未成熟的奶香，让我喜欢。后来我常要求母亲摘这样的小南瓜来做酸炒小南瓜，母亲却不太舍得，我总要请求两三回，她才答应一回。梁雪花就在一边笑。

南瓜越长越大了，个头大得令我们吃惊，尤其有一个长在屋面中心的南瓜，成了瓜王。

见它越长越大，母亲几次要把它摘了，我都坚决不让，我要它越长越大，长成全安陲最大的南瓜。

有回母亲对我说："你再不让摘，这个南瓜会压坏我们的屋顶。"

我说："压坏也不准摘。"

果然，越长越大的南瓜慢慢就把屋顶压出了一个坑。我见了，有点后悔了。后悔了也还是不舍得摘。我有点担心父亲和母亲会指责我，但是他们并没指责，而是由着我。

秋天，南瓜藤开始枯萎了，南瓜也不再长大了，我和父亲一起去摘这个南瓜。

我们在屋面上铺上梯子，踩着梯子，两人合力抬着，把南瓜抬回屋。然后我请求母亲称一称这个南瓜。母亲开始认为我多事，不答应，后来她拗不过我的纠缠答应了。我们把南瓜抬到卫生所的门诊部，那里有称体重的体重秤。一称，有二十五公斤重，真是好大的一个南瓜呀。母亲也无比珍惜，像藏宝一样，用一块木板垫在它下面，然后把它藏在我床下。

南瓜色泽金黄，敲起来似乎有金属之声，这是怎样一个南瓜呢？我很好奇，不知道母亲什么时候才开吃这个南瓜。等了好久，终于等到了。有一天，母亲和我把这个南瓜抬出来，用刀切开，南瓜实在太老了，下刀艰难，不过总算还是把南瓜切开了。

母亲把这个南瓜切成几十块，每块两三斤，然后我们两人把这些切成块的南瓜用篮子装好了，拎着分送到卫生所以及公社的好多人家里，请大家都尝尝。那晚上整个公社都飘散着南瓜的香味。

我们煮的是南瓜饭，米饭里掺着南瓜，香甜无比，令人垂涎。从此南瓜饭成了我们家的一道保留菜目，我每次听说母亲要煮南瓜饭了，哈喇子就要流出来，总感觉等待的时间是那么漫长。

2024 年 1 月 12 日

第七章 安陲天象

云

我爱看夏天安陲的云，清秀、明丽，轮廓分明。

春天的云是缥缈的，秋天的云是沉重的，冬天的云是模糊而暧昧的。只有在夏天，云是那么挺拔，它们立在天边，像一位君子，坦坦荡荡，秀气迷人。天蓝得纯净，云白得透亮，明媚而分明，云伫立着，或者随风飘荡着，去或留都明明白白，绝不含糊，不带一丝牵挂。

我最不喜欢暮冬的云，灰暗而模糊，一朵云和另一朵云没有边界。你看不清它们从哪里来，也看不懂它们要到哪里去。云灰暗而不明确，如铅，笼罩在天的上空。

在我所居住的地方，地名都起得特别好：安陲、大年、白云。我的同学陈放每到春节就喊我到他大年的家去过年，他说只有在大年过年才是真正地过大年。他说得很对。我应该去他家过年拜年，我应该去所有的同学家过年拜年。每个同学都邀请过我，正像我也邀请过每个同学。在安陲的苗年就是这样过年的，在苗年的十五天里，大家轮流着去每个村庄拜年吃饭，到了别人的村子，村里摆满了珍馐和美酒，让你吃不尽，喝不完。

在过年的日子里我们享受着过年，在过完年后我们怀念着过年。这些美好的日子一年又一年。

白云是个村庄，这个村庄不知是谁给它取的名字。走进白云村，我总要抬起头看看天，只见一整个天朗气清，白云在头顶上飘荡，一片又一片。我问我白云村的同学：“你让我来白云，就是想让我在白云中看白云。”同学笑而不语。

有时，生活就像有趣的绕口令，大年、白云，这些村名，它们都成了有趣的绕口令。

我经常能看到的还是安陲的云。阿泡也看。陈松也看。阿泡看着云，对陈松说：“如果我们坐在云上，会不会掉下来？”这让陈松陷入了沉思。最后陈松得出了结论：“会。”他说：“没有一朵云不变成雨掉下来。”

我们都不说话了。

我们追着云跑，云跑向东我们跑向东，云跑向西我们跑向西。云停下来我们也停下来。在春天或者在秋天，我们把风筝高高地放上天去，让它越飞越高飞到白云里，最后我们便扯断了线，让风筝带着我们的心随着云飞到不知所终的地方。

2024 年 3 月 12 日

雷

安陲的雷响起来，和柳州的雷不同。或者说，乡村的雷响起来，和城市的雷不同。

在柳州，我已经多年不怎么听到雷声了，就算偶尔有雷声响起，也是隐约的、沉闷的、有气无力的。

在安陲，惊蛰时节总有炸雷响起，在这天，雷声滚滚，由天上，到地上，惊天动地，一阵接着一阵。我听着，先是害怕，继而激动。我害怕这宏大而炸裂的声音，激动于万物的复苏。

此时，花朵在雷声中，静静地徐徐开放。

许多草木总是先开花后长叶，玉兰花、泡桐、木棉，特别是开满了山野的红杜鹃。它们在雷声中昂然怒放，它们被雷声唤醒，以无比灿烂的姿势迎接着雷声的召唤。

地牯牛也在雷声中醒来，蠢蠢欲动，那些沙土被它轻轻刨起，在雷声中它设置陷阱等待猎物的陷落。

而蜻蜓停在荷叶尖上，任凭雷声滚滚，仍若无其事，偶尔轻轻颤动一下翅膀。

在滚滚的雷声中，大地是静谧的、平和的，动物和植物们都各守其位。它们对雷声的应和是一种相契，也许早就是亿年约定，雷应约而来，一切应约而和。

只有人在雷声中惊慌，产生惊恐和害怕。

人很多时候与自然已经没有默契了，早已没有相互的邀约了。

雷声响起，对于人来说是那么突然而至，难有心理准备。

人越来越多地会被自然猛地吓一跳，一个霹雳、一阵大雨，都让人惊慌失措。

雷一定在笑话人。它们只是如期而至，而人却没有如期迎接。

至于在城市的上空，雷不仅没人迎接，还被人类机器的轰鸣声、汽车的喇叭声一点点淹没了。

在城市里，人，更多的是只能听到人自己的声音，甚至连人自己的声音也听不到，更不容易听到和听清自然的声音了。

我怀念安陲的雷声，清晰而脆亮，干净而纯粹，当它们当头炸裂开来时，我的心灵一次一次受着震撼。

2024年3月13日

霁

雨骤停，天微明，一抹亮色从地平线上升起，开始笼罩大地。大地的明亮是一种暗中的明亮。这处那处虽是暗的，却有一处是明亮的。

乡间小路上阿养叔扛着犁，赶着水牛，向田里走去。他的蓑衣还滴着雨滴，一颗颗亮晶晶地顺着棕毛淌下。水牛缩着脖子，一步一顿，似乎有些不高兴。

田野在雨后，露出了清新的面容，皎洁而充满生气。树叶翠绿，花朵娇艳，青菜鸟在灌木丛中无声跳跃。青菜鸟这种生命以一种不起眼的形式存在着，让我觉得与每种生命相遇都是缘分，让我看待每种生命不再仅仅是出于敬畏。

“你好啊，欢乐的精灵！”翻开书页，看到雪莱在向云雀致敬，“比一切欢乐的音律，更加甜蜜美妙，比一切书中的宝库，更加丰盛富饶，这就是鄙弃尘土的你啊，你的艺术技巧。”读着便兀自好笑。雪莱曾经如何地感动和激励我，现在就如何地令我漠然，无动于衷，心似止水。我无法判断这是雪莱的错，还是我的错。我更不明白这是怎么了。那些曾经令我心灵激荡的东西，日渐失却生动，日渐趋于平淡。我不知道它们有朝一日是不是会再次让我的灵魂掀起浪涛，在我心间潮来潮去，汹涌澎湃。

这雨后的天地开阔而黯淡。所有铺开的，却并没有展现，它们笼罩在正在散去而未曾散尽的雾里，从容而镇定。田畴如一张画，线条生动，波光潋滟。阿养叔挥动着鞭子，驱赶着水牛在田中犁耙。

2024 年 3 月 16 日

电

屋里被照得明晃晃的，我们终于有了电灯。这是父亲的功劳。他和阿养叔一块建起了水电站，安陲人从此有了电灯。一盏十五瓦的电灯装在我们家的客厅里，照得客厅明晃晃地亮。煤油灯的昏暗时代，终于过去了。有一个传说，不知是真是假，说的是第一次来电那天，当电灯明晃晃亮起来后，阿旺爷试图拿着他的烟袋去让电灯点烟，可是怎么也点不上，令他好生不解：明明看到有火，怎么就点不上呢？

有电了，安陲的夜晚星星点点亮如白昼，我们在灯下读书，琅琅有声，响彻云霄，会不会惊动到天庭上的神？天庭上的神仙听到了，会不会好奇地下来窥视？

有电了，安陲人生存的生态完全改变了。最先改变的是碾米。以前安陲人的米是由水碾碾出来的，水碾就在水电站的原址上。我从上海来到安陲，对很多东西都充满了好奇，对水碾也不例外，我跑到水碾边看水碾碾米。稻谷在石槽中被碾石一圈一圈碾动。碾着碾着，谷米便分离了，怎么那么神奇？怎么碾石就不会把米压坏，光令它脱了壳？为什么它把谷壳碾成了细末，却让米粒能完好无损？我一个人在水碾边看水碾走动，百思不解。

父亲把水碾改建成了水电站，水电站建起来，就没有了水碾。父亲承诺，没有水碾，靠电一样可以碾米，而且更快更好。

安陲人半信半疑。但是最终他们还是信任了他们的罗医生。他们知道罗医生是一个有知识、有文化的人。我却有点担心我的父亲在吹牛。当水电站在建设的时候，这种担心在我内心一点也没有消失。父亲是一名医生，不是工程师，他怎么懂得建水电站呢？

水电站却果真按部就班地建起来了，建成功了。父亲所有的承诺都兑现了，他不仅给安陲人带来了电，还在水电站里安装了打米机。接上电的打米机轰隆隆转动着，谷米分离地就从打米机里出来了，果真又快又好。一天的产量等于水碾一个月的产量。大家再也不需排着队等碾米了。

有电了，父亲让电抽水，用电把水从河上抽到半山上，灌溉农田。在开春的日子，当水像听话的孩子，乖乖地从河里逆行而上，顺着水管流出来，汩汩地流进了水田，好多人都稀奇地围着看，他们边看边称赞，眼睛里充满惊奇，更充满惊喜。他们知道靠天吃饭的日子从此过去了。

有电了，父亲说家家还可以装自来水。阿养叔说："罗医生，够了够了，自来水嘛就不用装了。"

所以好长时间安陲虽然有电了，但家家还是挑水做饭。

我感到很遗憾，有了自来水，会省下多少事，又会有多方便哪。

可是安陲人觉得足够了，他们已经很满足了。电给他们带来了太多的变化，电改变了他们的生活，已经让他们的生活充满了阳光。

2024 年 3 月 4 日

雨

雨下起来了，淅淅沥沥。

而一分钟前还阳光灿烂。

陈松跑到门外去淋雨，然后仰着头对雨欢呼。

雨迅速地淋湿了陈松的头发。雨顺着陈松的发梢滴下来。

陈松跑回来甩着湿漉漉的头问我：“你上海的那首雨的童谣怎么唱？”

我不搭理他，他却自己唱起来：

落雨啦，
打烊啦，
小八腊子开会了，
大头娃娃跳舞了……

用学不好的上海话唱得不伦不类，唱罢他还得意地笑。虽然唱得不好，但还是让我吃了一惊，惊讶于他什么时候居然学会了这首童谣。

在安陲好多人都学我，他们学我讲话，做着怪脸指着对方叫“小赤佬”“小猪头”，称自己为“阿拉”。上厕所用手纸，结果弄得班里订的那份报纸总是一到来，便神奇地消失了。

我也学他们，打赤脚，扯衣服袖子擦鼻涕，上厕所不用手纸擦屁股而用一根棍子擦。

我母亲发现了，说："好的不学，尽学坏的。"

我明知道这些不好，可是我仍然学。我知道我之所以学他们，拼命地模仿他们，只是为了使自己尽快地融入他们。我要完全融入他们，成为他们中的一员，分不出彼此。

而他们学我，是因为我身上的那些新鲜的东西，那些特别的东西，令他们好奇，觉得有趣。当然也还因为一些东西，不仅让他们感到新鲜，也让他们感到有用，值得学习。

我们互相模仿。我努力要成为他们中的一员，而他们却在下意识地模仿我。我们就这样彼此靠近，最后不知是我成了他们，还是他们成了我。总之不用几个月，我们就再也分不出彼此。

我回上海让我的孃孃们惊讶。"整个一南蛮子。"她们笑着说我。

我听了很高兴："我就是要成南蛮子。我就是南蛮子。"

我知道我在上海已经有了一些异质化的东西，这是安陲给我的。那时候，我不想做上海人，我想成为一个真正的安陲人、山里人。

安陲的雨也和上海的雨不同，它是清冽而晶莹的，它是干净而纯粹的。下雨的时候，陈松和阿泡口渴了，便对着天张开嘴来让雨淋进嘴里，接雨水喝。我也很快学会了。在雨里我们一齐张着嘴，样子像几只嗷嗷待哺的小鸟，迎接着鸟妈妈的喂食。有时候，我们并不渴，我们也一样在雨里一齐张开嘴，等天泼下雨来，落进我们嘴里。在雨里，我们喜欢举行这样一个仪式，用这样一种方式欢迎雨的到来。

我们还会迅速地跑下泗欧河，在河里游泳。在水里露出半个头，再用脸盆把自己盖起来，在脸盆中听雨叮叮咚咚打在脸盆上，发出清越的声音，美妙无比。在下雨的时候，河水产生了奇迹，是温暖的，它暖暖地抚慰着我们，令我们赤裸着的身子充满着暖意。开始我们没发觉，当我们离开水，试图上岸回家的时候，赤裸的身子一露出水面，才猛然发觉，打着寒战，我们赶紧将整个身子重新缩回了温暖的水里。

大人们都奇怪，在雨天，我们为什么总喜欢待在水里不出来，他们去到泗欧河呼唤我们："回家了。"

我们没有一个人听从，没有一个人响应。这让大人们既不明白，也无可奈何，只能认定我们这是小孩脾气。

我们的这个秘密对大人们都秘而不宣。小孩子对自然的亲近，小孩子对自然的感受，那是不能与大人道明的。

雨在安陲淅淅沥沥下着，也给我带来惊恐和忧愁。在学校上着课的时候，看着屋外飘洒着的雨，我猜我们住着的木皮屋里由于漏雨，这时肯定一片狼藉了，我不知道在今夜又将要怎样熬过一个漫漫雨夜。不过，听着课，和小伙伴们嬉戏着，很快也就把想象中的惊恐和忧愁忘却了。

2024年3月13日

雾

安陲的雾是颗粒状的，一粒粒拂在脸上，把脸都濡湿了。

雾浓得三五米外，一切都被掩藏。

早上起来，我背上书包，陈松正在寻找我，我们相约一块上学。他呼唤我，并且在雾里摸索。我循声而至，看见他朦胧的身影是灰色的，走近了发现他变成黑色的了。在雾中那一团影子朝我扑来，张牙舞爪。我们碰了面，陈松才不张牙舞爪了。我看见他的黑脸在朝我做着鬼脸笑。我们一齐朝学校走去。去学校要穿过卫生所，然后爬山。路的两旁每一片草叶上都含着露珠，露珠在雾里映出幽幽微光。我们一边走，一边伸出手来拂动露珠，让它的光在我们手上闪动。

走在路上听见张小妹在浓雾中吊嗓子："咿呀呀呀呀……"

只闻其声，不见其人。

声音在浓雾里穿来穿去，和着雾一块钻进耳朵里，湿漉漉的、油腻腻的。

陈松问我："喜欢看张小妹跳舞吗？"我想象了一下张小妹跳舞的模样说："喜欢。"

张小妹是文艺宣传队队员，进了文艺宣传队后，她就改名不叫张小妹了，改成张红星。可是我们还是在背后叫她张小妹。

张小妹有漂亮的脸蛋和优美的身材。但是在此之前这些都没有给她带来好处，后来公社成立文艺宣传队，她的好运就到来了，在选拔谁演《红色娘子军》里的吴琼花时，她毫无争议地被选上了。

那时张小妹并不会唱歌跳舞，每天在田地里劳作，弯腰插秧。但是她被选上了，就学会了。人的潜能一直都在，需要的是一个契机，是被激发的。她的美丽，不仅是容貌的美丽，也是才艺的美丽，被激发出来后，她的身上每一颗细胞都饱含着文艺。

这以后人们都说她天生就是唱歌跳舞的。

张小妹非常自律，非常勤奋，每天都在晨雾中吊嗓子："咿呀呀呀呀……"

一个自律而勤奋的人，前途更加无量。果然如此，后来她进了县文工团，再后来听说到了省歌舞团。离我们远了，她像一团雾一样，看不清了。

到学校的时候，雾也并没有散去。在安陲，雾是我们的生活伴侣。雾长年缭绕弥漫在安陲四下，我们经常生活在雾里。

省里画报社的欧阳记者来到安陲，那天早晨他起床后，见满山满岭是雾，便无比兴奋，立即端着相机，飞快地奔向风雨桥，阿养叔在路上遇见他，阿养叔说："欧阳记者不用跑，可以慢慢走，雾不会散。"欧阳记者还是跑，还是担心像在城里看到的雾那样，雾可能瞬间就会散去。跑到风雨桥，风雨桥被雾笼罩着，朦朦胧胧，时隐时现，亦真亦幻。似乎欧阳记者要的就是这个效果，他打开相机镜头，从这个角度那个角度，拼命地拍照。后来照片登在了杂志上，还得了个奖。我父亲总结说，生活需要看清，而艺术则需要朦胧。父亲后来也成了一名摄影家，可能就是由这个感悟生发的。他拍的照片像欧阳记者拍的照片一样，有一种朦胧美。我曾好奇而不解地问父亲："为什么朦胧是一种美？"父亲想了想，没回答我，好像真回答不出来。

雾整天缭绕在安陲的四下，我们都习以为常，只有欧阳记者惊讶于安陲的雾，要把它拍摄下来。欧阳记者把照片拍下来后，我们把照片拿在手里欣赏，都无比惊讶。我们通过照片才发现，原来安陲的雾是那么美。

2024 年 3 月 14 日

霜

在菜地里，青菜的叶子上铺满了一层白霜。

这是安陲十一月的清晨。

后来，我每听到歌曲里唱：“推开窗向外望，竹篱笆铺满白霜……”我就不由想起在安陲我种的菜地里，青菜上铺满了白霜。

被霜覆盖的青菜意外地依然挺拔、青翠，显得娇嫩而郁郁葱葱，这让我惊喜。而被霜打的茄子却蔫了，缩得皱皱巴巴，再也上不得台面。我蹲下身来，伸出食指，在铺满白霜的青菜叶上写字。写一个“天”字，再写一个“地”字。写好了，扭头欣赏。字写得歪歪扭扭，并不好看，可是因为是在霜上写的，却十分生动，像蕴含着勃勃生机。在天地间的青菜，其实装着一个“天地。”

我母亲看着就笑，她说：“你该写一个‘罗’字，那是你的姓。”

我想想也对，又在一片青菜叶上划动霜白写了个“罗”字。写完了，看着，拊掌笑了。我母亲也笑了。

我对我母亲说：“要不你也写一个‘吴’字。那是你的姓。”我母亲却摇摇头，拒绝了。

回家路上，经过卫生所的晒坪，晒坪上自然也铺着一层白霜，白霜上不知被谁写上了八个大字："好好学习天天向上。"笔法老到，字迹遒劲，无疑是一个练书法的人写的。

他写这几个字干什么？

我和陈松围着这几个字好奇地猜测。

"会是谁写的呢？"

我们首先想到的是覃勤的父亲覃秘书，他能写一手好书法。

不过我们很快就否定了。覃秘书每天有那么多材料要写，忙都忙不过来，哪会有这份闲心。

我们又猜一定是卫生所王文浩所写，他能写一手好字，又经常手痒，每到一地总爱写某某到此一游，王文浩的老婆见他这样，挺不高兴，说他吃饱了撑的。我也不高兴，在夏天，傍晚我们下到泗欧河里游水，他总爱不由分说抱起我，将我一把抛下河塘取乐。我被他这么一抛，接触水时，背脊打在水上火辣辣地生疼，心里总有点恨他。王文浩知道我有点恨他，可是满不在乎。恨没有用，便让我恨不起来了，不知拿他该怎么办。

在安陲，人们好写字，在屋墙上、竹子上，都写着字，甚至在厕所里也到处写满了字。不知为什么人们那么爱写字，蹲在厕所里竟也不闲着。我和陈松有次特意跑进厕所里，为着念里面的字。字的内容有点不堪入目。更多是一些咒语。读着有趣。有一回我居然念到了一条诅咒我的咒语，咒的是让我一辈子考试不及格。我看到了哈哈笑。我考试经常不及格，原来是被这条咒语咒的。我和陈松赶忙从家里取了块抹布来，把它抹去了，让这条咒语从此不再显灵。陈松忽然担起心来，生怕有人也会咒他，我们便一间间厕所找，看看有没有诅咒陈松的。还好，没找到。陈松松了口气问我："为什么有人会诅咒你呢？"我想想，不明白。

霜把屋顶上的黑瓦片也变雪白了，一行白，一行黑，富有诗意。覃勤对着瓦屋上的霜背起诗来："床前明月光，疑是地上霜……”

覃勤爱画画，爱读诗，显得文质彬彬，挺文雅的，与我和陈松有点不同。我和陈松听了便捣乱，说：“不对不对。”

覃勤问：“我哪里不对了？”

陈松说：“驴唇不对马嘴。”

覃勤想了想，还没想过来，我又说：“对牛弹琴。”

说罢，我和陈松嘻嘻哈哈地笑着。覃勤便蒙了，一头雾水，想不过来了。

我母亲也笑了，说：“覃勤啊，别跟他俩较真。”

霜是沉默的，来无踪去无影。书上说雪落无声，我读到了，感到奇怪。我听到雪落是有声的，当雪落在树上，然后哗啦啦掉下来时，更有声了，它的声音常惊动我们抬起头看。

霜才是真正无声的，在某个早上，或者某一天，霜便悄无声息地来到了人间。

2024 年 3 月 15 日

雪

雪是夜的精灵，夜晚来临了，雪也就翩翩而至了。它们一点点飘落在寂静的大地上，等到人们睡醒来发现时，雪已完成了自己的杰作，把大地都覆盖了。到处是白色，天地融在了一块，看上去天与地都茫茫一片，而雪仍在下。

阿泡家的小黄狗早上天蒙蒙亮就跑出屋来撒尿，当它将狗头钻出狗洞时，突然停住不动，惊呆了，它瞪着惺忪的眼睛，迷茫地望着外面的世界，不明白外面究竟发生了什么，不明白为什么一夜之间，世界完全改变了模样，看上去山已经不像山了，树也不像树了，冰凌挂满了屋檐。小黄狗还太小了，还没经历过应该经历的世面，还没识见过安陲的雪天，它汪汪叫了几声，小心翼翼踏向雪地。雪的冰冷和柔软，使它下脚不踏实，走得歪歪扭扭，有些不知所措，忍不住朝天又汪汪地乱叫了几声，不知是抗议还是欢喜。

阿泡被小黄狗的叫声吵醒了，他翻身看到窗外的雪，一骨碌爬起来，胡乱地穿上衣服朝卫生所跑去。他跑到我家大声地拍我家门，说："快起来，快起来，下雪了。"

每一年第一场雪下起来的时候，都令我们惊喜，这时候我们会一个个地敲门，把小伙伴全喊起来，聚在一起，不一会儿就形成了一支浩浩荡荡的队伍，在雪地里大步行走，把雪踩踏得沙沙地响，咔嚓咔嚓地响，咯吱咯吱地响。雪很快就濡湿了我们的鞋子、裤脚，我们满不在乎，我们吸着冷气，吐着热气，大踏步在公社的街巷上，雄赳赳气昂昂地走了一圈又一圈，好像要走到天涯海角，好像要走到地老天荒。

路上不断有小伙伴加入我们队伍。

我们队伍变得越来越壮大，大多已经神龙见首不见尾了。一个个都雄赳赳气昂昂。

好多大人站在路边看着我们行进的队伍。有的朝我们微笑着，有的朝我们直摇头，还有的熟视无睹，装着没看见。王文浩就是其中一个。当我们从他身边大踏步走过时，他故意双眼望天，完全目中无人。陈松看到他如此装模作样漠视我们，跑过去，从雪地里捡了一团雪，趁他不注意，突然塞进了他颈窝，吓了他一大跳，慌乱地又蹦又跳要把雪抖落。

我们见陈松对王文浩的这种恶作剧，哈哈大笑。

王文浩恼羞成怒，追着陈松，想把陈松抓来惩罚。

我们便集体掩护陈松，把队伍组成的长蛇阵扭动着，一下张开一下合上，让陈松自由自在地在里面钻来钻去，躲躲藏藏，却让王文浩四处碰壁，无可奈何，最后只好放弃抓住陈松的企图。

每个小伙伴都没想清楚，我们为什么要在雪地里，这么成群结队，没有目标地朝前走，没有目的地朝前走。我们只知道我们人人都走得气宇轩昂，都走得不可一世，都走得气势如虹。有时候，没有目标就是目标，没有目的就是目的。我们一直这么走，直走到太阳出来了，雪也停下来了，我们才一齐散去。

2024 年 3 月 16 日

风

风吹过安陲的山岚。雾被吹散了，又聚在一起，在半山间缠绕。这是黄昏时刻，我坐在门前看对面的山岚，迷离，风吹乱了世界。

夏日炎炎中双抢，人不敢有一丝懈怠。早出，晚却不归，挑灯夜战。

马灯、汽灯，甚至火把，都用上了。

夏日里的暑气，似乎一点也没散去，低头割稻的时候，燥热仍一浪一浪地逼上来，让人大汗淋漓，像从水里捞出来一样。

我抬头看天，盼望着风来。

可是，风没有来，一丝风也没有来。

阿养叔望着我笑，阿养叔知道我盼什么，他抹抹额头上的汗珠，说："你喊，喊风。喊风，风才会来。"

我望着他羞涩地笑，拿不定他说这话是在开玩笑，还是当真。却突然见阿养叔仰起头来"风啊……风啊……"大声地喊了起来。他喉结一上一下地移动。

听着他喊，我觉得好笑，风是你喊了就能来的吗？

不料，喊声刚息，平地便卷起一阵风，呼呼地刮来。天昏地暗，风卷残云，也卷着稻芒，向我扑来。我不由得眯缝起双眼。风撩动我的衣服哗啦啦地响，濡湿的身体顿时感到一阵透凉。

我回到上海。同是热，上海夏日的热与安陲夏日的热完全不同。安陲的热是一种燥热，上海的热是一种燠热，令人窒息。

在弄堂里，也没一丝风来。小舅舅像阿养叔一样也说：“你喊，喊风，风就来了。”

我同样羞羞的，不敢喊。

“风啊……风啊……”小舅舅仰起脖子喊起来。

喊声未息，风便应声而起，从弄堂口像带着千军万马，滚滚而来，飞沙走石。

小舅舅迎着风，呵呵地笑。

又是风又是雨，我和婉婷出门，只有一把伞，我们合撑着，一块握着伞往前走。

雨似乎是越来越大了，风似乎也是越来越紧了。

我为了使婉婷不致淋雨，悄悄地把伞尽可能朝她那边倾斜。

但奇怪的是斜过去一点，它就偏回来了，再斜过去一点它又偏回来了。风果然大，果然厉害，居然把伞也吹动得令我把持不住。

我便更暗暗地用劲，要把伞撑偏给婉婷。

这次我明显发现，居然有一个硬生生的反向力同我的力抗衡着，不让伞依着我的意志偏向婉婷。这令我无比疑惑与吃惊：风可真大啊。

我下意识地扭头看向婉婷，正碰向婉婷也下意识地看向我。这一看，我们又同时看了看一齐握住的伞，明白了，一齐仰天哈哈大笑起来。笑声一下盖过了雨声和风声，飘向老远。

原来我们彼此都暗想让这把伞多遮住些对方，而悄悄用力着，互相就这样在这伞柄上较上了劲。

母亲问我怕什么，在我的幼年我害怕的东西真多呀：怕黑夜，怕蛇，甚至也怕风。

当大风刮起的时候，我躲在屋子里，听着风把我们木屋顶上的木皮掀起来又落下，发出啪啪的响音，我就一次一次害怕风会将我们的木屋顶掀翻了，那我们将住在哪里啊？

这样的木皮屋，每当下大雨的时候，虽然到处漏雨，但至少是遮住了点风，也挡了点雨，而如果大风把我们木屋的屋顶刮跑了，就再也没有遮风挡雨的屋了。

还好，命运再坏也没有坏到最坏，虽然屋子到处漏雨，总算没有被大风吹跑。不过它还是成了我一辈子的噩梦，不时惊吓着我。

在中学学古文，学到杜甫《茅屋为秋风所破歌》："安得广厦千万间，大庇天下寒士俱欢颜！风雨不动安如山。呜呼！何时眼前突兀见此屋，吾庐独破受冻死亦足！"不禁心动又十分惭愧。又想起范仲淹的《岳阳楼记》："先天下之忧而忧，后天下之乐而乐。"我更有点无地自容。

大概一个老百姓和一个伟人之间的区别，就在于这里了。

一个小老百姓在遭遇磨难时想到的只是自己的疾苦，而一个伟人在遭遇磨难时，想着的是更多人的苦难。

2024 年 4 月 3 日

后　记

以当代眼光重新审视乡村生活

2023年12月3日，《广西文学》的韦露老师在微信群里对廖献红说：“献红，广西有两条江一定要写，其中一条就是洛清江，那是你家乡的江。由你写，你责无旁贷。”献红却没答话。韦露老师又说：“洛清江生长着一种花，叫海菜花。能够生长这种花的河水，水质一定很好才行。”

我听了心中一动，想到我幼年生活的安陲，它有一条叫泗欧河的河，河水里也生长着海菜花，有点激动，立即便建了一个空白文档写下：《海菜花》，噼噼啪啪敲动起键盘。

开笔这样写道：

> 安陲泗欧河的一段河水开满了海菜花。一朵两朵，三朵四朵……婉婷说：“你去摘一朵来送我。”
>
> 我果然听话，从卫生所的木屋里跑出来，跑下山去。
>
> 在山脚，还未到泗欧河边，见到英子。英子望着我笑，说：“你猴急猴急的，干吗？”我说：“婉婷让我去摘海菜花。”英子说：“那我让你去捉鱼，你捉不？”我笑了，不理她，继续朝泗欧河跑。

我喜欢这样的叙述，觉得这样叙述是优美的，正合我心意。

似乎因而这样叙述就注定了我一定能一直写下去，直到完成这部书稿。

我生于融水县城，具体的地点就是融水县人民医院。在我出生时，我父母是融水县人民医院的医生，然而很快他们的命运就被改变了，来到了安陲。我因此也改变了命运，跟随父母来到安陲。那时我四五岁。在安陲卫生所生活了七八年，过完了整个童年。

多少年来我一直想要为安陲写一部书，每当想到这里，我就微笑，这是件多么美好的事情。

可是每次想着，却都动不了笔。我觉得自己无法写出关于安陲的书来。我又不服气，可是就是写不出来。

这让我一次次陷入了深深的绝望中。

不仅如此，我一再经历这种绝望。比如我应该为融水县城写一部书，比如我应该为融水县人民医院写一部书，比如我应该为我读中学的融水县中学写一部书。叫空有愿望或者梦想可能更对，那些都没能做到。

在融水县中学读书三年，我每天都写日记，足足写了十余本日记，多少字没统计，我明白的是已经在当时当地记录下了几乎我的一切，记录下了我的心路轨迹。可是现在，当我要把它“变现”成我想象中的一种文学面貌的文本时，却发现我是那么无力，完全做不到。

然而，在2023年12月3日，韦露老师无意间说到的那朵海菜花，却一下触碰到了我，使我突然心生灵犀，灵魂开窍，打开了笔触，此后下笔如有神，直至完成这部书稿。

我想一个写作者在写作的时候，需要一个切口，一个时机，一个契机。当这个切口或时机以及契机到来的时候，抓住它，一切就会迎刃而解，水到渠成。除此之外，需要足够的耐心，静静等待。

对安陲的叙述，我不是要让自己回到过去，也不想让自己回到过去，我只是想用一个一个敲下的文字，以一种当代眼光重新审视它。如果不是这样，我觉得写这本书是没有意思的，是没有意义的。怀着这种目的，我写下了这本书。

2024 年 6 月 22 日